Sur l'auteur

Née en 1980, Michelle Sacks a grandi en Afrique du Sud. Titulaire d'un master de littérature et de cinéma de l'université du Cap, elle a été retenue à deux reprises dans la sélection du Commonwealth Short Story Prize et dans celle du South African PEN Literary Awards. Après un recueil de nouvelles, *Stone Baby*, elle a publié deux romans : *La Vie dont nous rêvions* (Belfond, 2019) et *Là où vont les belles choses* (Belfond, 2021). Elle vit à présent en Suisse.

Vous pouvez consulter le site de l'auteur à l'adresse suivante : https://www.michellesacksauthor.com

MICHELLE SACKS

LA VIE DONT NOUS RÊVIONS

Traduit de l'anglais (Afrique du Sud)
par Romain Guillou

10/18

BELFOND

Les événements et les personnages de ce roman sont fictifs. Toute ressemblance avec des personnes réelles, vivantes ou mortes, serait pure coïncidence et involontaire.

Titre original :
You Were Made for This
publié par Little, Brown and Company,
une marque de Hachette Book Group, Inc., New York

ISBN : 978-2-264-07617-5
Dépôt légal : mai 2020

Pour ma mère, Avril

« Vous devez toujours vous aventurer avec prudence dans les forêts suédoises, car en leur sein vivent de nombreuses créatures des ténèbres. Des sorcières, des loups-garous et de très vilains trolls. Faites attention aux trolls car ils ont l'habitude d'enlever les enfants humains et de les garder pour eux. Oui, prenez bien garde aux trolls, car vous ne les verrez pas venir. Ils se fondent habilement dans le paysage. »

Åsa LINDQVIST, *Den Hämnd Troll*

MERRY

Vous nous verriez, je pense que vous nous détesteriez. On dirait les acteurs d'une publicité pour une compagnie d'assurances, dégoulinants de bonheur. La petite famille idéale et sa petite vie parfaite.

Encore une journée magnifique, avons-nous l'habitude de dire le soir venu. Une confirmation. Une promesse. Notre façon à nous d'écarter les journées médiocres. Mais elles sont presque toutes magnifiques en Suède, vraiment magnifiques.

C'est superbe ici, particulièrement en plein été comme aujourd'hui : le ciel moucheté, la lumière dansante et le doux soleil. La petite maison en bois rouge dans laquelle nous vivons semble droit sortie d'un livre pour enfants : un petit nid douillet entouré d'arbres, niché au creux de la forêt, et son luxuriant jardin en fleurs. La vie y foisonne : le potager verdoyant, les baies gorgées de soleil qui font ployer les branches des arbustes ainsi que l'odeur douce et enivrante de la floraison qui charme les abeilles. Les soirées d'été sont longues et tranquilles, il fait encore jour après 22 heures et le grand lac est aussi pâle et apaisant que la plus légère nuance de bleu. Et ce calme ! On n'entend que le chant des oiseaux et le bruissement des feuilles dans les branches.

Notre quotidien se déroule sans embouteillages, sans pollution, sans le vacarme de la musique des voisins du dessus ni les hurlements de ceux du dessous ; sans détritus sur les trottoirs ni poubelles en décomposition, sans trajet moite dans le métro new-yorkais vers le bureau ; pas de foules, pas de touristes ; pas de rencontres journalières avec des rats, des cafards, des pervers ou des prédicateurs. Rien de tout cela. Juste une vie incroyable faite de rêves et de douceur. Sam, le bébé et moi, notre îlot à trois.

Comme presque tous les matins, après avoir couché le bébé pour sa sieste, je suis allée dans la cuisine pour faire de la pâtisserie. Aujourd'hui, une tarte aux myrtilles avec les fruits que nous avons ramassés en forêt le week-end dernier. J'ai préparé la pâte moi-même, je l'ai étalée et piquée avec une fourchette, puis je l'ai cuite à blanc pour qu'elle soit croustillante. Le soleil entrait déjà par les grandes fenêtres ouvertes, des rayons de lumière s'étiraient sur le sol de notre petite maison lumineuse. J'ai laissé cuire les myrtilles longtemps à feu doux, pour qu'elles dégorgent dans le sirop d'érable parfumé avec un bâton de cannelle, en veillant à ce que le mélange n'accroche ni ne brûle. Dans son atelier, Sam a senti le beurre et le sucre, et la douceur des fruits ; il est venu dans la cuisine pour voir ce que j'avais préparé. Il m'a regardée et a souri, heureux comme un prince.

Tu vois, m'a-t-il lancé, je te le dis tout le temps. Tu étais faite pour ça.

La tarte était bonne ; nous l'avons mangée encore tiède en buvant le café, assis dans le jardin sous le soleil du début d'après-midi. On a donné une cuillerée de garniture à goûter au bébé mais tout a fini par ressortir, il ressemblait à un minuscule employé de bureau qui aurait mâchonné son stylo bleu. Sam a ri et nettoyé le contour de sa bouche avec la cuillère.

Ha, ce gamin est génial ! a-t-il dit. Il l'a soulevé et l'a fait gigoter, alors le bébé a ri, poussé des petits cris et bavé encore un peu plus. Je les ai observés tous les deux. Mes hommes. Le père et le fils. J'ai souri, je sentais la chaleur du soleil sur ma peau.

Plus bas sur la route qui relie les maisons de la réserve, un voisin possède un enclos plein de chevaux de course. Les poulains du printemps tremblent sur leurs jambes chétives et incertaines ; les juments les encouragent gentiment à découvrir le monde en les poussant du bout du nez. Ce sont de bonnes mères. Patientes et instinctives. Pleines d'amour pour leur petit, comme la nature l'exige.

Sam et moi avons amené le bébé pour qu'il les voie dans le pré. Cheval, disait Sam en pointant du doigt et en hennissant, et le bébé devenait hystérique. J'ai tendu la main vers une jument alezane qui s'était approchée de la clôture, j'ai senti les muscles tendus et la pulsation de la vie sous mes doigts. Elle était belle. Forte et confiante. Ses yeux noirs étaient farouches.

Attention, m'a prévenue Sam. Les jeunes mères peuvent être dangereuses.

Nous avons laissé les chevaux et sommes rentrés tranquillement chez nous. Cela fait un peu moins d'un an que nous habitons ici. La maison se trouve à quarante-cinq minutes de Stockholm, dans la réserve naturelle qui borde la plus vieille ville de Suède, Sigtuna. La réserve couvre une assez grande étendue de terres, principalement des prés et des forêts autour du lac. Entre les pins, on trouve quelques rares habitations. De nombreuses maisons restent au sein d'une même famille de génération en génération, des chalets identiques en bois rouge, agrandis ou rénovés au fil du temps selon les besoins ; leurs murs assistent aux arrivées et aux départs réguliers des nouveau-nés et des défunts.

Sam a hérité la maison d'Ida, la deuxième femme de son grand-père, qui avait grandi ici. Elle n'a pas eu d'enfant, mais elle a toujours eu un faible pour Sam. Gamin, il savait déjà comment la charmer en la complimentant sur sa roseraie, ses biscuits aux épices ou le léger accent suédois qui faisait chanter ses mots. Lorsqu'elle est décédée, il y a quelques années, Sam a découvert qu'elle lui avait légué la maison, à la condition expresse qu'elle ne soit pas vendue, mais seulement transmise.

Nous n'étions jamais venus avant l'année dernière, nous n'avions jamais vraiment pensé à cette maison ni à ce pays. À vrai dire, notre seul élément de référence en ce qui concernait la Suède était un petit cheval en bois rouge qu'Ida nous avait rapporté d'un de ses voyages. Il était posé sur l'étagère à épices dans notre appartement de Brooklyn, entre le moulin à poivre et le pot de safran en brins encore scellé que nous avions marchandé sur un marché nocturne à Marrakech.

Bien sûr, c'est Sam qui a eu l'idée d'emménager ici.

Je n'ai que des bonnes idées, plaisante-t-il souvent.

D'après lui, ce serait comme un conte de fées. Nous serions heureux comme jamais.

Il avait raison. Il a toujours raison. Il montre le chemin ; il est la boussole qui m'éloigne des tempêtes. J'ai tellement de chance de l'avoir.

Plus tard dans l'après-midi, nous sommes allés faire une grande balade en forêt, le petit confortablement installé dans le porte-bébé sur le dos de Sam. Nous marchions en nommant les arbres et les oiseaux que nous avons appris à identifier au cours de l'année : un épicéa, un nid de pinsons, un frêne commun ou *Fraxinus excelsior*. Voilà nos nouveaux plaisirs et passe-temps, les choses qui nous occupent ici. Parfois, nous pensons au genre de personnes que nous étions auparavant et nous rions de nous-mêmes.

Dans le petit village de Sigtuna, nous nous sommes arrêtés dans un bistro sur la jetée pour manger des harengs panés à la farine de seigle et une salade de pommes de terre ; nous avons écouté les goélands et le clapotis de l'eau qui se mêlaient de manière hypnotique aux conversations feutrées de Suédois élégants. La serveuse a chatouillé la joue du bébé et pris notre commande dans un anglais parfait. *Tack*, avons-nous dit. *Tack*.

De retour à la maison, j'ai donné un bain au bébé puis je l'ai bercé tendrement pour qu'il s'endorme. J'ai respiré son cou et délicatement caressé ses cheveux blonds duveteux qui commencent doucement à s'épaissir. J'ai posé la main sur sa poitrine, senti les battements de son cœur, réguliers et miraculeux ; *boum boum*, l'écho de la vie. Sam et moi, fatigués par la promenade et le grand air, nous sommes glissés dans des draps frais avant la tombée de la nuit. Je me suis blottie dans les bras de mon mari, j'ai contemplé son beau visage, ses yeux noirs, sa mâchoire saillante, et ce torse solide comme une armure. Un homme fort, un homme capable de vous porter dans ses bras sans aucune difficulté.

J'ai laissé échapper un soupir de contentement. Encore une journée magnifique, ai-je dit.

Sam m'a embrassée sur le front et a fermé les yeux. J'ai bougé le bras pour retourner de mon côté.

Non, reste.

Oui, c'est exactement comme le dit Sam. Un conte de fées dans les bois.

SAM

Ça fait un an aujourd'hui que nous avons emménagé en Suède. C'est difficile à croire. Une année entière, un nouveau pays, une nouvelle maison, un enfant. Une vie complètement différente. Plus belle, en tout cas. Pour célébrer cela, je suis rentré de ma réunion à Stockholm avec un bouquet de fleurs printanières, une bouteille de vin et, pour Conor, un casque viking en tricot acheté dans un magasin de souvenirs de la vieille ville.

Merry était dans la cuisine, ses longs cheveux noirs remontés sur la tête, son tablier noué autour de la taille. Elle a souri en me voyant. Je l'ai embrassée et elle est allée chercher un vase pour les fleurs.

Très belles, a-t-elle dit.

Comme ma femme, ai-je répondu.

Je sais qu'elle aime que je lui dise qu'elle est belle.

Elle m'a serré contre elle et j'ai respiré son odeur ; parfum et friture fraîche. Joyeux anniver-Suède ! s'est-elle écriée. Regarde, j'ai cuisiné des boulettes de viande à la suédoise pour fêter ça.

Où est mon garçon ? ai-je demandé, et je suis allé chercher Conor. Il était allongé sur le tapis d'éveil dans le salon, en train d'essayer d'attraper la grenouille suspendue à la barre en plastique vert. Ce gamin, j'en suis fou. Huit mois déjà. Il grandit tous les jours, se développe à la vitesse de la lumière ; en mouvement perpétuel, il évolue sans arrêt.

Alors, ça va, mon grand ? ai-je demandé en m'allongeant à côté de lui. Il m'a souri ; son sourire me rend gaga : de l'amour pur, rose et sirupeux. J'ai enfoui le nez dans son ventre, humé l'odeur du talc et de la crème.

J'ai arrangé le casque sur sa petite tête, puis j'ai soulevé Conor pour le montrer à Merry. Deux tresses blondes de Viking pendaient du bonnet. Conor en a attrapé une et l'a mise dans sa bouche.

Génial, a dit Merry en riant, le voilà prêt à mener une invasion.

Elle est tellement heureuse ici. Pleine d'allégresse. Libérée de toute contrainte. Ça me fait chaud au cœur de la voir comme ça. C'est tout ce que j'ai toujours voulu, pour elle. Pour nous.

Je lui ai passé le bébé pour aller me laver avant le dîner. Elle l'a tenu tendrement dans ses bras ; je me suis arrêté une minute pour observer la scène.

Très belle, ai-je répété.

Nous nous sommes assis autour de la vieille table en chêne d'Ida, Con' sur la chaise haute que je lui ai fabriquée, Merry et moi face à face. Elle s'était détaché les cheveux et les avait coiffés sur le côté, comme je préfère. Son chemisier bleu donnait l'impression que ses yeux gris étaient presque translucides, comme des portes ouvrant sur un autre monde, ou comme s'il n'y avait rien derrière.

Je m'occupais du vin ; Merry servait les assiettes puis en essuyait le tour pour éliminer les gouttes de sauce. Elle avait allumé des bougies, même si la nuit ne tomberait pas avant des heures, et disposé les fleurs en bout de table.

À la Suède, ai-je proclamé en levant mon verre.

Merry a levé le sien et nous avons trinqué.

Hum, c'est bon, ai-je dit en avalant une bouchée.

Tu te rappelles, quand on s'est rencontrés, ai-je plaisanté, tu savais à peine faire cuire un œuf.

Ce n'est pas très charitable de le lui rappeler. Mais les choses ont tellement changé depuis cette époque.

C'est une nouvelle vie, a dit Merry.

Ouais, ai-je acquiescé. Et elle est plus belle.

Merry rayonnait. La lumière du soir entrait dans la maison et nimbait sa silhouette d'un léger halo doré.

Elle essayait de faire manger Conor, mais il n'arrêtait pas de tourner la tête.

Qu'est-ce que tu lui donnes ?

Poulet, carottes, brocoli.

Le veinard, ai-je dit en souriant. Laisse-moi essayer.

Je lui ai pris la cuillère en plastique bleu.

Vroummm, vroummm. Il a ouvert grand la bouche et ça a été réglé en moins de deux.

Tu vois ? ai-je dit en lançant un clin d'œil à Merry. Il veut juste que tu t'investisses un peu plus.

Plus tard, alors que Con' dormait, Merry et moi nous sommes allongés sur la pelouse pour finir la bouteille de vin. Je l'ai attirée vers moi et l'ai embrassée passionnément.

Les étoiles au-dessus de notre tête couvraient le ciel d'un tapis lumineux. Le parfum de la lavande emplissait l'air du jardin, de façon un peu trop prononcée à mon goût. Je discernais les yeux de Merry et j'y voyais mon reflet. J'ai soulevé son chemisier et je me suis penché sur elle.

Sam, a-t-elle protesté.

Chut… On est au milieu de nulle part.

Elle s'est détendue sous mon corps et a légèrement tressailli quand j'ai écarté ses cuisses.

Et puis, lui ai-je rappelé, on est censés essayer de faire un autre bébé.

Oui.

Ça, c'est la vie.

Exactement comme elle doit l'être.

MERRY

Aujourd'hui, j'avais prévu de confectionner des confitures et des petits pots. Le jardin déborde de fruits et de légumes, et presque toutes les purées que j'avais préparées pour le bébé ont disparu du frigo. Sam et moi pensons que le bébé doit manger le plus possible de produits bio et maison, alors nous cultivons quasiment tous nos légumes et je les prépare en purées avant de les mettre en bocal. Ce n'est pas si difficile, vraiment. Je pense que rien n'est insurmontable lorsqu'il s'agit de son enfant.

Quand nous sommes arrivés l'année dernière, la végétation, négligée pendant quinze ans, était retournée à l'état sauvage : la pelouse était pleine de mauvaises herbes et les arbres, attaqués par la pourriture. Nous avons abattu les épicéas infectés, arraché les buissons aux racines noueuses ainsi que la pelouse envahie par le mouron et le vulpin. Nous avons acheté des livres d'horticulture et planté d'innombrables rangées de jeunes plants achetés à la pépinière. Sam a construit des carrés potagers en briques sur lesquels il a installé des châssis vitrés pour protéger les légumes du gel pendant l'hiver. Nous avons connu des infestations d'escargots et de parasites, des plants récalcitrants, et commis des erreurs sur les saisons auxquelles les légumes se cultivent. À la longue, nous avons fini par mieux connaître les périodes de plantation et de cueillette, savoir en combien de temps pousse un chou et quelle est l'acidité optimale du sol. Aujourd'hui, nous sommes quasiment experts, enfin, moi en tout cas. Tout comme la cuisine, le jardin est mon domaine.

On ne manque jamais de rien ces derniers temps. Tous les matins, je suis dehors à planter les semences, arracher les mauvaises herbes, récolter les légumes du jardin. L'odeur de la terre embaume l'air ; l'odeur de quelque chose de bon et de sain. C'est le retour aux sources, dit Sam. Il voudrait croire qu'il sait faire la différence ; il mange une bouchée de salade et décrète qu'elle est du jardin ou du marché. Généralement, je mens s'il a mal deviné. Je n'aime pas qu'il se sente ridicule.

Pour les repas du bébé, je fais bouillir les légumes séparément sur la cuisinière, une casserole pour les carottes, une pour les brocolis, une pour les courgettes. J'écris des étiquettes pour les pots, comme si le bébé pouvait les lire et choisir son dîner tout seul. Sam aime ouvrir le réfrigérateur et les voir tous en rang, une armée d'aliments soldats prêts à l'emploi.

Moi, je connais une petite femme qui a été bien occupée, dira-t-il.

Oh oui, c'est vrai, ferai-je avec un clin d'œil. Modeste et adorable.

Bien sûr que je suis une petite femme bien occupée. D'après Sam, c'est le rôle de ma vie. Il ne peut plus se passer de moi maintenant : bonne épouse, bonne ménagère, bonne mère. Et il a peut-être raison, je suis taillée pour le rôle. En tout cas, il semble bien que j'y excelle. Vous pourriez dire que c'est inné si vous ne saviez pas à quel point j'ai travaillé pour y parvenir.

Peu importe ; ça vaut la peine, vous ne trouvez pas ? Qu'est-ce que je pourrais espérer d'autre ? Qu'est-ce que je pourrais vouloir de plus ? L'amour d'un mari, le bonheur d'être mère. Ça me suffit. Ça me remplit.

J'ai parfois l'impression de mener la vie pittoresque d'une femme de pionnier du XVIIIe siècle. M'occuper du potager, faire le pain, aller chercher toutes les semaines au marché mon panier de légumes verts : courgettes, choux frisés, céleris, tout ce que je n'arrive pas à faire pousser dans mon jardin. Sam s'émerveille du choix : la fraîcheur du saumon sauvage de Norvège, la saveur du vrai beurre fermier ou les œufs ramassés à peine pondus.

Mais comment a-t-on fait pour survivre aux États-Unis ? plaisante-t-il.

On se le demande, dis-je.

Nous comparons souvent notre vie avant et après ; le Nouveau et l'Ancien Monde. La Suède en sort toujours victorieuse. Pas vraiment la peine d'en discuter. La Suède, c'est un cadeau que Sam m'a fait. Qu'il nous a fait. C'est la réponse à tout ; c'est le remède à tous nos maux. Il dit qu'ici, c'est le paradis, puis il attend que je confirme.

Ce que je fais chaque fois. Comment pourrais-je ne pas en convenir ?

Aujourd'hui, c'était non seulement le jour des confitures et des petits pots, mais aussi celui de la salle de bains et de la cuisine, alors quand j'en ai eu terminé avec les préparations, j'ai confectionné ma pâte de nettoyage maison à base de vinaigre et de bicarbonate ; une recette trouvée sur un blog que Sam m'a fait découvrir. Ce site regorge d'astuces : des recettes de bougies parfumées ou les meilleures façons de nettoyer les joints couverts de moisissures récalcitrantes. Sam m'a inscrite à leur newsletter, comme ça je suis sûre de ne jamais rater aucun conseil.

Il est tellement incroyable. Plein d'initiative. J'admire les gens capables de prendre des décisions et de les mettre en œuvre. Je n'ai jamais été particulièrement douée pour ça. Je me demande souvent à quoi ressemblerait ma vie si c'était le cas.

À genoux dans la salle de bains, j'ai commencé par la baignoire. Récurer et faire briller les robinets jusqu'à ce que je me voie dedans, déformée et à l'envers ; retirer de la bonde une semaine de cheveux agglomérés en une boule visqueuse. Puis ça a été le tour des toilettes, travail minutieux, la tête dans la cuvette. Que dirait ma mère si elle me voyait en ce moment ? Je me suis regardée dans le miroir. Débraillée, c'est ce qu'elle dirait. Ou affreuse, plus probablement. Ni lavée ni maquillée, la peau grasse. Un mince filet de sueur mouillait le bas de mon T-shirt. J'ai reniflé mes aisselles.

Puis j'ai souri au miroir, un grand sourire éclatant. J'ai ouvert les bras dans un geste de bienvenue.

Bienvenue chez nous, ai-je dit à voix haute. Bienvenue dans notre vie.

La femme dans le miroir semblait heureuse. Convaincante.

Plus tôt ce matin, j'ai reçu un coup de téléphone de Frank. Elle a réveillé le bébé.

Je viens en Suède, a-t-elle annoncé.

Hein ?

Je viens vous voir !

Je n'ai pas cessé de le lui répéter, à la fin de chaque e-mail et de chaque coup de téléphone. Viens nous rendre visite, c'est merveilleux ici ; on serait tellement contents de te voir.

Et maintenant, elle vient. Elle sera là dans quelques semaines.

Ta meilleure amie, m'a dit Sam quand je le lui ai annoncé. Quelle bonne nouvelle !

Oui, c'est formidable, ai-je dit en souriant.

Je lui avais écrit un e-mail quelques jours plus tôt. Un autre message au sujet de ma vie merveilleuse en Suède, photographies à l'appui. Une pâtisserie maison, un enfant qui sourit, un mari torse nu. Elle avait répondu presque immédiatement, m'informant de sa nouvelle promotion, de l'achat d'un luxueux appartement flambant neuf à Battersea. Elle avait joint une photo de ses récentes vacances aux Maldives. Frank en bikini à motifs ananas, bronzée et luisante de crème solaire, sirotant un cocktail à la noix de coco au son du clapotis de l'océan Indien.

Que va-t-elle penser de tout ça ? De ma vie, quand elle la verra de ses yeux ?

J'ai essuyé le miroir et ouvert les fenêtres pour chasser l'odeur de vinaigre. Dans la cuisine, j'ai déplacé le lave-vaisselle et nettoyé la saleté accumulée contre le mur. J'ai décapé le four graisseux, grimpé sur un escabeau pour nettoyer le dessus du réfrigérateur. Quelquefois, j'aime bien tracer un message dans la poussière. Ce matin, sans raison particulière, j'ai écrit *AU SECOURS*.

Le bébé s'est réveillé en pleurant alors que j'étais en train de mettre tous les légumes qu'il me restait dans la saumure. La réalisation de bocaux de légumes marinés est un de mes nouveaux talents. C'est très gratifiant. Je suis allée dans la chambre du bébé et je l'ai observé dans son lit.

Il piquait une crise, rouge de colère parce que personne ne s'occupait de lui. La bave lui montait aux lèvres. Il m'a vue et m'a lancé un regard noir, il a tendu les bras et a roulé sur ses hanches pour essayer de sortir de son couchage.

Je l'ai regardé. De tout mon cœur, j'ai essayé de trouver les ressources. *S'il vous plaît*, ai-je pensé, *s'il vous plaît*.

On parle d'instinct, mais chez moi, c'est vraiment quelque chose de très flou. Enterré profondément, voire complètement inexistant.

S'il vous plaît, ai-je insisté, exhorté, supplié. Mais à l'intérieur, comme d'habitude, il n'y avait rien. C'était froid et creux. Le grand vide.

Je me contentais d'observer, incapable du moindre geste.

Les cris du bébé se sont faits plus pressants, ses besoins et ses exigences tordaient son visage. Pratiquement violet. Je regardais, impuissante, figée. J'ai tourné la tête pour qu'il arrête de capter mon regard, qu'il arrête de m'implorer de soulager sa colère. Il ne comprenait pas que j'en étais incapable.

J'ai observé sa chambre, pleine de livres et de peluches. Une carte du monde accrochée au mur, ainsi que des illustrations au pochoir de mammifères arctiques. Ours polaire. Orignal. Renard. Loup. Je les ai réalisées moi-même, pendant le dernier mois de grossesse, une boîte de peinture en équilibre sur mon ventre rond. Rien n'est trop beau pour lui. Et pourtant, ça ne suffit pas. Je suis dépassée.

Il est trop exigeant.

Dans le vacarme, j'ai essayé de reprendre mon souffle, de sentir les battements de mon cœur. Il battait à se rompre aujourd'hui, très fort et de manière saccadée ; un poing qui frappait contre les barreaux d'une cage.

Je me suis approchée du lit et j'ai baissé les yeux sur l'enfant hystérique. Mon enfant. J'ai secoué la tête.

Je suis désolée, ai-je dit enfin. Maman n'est pas d'humeur.

J'ai quitté la chambre et fermé la porte derrière moi.

SAM

Karl et moi étions assis dehors pendant que les femmes finissaient de préparer les salades à la cuisine. Lui et son épouse, Elsa, sont nos voisins les plus proches, de robustes Suédois, honnêtes et travailleurs. Elle travaille dans la formation continue ; il dirige une start-up spécialisée dans la réduction de la consommation énergétique des systèmes de chauffage. Ils nous ont invités à leur fête de Midsommar l'an dernier, juste après notre emménagement, et il nous a fallu tout ce temps pour leur retourner l'invitation.

Le bébé, me suis-je excusé, et Karl a haussé les épaules. Pas de problème.

Leur fille Freja jouait sur la pelouse avec Conor. Karl et moi discutions, et j'essayais de ne pas l'observer avec trop d'insistance. Difficile de détourner le regard, cependant : ses yeux d'un bleu profond, sa taille, sa carrure. Un Viking pur sang. Il avait apporté de la viande d'élan conditionnée sous vide.

Il faudra que tu m'accompagnes un de ces quatre, a-t-il déclaré. Tous les Suédois chassent.

Alors, a dit Karl, rappelle-moi ce que tu fais, déjà.

J'ai changé de branche. J'essaie de percer dans le cinéma, ai-je répondu. Le cinéma documentaire.

Tu en as fait avant ?

Non. Avant, j'étais universitaire. Professeur d'anthropologie. À Columbia.

Il a haussé les sourcils. Intéressant. Quel était ton domaine de recherche ?

J'ai souri. Les masques à transformation de rituel et de cérémonie en Afrique de l'Ouest et plus particulièrement en Côte d'Ivoire. Pas mal, dans le genre inutile, hein ?

Je suis sûr que c'est très intéressant.

À vrai dire, oui. Les masques sont fascinants. La façon dont ils permettent de faire circuler l'identité et le pouvoir dans ces tribus, la façon dont ces tribus dépendent de ces masques et de rites pour leurs…

Je me suis retenu de continuer. De me souvenir de ce qui me manquait.

Surtout, surtout, ne pas regarder en arrière.

Bref, j'avais envie de changer, ai-je dit.

J'ai fini mon verre de bière, repensé à ma dernière rencontre avec Nicole, la vieille fille instable des ressources humaines. Signez ici, paraphez là. Un licenciement rapide et sans façon qui avait réduit à néant pratiquement deux décennies de travail : tous les succès, les accolades, les titres.

Mais ils n'ont même pas entendu ma version, avais-je plaidé.

Ils en savent plus qu'assez, avait-elle répondu froidement.

Alors, vous êtes venus ici pour un travail, a poursuivi Karl.

Pas vraiment. Je recommence tout de zéro. Ça va me prendre du temps. En ce moment, je me consacre essentiellement à des réunions de présentation, j'essaie de montrer mon film aux bonnes personnes.

J'ai fait craquer mes jointures, le son rassurant des os qui se remettent en place. Karl ne lâchait pas.

Mais pourquoi venir en Suède ? a-t-il demandé.

J'ai haussé les épaules. Nous avions la maison. Nous voulions une vie différente. Les Américains vivent de manière tellement superficielle : tout n'est que bruit et distraction. Je… en fait, nous… nous avions envie de quelque chose de plus authentique.

L'Amérique n'est pas authentique ? a dit Karl en souriant. Il avait déjà terminé sa deuxième bière. J'ai plongé la main dans la glacière et je lui en ai tendu une troisième.

L'Amérique est un pays construit sur des mythes, ai-je repris. La destinée manifeste, l'exceptionnalisme américain. L'idée que nous sommes meilleurs qu'en réalité.

Karl a approuvé d'un signe de tête. Alors, quel est le verdict ? C'est mieux ici ?

Bien sûr, ai-je approuvé. La Suède, c'est l'endroit rêvé où vivre.

Karl a ri. Peut-être que tu ne regardes pas assez attentivement. Il a levé sa bière et fait semblant de porter un toast. Quoi qu'il en soit, espérons que tu aies raison.

J'ai regardé Conor sur la pelouse, joyeux et épanoui.

Bien sûr que la Suède était l'endroit idéal.

Freja est venue montrer à Karl une coupure sur son doigt. Il lui a dit quelque chose en suédois et elle a hoché la tête avant de retourner auprès de Conor.

Alors, ton pays ne te manque pas ? Ni tes concitoyens ?

Il n'y a absolument rien qui me manque.

Elsa est sortie de la maison en tenant deux saladiers en équilibre : salade de chou et laitue. Merry la suivait avec une pile d'assiettes et les couverts. Elle avait l'air fatiguée. Elle s'était levée tôt pour préparer cette soirée. À côté d'Elsa, elle semblait un peu repoussante, les cheveux sales et remontés en un chignon ébouriffé.

Pas eu le temps, m'avait-elle répondu plus tôt quand je l'avais interrogée à ce sujet.

Mais il y a toujours le temps, c'est ta façon de le gérer qui n'est pas bonne.

Et toi, Merry, a demandé Karl, les États-Unis te manquent ?

Merry a jeté un coup d'œil dans ma direction puis elle a haussé les épaules. Pas le moins du monde.

Nous nous sommes assis pour manger, avons fait passer les saladiers, le sel et le poivre. Merry avait mis trop de sauce dans la salade, mais je n'ai rien dit.

C'est très bon, a affirmé Elsa.

J'ai remarqué qu'elle avait à peine touché son assiette.

Merry a apporté un bol contenant le repas de Conor, et Freja a demandé si elle pouvait lui donner à manger. Elle a pris la cuillère et fait l'avion, transportant des cargaisons de bouillie dans la bouche de Conor.

Regardez un peu, ai-je dit en souriant. Elle se débrouille comme un chef.

Oui, a confirmé Karl, elle a hâte d'avoir un petit frère ou une petite sœur avec qui jouer.

Elsa a posé son couteau et sa fourchette. Karl a bu une petite gorgée de bière et m'a adressé un sourire entendu. En attendant, a-t-il repris, on lui a acheté un chat.

Elsa a regardé Conor et lui a tapoté le bras. C'est un merveilleux bébé, a-t-elle dit. Vraiment adorable.

C'est vrai, ai-je confirmé en me demandant comment Karl se débrouillait pour ne pas la casser en deux quand il lui grimpait dessus.

Merry s'est levée pour débarrasser la table, empilant les assiettes sans accepter l'aide proposée par Elsa. Elle est ressortie de la maison avec le dessert, un gâteau nappé de crème, une poignée de fruits rouges empilée sur le dessus.

Ma petite fée du logis, ai-je lancé, qu'est-ce que tu nous as préparé ?

Merry a fait passer des assiettes en verre et des fourchettes à dessert. J'ai reconnu l'argenterie de sa mère.

Merry, tu ne nous as pas dit ce que tu faisais, s'est enquis Karl.

J'ai montré le gâteau. Voilà ce qu'elle fait, ai-je dit, et tout le monde a ri.

Je travaillais comme scénographe, a répondu Merry de façon presque inaudible.

Pour le cinéma ? a demandé Karl.

Pour le cinéma, pour des émissions de télé, ou plus souvent juste pour des publicités.

Oui, ai-je poursuivi, elle était toujours en train de fabriquer des petits mondes imaginaires. Des cuisines et des salons, ces décors standard qu'on voit dans toutes les pubs minables. Pour un savon désinfectant ou des matelas.

Eh bien, il y avait des projets plus intéressants, a nuancé Merry.

Je me suis soudain souvenu d'elle rentrant un soir avec un fauteuil vert qu'elle avait passé toute la journée à chercher. Elle m'avait demandé de l'aider à le monter dans l'appartement. Je me rappelle à quel point je les ai détestés, elle et son fauteuil, de m'avoir interrompu pour quelque chose d'aussi futile alors que j'étais en train de corriger des copies. Ce travail était indigne d'elle. Indigne de nous.

À présent, elle avait cet air qu'elle prend de temps en temps. Pensif. Mélancolique. Comme si elle s'éclipsait. Comme si elle s'oubliait.

J'ai avalé une autre bouchée de gâteau. Oh, là là, il est bon, vous ne trouvez pas ?

Si, a acquiescé Karl. C'est un très bon gâteau.

Merry a cligné des yeux et souri.

Tu penses trouver quelque chose de similaire ici ? a demandé Elsa. Il y a beaucoup d'émissions qui sont tournées dans le coin, à Stockholm ou à Göteborg. Ce serait vraiment pratique, c'est très près d'ici.

J'ai croisé le regard de Merry, et elle a secoué la tête. Non, a-t-elle répondu. Pour l'instant, je suis contente de me concentrer sur mon rôle de mère. Vraiment, c'est ce qui compte le plus.

Avant leur départ, j'ai fait entrer Karl pour lui montrer ma collection de masques africains. Six visages en bois sculptés : trois de Côte d'Ivoire, un du Bénin, deux masques de fertilité igbos rapportés de mon semestre au Nigeria.

Comme c'est exotique ! s'est-il exclamé.

Ils sont terrifiants, a dit Elsa en frémissant.

J'ai ri. Merry ressent la même chose. Elle me supplie depuis des années de les ranger dans un carton.

Elsa a souri. Et pourtant, ils sont encore au mur !

Après nous être dit au revoir, j'ai fermé la porte et j'ai attiré Merry contre moi.

C'était amusant, ai-je dit.

Oui.

Tu ne trouves pas qu'ils ressemblent à des personnages de cire, ces deux-là ?

Oui. Elsa est en tout point parfaite.

Dans un coin de ma tête, j'ai noté l'invitation à chasser de Karl tandis que Merry finissait de nettoyer. Elle chargeait le lave-vaisselle, essuyait les plans de travail, ramassait les miettes dans sa main.

J'ai soulevé Conor du tapis et l'ai pris dans mes bras. Il sentait le parfum d'Elsa. Et la merde.

Je l'ai passé à Merry. On dirait que c'est l'heure de changer la couche, ai-je dit.

MERRY

J'observe le bébé à travers les barreaux de son lit. Une petite prison, qui le protège. Il me regarde. Il ne sourit pas. Il n'est pas heureux avec moi.

Eh bien. C'est réciproque.

Je scrute son visage. Je cherche des signes de changement. On dit qu'ils évoluent constamment. Qu'ils sont censés ressembler d'abord à leur père, puis à leur mère, puis de nouveau à leur papa. Mais il ne ressemble qu'à moi. À moi seule. Beaucoup trop.

Ses yeux accusateurs me fixent, pleins de reproches. Souviens-toi, disent-ils, souviens-toi de ce que tu as fait. Je suis désolée, dis-je tout bas avant de détourner la tête.

Mes barreaux à moi, ce sont des vitres et des arbres. La maison, une cage en verre entourée d'immenses baies vitrées installées par le père d'Ida pour maximiser la lumière et l'espace ; les grands pins séculaires qui bloquent la lumière. Mon île d'exilée, sans aucune échappatoire, coupée de toute vie extérieure. Nous sommes isolés.

Sam, moi et le bébé.

C'est tout ce dont nous avons besoin, affirme Sam.

Tu crois ? Tu n'as pas l'impression que nous sommes les trois seuls survivants d'un accident d'avion ?

Oh ! Ma sottise l'amuse.

Aujourd'hui, il est parti à Stockholm, ou à Uppsala, je ne sais plus, pour montrer sa bande démo à des directeurs d'agence de publicité et des producteurs. Il se donne du mal pour que ça marche. Il fait vraiment de son mieux. Comme toujours. Rien ne compte plus que la famille, affirme-t-il. C'est pour ça que nous avons emménagé ici, un nouveau départ, le meilleur endroit pour fonder une famille. C'est fou comme il aime le bébé. La moindre partie de son corps, la moindre chose qu'il fait, il en est dingue. À une époque, il me regardait de la même façon, comme si j'étais une merveille de la nature, un être rare à vénérer et adorer.

Lo-lo. Ma-man. Pa-pa.

Tout ce que nous disons est divisé en deux syllabes.

Cui-cui.

Da-da.

Ouaf-ouaf.

La plupart du temps, le bébé mange, mais pas toujours. Souvent, je lui prépare son repas et je l'avale tandis qu'il me regarde, cuillerée après cuillerée.

Tu vois ? Je n'en mets pas partout.

Je lui tends la cuillère et il secoue la tête.

Si le bébé pleure beaucoup, il ne parle pas. Il se balance sur le ventre, mais il ne sait pas encore marcher à quatre pattes. Il y a des étapes clefs de son développement que je devrais certainement contrôler ;

je ne le fais pas. L'exemplaire que Sam m'a offert du *Guide ultime de la première année de bébé* repose à côté du lit, fermé, sous un tube de crème pour les mains à la rose bio dont les fabricants reversent cinq pour cent de leurs bénéfices pour la préservation de la forêt tropicale.

Tu l'as lu, hein ?

Bien sûr, dis-je en mentant, c'est terriblement instructif.

Le bébé. Mon bébé. Il a un nom, mais je n'arrive pas à me résoudre à l'appeler de cette façon. Conor Jacob Hurley. Naturellement, c'est Sam qui lui a donné ce nom. Conor Jacob, a-t-il dit. Jacob en souvenir de son meilleur ami de lycée disparu en mer au cours d'un tour du monde à la voile. Conor en référence aux origines vaguement irlandaises de Sam. Conor Jacob. Conor Jacob Hurley. La décision a été prise, le nom écrit sur le bracelet accroché à son petit poignet. Je l'ai lu. J'ai articulé silencieusement les mots qui forment le nom de mon fils. Conor Jacob Hurley.

Les ballons accrochés à côté du lit d'hôpital étaient bleu ciel. L'un d'entre eux, déjà dégonflé, dérivait tristement parmi les autres.

Vous voulez tenir votre fils ? m'a proposé l'infirmière.

Si Sam n'avait pas été présent, j'aurais refusé.

Il croit que je suis une bonne mère, la meilleure qui soit. Dévouée, encourageante, généreuse. Sans ego. Il a peut-être raison sur ce dernier point. Parfois, je me demande : *Où suis-je ?* Ou alors : *Est-ce qu'il y avait quelqu'un avant ?*

Les jours où Sam n'est pas à la maison sont comme des jours de congé. Le bébé et moi n'avons pas de public à impressionner. Généralement, je ne me douche pas. Je reste en chemise de nuit. Je m'assois sur le canapé pour regarder des émissions de télé réalité, mon petit plaisir coupable (enfin, un de mes nombreux plaisirs coupables, devrais-je dire). Je ne m'en lasse jamais. Des femmes superficielles qui s'entre-dévorent ; des femmes au foyer et des mères adolescentes. Leur manière de feindre d'être vraies, alors qu'elles jouent pour les caméras. Pourtant, tout le monde continue de faire comme si de rien n'était. Ce complot est une réussite.

La plupart du temps, je mange des morceaux de beurre pour contrer mes envies de sucre et éviter de prendre du poids, mais quand Sam n'est pas là, je sors ma réserve secrète du tambour de la machine à laver et m'autorise à dévorer des paquets entiers de chips et de cookies, des gâteries que je fais entrer en douce du supermarché à la maison sous des paquets de couches et de lessive biologique. Je suis ignoble. Je n'ai vraiment rien d'une grande dame, c'est effrayant. Je m'arrache les ongles de pied et presse les poils incarnés sur mes jambes. Sam serait choqué de me voir comme ça. Parfois, être cette personne me fait froid dans le dos. En tout cas, quand Frank sera là, il sera hors de question de me retrouver dans cet état. Je vais devoir mettre tout ça entre parenthèses pendant un moment.

Certains jours, l'idée d'une sortie en dehors de notre petite île me paraît tentante, mais évidemment c'est Sam qui a la voiture. Nous sommes à une heure à pied de tout ici, et à quarante minutes de l'arrêt de bus le plus proche. Sam s'est acheté un VTT pour rouler sur les sentiers, mais il a décidé que je ne devais pas m'en servir. C'est trop dangereux avec le bébé, a-t-il décrété.

Alors, nous sommes coincés ici. Tous les deux. La mère et l'enfant, sans rien d'autre à faire que des tâches domestiques. Je soupçonne Sam d'aimer ça. Non, je suis sûre que ça le rend heureux. Mon manque de distractions. Disposer de toute mon attention. En fait, j'ai été surprise qu'il se réjouisse autant de la venue de Frank. À New York, il critiquait sans arrêt mes loisirs et activités extérieurs. Il se plaignait dès que je n'étais pas entièrement obsédée par sa personne : sa musique préférée, sa liste de lectures en cours, ses documents pédagogiques, ses nouvelles habitudes alimentaires ou sa dernière session d'entraînement. Obsédée par tout son être. Et à présent, par son enfant.

Le bébé. Le bébé que nous avons fait. Le bébé auquel nous avons donné la vie. Je me souviens de ce que j'ai ressenti ce jour-là, debout dans la minuscule salle de bains beige de notre appartement dont les murs étaient imprégnés de l'odeur de friture dégagée par le restaurant indien du rez-de-chaussée, lorsque j'ai discerné les deux lignes à peine visibles sur le bâtonnet, les lignes de la vie, imminente et indéniable. C'était le deuxième test. Et hop là, c'est à qui le bébé que voilà ?!

La porte s'était ouverte sur Sam, rentré en avance par surprise.

Est-ce que par hasard ? avait-il demandé en me regardant. Prise la main dans le sac, j'avais rebondi sans rien laisser paraître. Et pleuré. Oui, Sam, quelle merveilleuse nouvelle, tu ne trouves pas ?

D'après son étymologie, le mot *souffrir* signifie « supporter ». On n'est pas censé surmonter la douleur. Seulement l'endurer. Je suis libre de partir, c'est ce que tout le monde me dirait, mais la question, c'est comment, et avec quoi, et pour aller où ? Des questions auxquelles je n'ai jamais pu répondre. Comme si ces décisions n'étaient pas de mon ressort. Dans la vie, je n'ai personne d'autre que Sam. Il le sait. Ça fait sûrement partie du charme. Ça et le fait que je ne me débrouille pas bien toute seule. Je ne saurais jamais comment m'y prendre.

Il y a des nuits sans sommeil et d'autres qui n'en finissent pas. Parfois, je me réveille et trouve le bébé dans mes bras, sans aucun souvenir de l'avoir pris. Quand il se réveille en hurlant et que je m'approche de son lit, je le regarde devenir rouge de colère, les larmes couler sur son visage, les cris s'étouffer violemment dans sa gorge. Une bête sauvage déchaînée qu'on a posée là en échange de notre enfant. Je déteste le prendre dans mes bras, j'ai horreur de le réconforter, même si c'est tout ce qu'il attend de moi, tout ce qu'il demande. Je ne peux pas répondre à ses exigences. Je n'arrive qu'à le regarder en silence et sans bouger, jusqu'à ce qu'il ait pleuré toutes les larmes de son corps et soit trop épuisé pour continuer.

C'est pour l'apprentissage du sommeil, expliquerai-je à Sam, s'il se plaint des cris. Je citerai un éminent spécialiste en pédiatrie parce que j'aime lui montrer à quel point je prends au sérieux le développement de notre enfant. Il trouvera quand même à redire sur ma façon de gérer les choses. Il me donnera des conseils avisés, proposera des petites améliorations, comme il les appelle, car il y a toujours moyen de s'améliorer. Oui. Il aime m'éduquer. Il excelle à m'apprendre. Combler mes lacunes. Je pense que, peut-être, il me considère moi aussi comme une des lacunes qu'il tente progressivement de combler. Fais ci ; mets ça. Tu devrais quitter ton travail. On devrait se marier. On devrait faire un gosse.

Au fil des années, il m'a montré quoi apprécier et quoi désavouer. L'opéra italien, les pianistes classiques russes. Le jazz expérimental. La cuisine coréenne. Le vin français.

C'est Dvořák ? lui demandais-je comme si je ne le savais pas. Comme si je n'avais pas été élevée à Santa Monica dans une maison en face de l'océan, comme si on ne m'avait pas payé plus d'études et de cours particuliers que j'en voulais, ou n'en méritais.

Le mari. Le maître de la maison.

J'imagine qu'il m'explique seulement ce que je ne sais pas. Ce dont j'ai besoin. Ce que je veux. Qui je suis. En échange de quoi, je lui donne tout. Je lui donne précisément la femme qu'il veut que je sois. Une prestation parfaite. Il ne se satisferait pas de moins.

Les hommes avant Sam voulaient me sauver, souffler sur mes bobos pour les guérir. Sam veut tout reprendre de zéro. Et je répugne à le décevoir, parce que décevoir Sam est la pire chose qui soit. C'est la fin du monde, vraiment, et le retour du vide, inexorable et désespérant, qui me ronge de l'intérieur.

Tu vas être une mère incroyable, Merry, m'a-t-il dit tout au long de la grossesse, pendant la période des nausées et des malaises, alors que j'étais en proie à la sensation d'une invasion hostile et irréversible. Il n'arrêtait pas de me scruter, de poser ses mains sur mon ventre distendu. Il était fasciné par ce qu'il imaginait être son œuvre.

Regarde ça, s'émerveillait-il. Nous avons créé cette vie ; nous avons créé cet être vivant que tu portes.

C'est incroyable, disait-il.

Je n'y pensais pas. Mais Sam nous avait déjà concocté un plan de rêve : la Suède. Une toute nouvelle vie. Nous débarrasser de notre ancienne peau pour en revêtir une nouvelle. L'idée avait quelque chose d'attrayant : quitter New York, ses humiliations et ses secrets. Ceux de Sam ; les miens surtout.

Le bébé, le bébé. Sam l'aime tellement fort, ça m'empêche parfois de respirer. Et maintenant, il va falloir penser à Frank. Frank à la maison. Frank dans ma vie. Si proche. Peut-être trop. Nous sommes amies depuis l'enfance, une amitié des plus dangereuses. Forgée sur des souvenirs, des soirées pyjama et des secrets ; nouée autour de trahisons, de jalousies, de petites et de grandes cruautés. Elle a toujours fait partie de ma vie, d'une manière ou d'une autre, comme une présence immuable. Même quand nous sommes éloignées, séparées par des villes ou des continents, c'est à Frank que je pense le plus. C'est d'elle que j'ai besoin. J'imagine ses réactions devant ce que je dis ou fais, la façon dont je vis, la personne que j'aime. Je l'imagine embrasser la situation. J'imagine ce qu'elle ressentirait en voyant ma vie, comparée à la sienne.

Pour ça, on a besoin l'une de l'autre. Ça a toujours été ainsi.

Je me rappelle quand elle a emménagé à New York, parce qu'un des meilleurs cabinets de conseil l'avait engagée après sa maîtrise en administration des affaires. Soudain, c'était une autre Frank. Partie prenante de toutes les fêtes mondaines du pays, sortant avec des gérants de fonds spéculatifs, partageant son luxueux appartement avec un galeriste russe. Moi, j'ai fait mes bagages quelques mois plus tard pour m'y installer. Mon père payait mon loyer.

Mais qu'est-ce que tu fais là ? m'a demandé Frank quand je me suis présentée sur le pas de sa porte un samedi matin avec deux bagels au fromage frais.

J'ai toujours voulu vivre ici, ai-je répondu, je te l'avais dit.

Oui. Nous avons besoin l'une de l'autre. Sans l'autre, comment pourrait-on exister ?

Il était 21 heures quand Sam est rentré, bien plus tôt que ce qu'il avait dit. Le bébé était couché, endormi depuis peu grâce à l'aide d'une cuillerée ou deux de sirop pour la toux. Je fais ça de temps en temps, les jours les plus difficiles. C'est censé être sans danger. La petite botte secrète de maman.

Je fais aussi d'autres trucs. Comme poser des oreillers trop près de sa tête. Ou le coucher pour la sieste un poil trop près du bord du lit. Je ne sais pas pourquoi. Je ne sais pas ce qui me pousse à faire ça. Mais je ne peux pas m'en empêcher. Souvent, je pleure. Le reste du temps, je suis comme paralysée, avec des parties entières de mon corps mortes et noires comme un membre gangrené. Insensibles à la vie.

J'étais sur le canapé quand j'ai entendu la voiture de Sam sur le gravier. J'ai sursauté. Je regardais une émission sur des femmes qui affrontent leurs meilleures amies pour l'organisation du plus beau mariage. Je ne m'étais pas encore lavée. J'ai rapidement fermé le portable et ouvert un livre sur le développement du jeune enfant.

Bonjour, ma femme, a dit Sam en m'embrassant sur la bouche.

Son haleine était fétide, une odeur de viande pourrie. Ça m'a retourné l'estomac.

Comment ça s'est passé aujourd'hui ? ai-je demandé.

Il a ignoré ma question, s'est assis à côté de moi et a caressé mes seins gonflés, les soupesant comme un marchand du Moyen Âge.

On dirait que notre Merry sent le musc, a-t-il plaisanté. Je sais ce que tu veux, a-t-il dit en glissant la main dans mon jean. Je n'étais pas lavée ; ses doigts sentaient mon odeur.

Tu as utilisé le thermomètre ? m'a-t-il demandé. Il faut le faire tous les jours pour ne pas se tromper dans les dates.

Il y a quelques semaines, il m'a acheté un thermomètre basal. Je dois prendre ma température tous les matins et suivre les étapes de mon ovulation. Phase folliculaire, phase lutéale, durée du cycle, tout enregistrer et reporter sur une application de mon téléphone qui crée un graphique. La conception scientifique. Lorsque j'atteins un pic de fertilité, le téléphone sonne frénétiquement et un cercle rouge apparaît à l'écran. C'est une journée rouge. Un aide-mémoire. Un avertissement.

Je m'en sers, ai-je dit. Mais ça prend du temps pour trouver mon cycle.

Il est impatient. Il veut que je tombe de nouveau enceinte. Il a insisté pour qu'on s'y remette alors que le bébé avait à peine deux mois.

C'est trop tôt, avais-je supplié. Tout me fait mal.

N'importe quoi ! Le médecin a dit six semaines.

Je saignais après coup, répandant du sang rose sur les draps et dans ma culotte le lendemain. J'ai dû jeter plusieurs fois mes sous-vêtements directement à la poubelle, le sang séché, marron et dur, dégageait une forte odeur de rouille et de décomposition.

Viens, a dit Sam. Il m'a emmenée dans la chambre, m'a installée en douceur sur le lit, une idée derrière la tête.

Je suis restée allongée et j'ai fait semblant d'être motivée. Oh, oui. Encore. S'il te plaît. Il aime quand je le supplie. Quand je le remercie après, comme s'il m'avait fait un cadeau.

Certains jours, j'ai plus de mal à faire preuve de gratitude. À convenir que j'ai une chance incroyable. Sam allait doucement, s'arrêtait pour me regarder dans les yeux. Parfois, il me dégoûte. Une réaction physique à son odeur et à ses caresses, à sa façon de respirer par la bouche avec la langue relevée, aux poils sur ses épaules, noirs et raides, qui poussent par touffes.

Quelque chose en moi se soulève et frémit de le sentir si près.

J'imagine que c'est normal.

Je t'aime, Merry, a-t-il dit et alors j'ai ressenti quelque chose. De la reconnaissance. De l'amour. Ou du moins, c'est ce que je crois avoir ressenti. Parfois, c'est difficile de savoir avec certitude.

Sam sur moi, dans moi, s'agrippait à mon corps et respirait dans mon oreille.

On fait un bébé, a-t-il dit juste avant de jouir.

SAM

J'étais réveillé de bonne heure ce matin, rasé, habillé, quasiment parti. Merry installait Conor sur sa chaise haute.

Tu vas où ?

De nouveau à Uppsala. Je te l'ai dit il y a quelques jours.

Non, tu ne m'as rien dit.

C'est pas grave, ai-je fait en leur donnant à chacun un petit baiser. Tu as dû oublier. Tu sais bien que tu n'as pas bonne mémoire.

Tu y retournes ?

Ils m'ont rappelé. Réunion avec le directeur de la création, cette fois.

Elle a acquiescé d'un signe de tête. Bonne chance.

Dans la voiture, j'ai regardé l'heure, puis mon téléphone.

J'ai écrit : 10 heures.

Je suis sorti de l'allée et j'ai dépassé lentement les maisons des voisins. M. Nilssen était dehors avec les chevaux. J'ai levé la main pour le saluer. Apparemment, il est milliardaire. Il vend ses chevaux à des Saoudiens mais il roule toujours en Honda. Bon sang, ce que j'aime les Suédois. Ça m'éclate de partir et de voir tous les matins la vie qu'on mène dans ce pays. La chance qu'on a. Parfois, on touche le jackpot, c'est comme ça.

La journée promettait d'être belle. Claire et ensoleillée. La circulation était fluide.

En quarante minutes, j'avais atteint la porte de son appartement, le doigt sur la sonnette.

Tu es en avance, a-t-elle dit. Elle portait une robe en satin blanc ivoire moulante qui donnait l'impression qu'elle avait été plongée dans de la crème épaisse. Ses cheveux étaient détachés, longs et blonds, légèrement bouclés au niveau des épaules.

Bonjour, Malin, ai-je lancé en souriant.

Entre, a-t-elle dit.

Plus tard, autour de la table de la salle de conférences, j'ai fait face à six jeunes Suédois qui venaient de voir mon film. Il s'agit d'un mélange d'anciennes séquences tournées sur le terrain et de nouveautés sur lesquelles j'ai travaillé dans le studio installé à la maison. C'est du bon boulot. Je sais construire une scène. On m'a dit que j'avais l'œil pour réussir de bons cadrages. Que j'étais doué.

Je sirotais un espresso dans une tasse vert menthe.

C'est excellent, a commenté le directeur de la création, très dynamique.

Je pense avoir un regard neuf, ai-je dit. Grâce à mon parcours.

Faire sa propre promotion n'est pas si difficile. Le pouvoir de la pensée positive et tout.

Il est écrit ici que vous avez enseigné à Columbia ?

Oui, ai-je répondu.

Pourquoi cette reconversion ?

J'ai esquissé un sourire narquois. Eh bien, après plusieurs années passées à enseigner aux jeunes, on se rend compte que la situation s'est renversée. Ils savent tout, et on n'est plus qu'un dinosaure avec un morceau de craie.

Et puis aussi, j'ai été renvoyé. Je pense que j'aurais pu ajouter ça.

Ils ont ri. Bonne réponse. Attendrissante, pas trop prétentieuse. Je maîtrise comme un chef.

Et vous avez réalisé beaucoup de films en tant qu'anthropologue ?

Pas mal, oui. Surtout au début de ma carrière, lorsque je travaillais sur le terrain en Afrique. Mais j'ai toujours voulu réaliser. C'est pour ça que je reviens vers le documentaire.

Ils m'ont regardé et ont souri. Tous avaient moins de trente ans et affichaient une telle confiance en eux qu'on aurait dit qu'ils figuraient au classement des 500 chefs d'entreprise les plus importants du magazine *Fortune*.

Des pneus neige. Ce serait pour tourner une publicité pour une société qui fabrique des pneus neige.

Super, ai-je dit. Ça a l'air intéressant.

Un téléphone portable a sonné et le producteur s'est levé pour prendre l'appel. Avant de quitter la salle, il a glissé une carte de visite devant moi.

Excusez-nous, a dit le directeur de la création, nous sommes pris par un gros projet en ce moment. Tout le monde est un peu débordé.

C'était le signal de départ. J'ai fermé mon ordinateur et me suis levé en repoussant ma chaise.

Il m'a serré la main. On vous tiendra au courant.

Comment s'est passé ton rendez-vous ? m'a demandé Merry quand je suis rentré à la maison.

Bien, vraiment bien.

Elle a eu un grand sourire. Merveilleux.

Elle tenait Conor dans ses bras, lavé et prêt à aller au lit. Ses yeux étaient rouges, comme s'il avait pleuré.

Vous avez passé une bonne journée tous les deux ? ai-je demandé.

Oh, bien sûr. Une super journée, oui.

MERRY

Sam ne s'investit pas tellement dans les tâches domestiques, mais hier soir il a proposé de s'occuper du bain du bébé. Plus tard, il est sorti de la salle de bains en le tenant dans une serviette.

Hé, c'est quoi ça ?

Il a soulevé la serviette pour me montrer les cuisses de l'enfant. Je suis devenue toute rouge. Je n'avais pas remarqué les marques, quatre petits hématomes bleus sur la peau.

C'est bizarre, ai-je dit. J'ai dégluti.

Je me demande si ses vêtements ne sont pas trop serrés… Tu crois que ça pourrait être ça ?

Oui, c'est certainement ça, ai-je répondu. J'aurais dû lui acheter la taille au-dessus.

Sam a acquiescé. Bon, il va falloir que tu te charges de ça demain matin.

Tout à fait, ai-je approuvé, je m'en occupe en priorité.

C'est ainsi que, sous prétexte d'acheter de nouveaux vêtements pour bébé, j'ai eu l'autorisation d'utiliser la voiture pour la journée. Sam a pris le petit et j'ai roulé en direction de Stockholm, la musique à fond, l'air chaud du milieu de l'été entrant par les fenêtres ouvertes. C'était grisant, l'euphorie de la liberté, de laisser l'île derrière moi. Je m'étais habillée pour l'occasion, une jupe d'été légère à fleurs et un corsage sans manches.

À Stockholm, j'ai garé la voiture et me suis regardée dans le rétroviseur. J'ai détaché mes cheveux et je les ai ébouriffés. Je me suis mis du mascara et du rouge à lèvres. J'étais transformée. J'ai marché un petit peu pour aller dans un café de Södermalm sur lequel j'avais lu un article.

Parfois, je fais ça : je feuillette des magazines et j'imagine toutes les autres vies que je pourrais avoir. Boire un verre dans le nouveau bar à gin de Barcelone, passer une nuit dans un petit hôtel de luxe à Rome.

J'ai pris un journal anglais au comptoir et je me suis attablée près de la fenêtre pour faire semblant de lire. J'aime observer les gens en ville. Ils sont tous tellement beaux. La peau claire et les yeux perçants, les cheveux brillants, le corps tendu et bien proportionné. Pas de superflu. Rien ne dépasse, ne pend ni ne tire sur les coutures. Même leurs vêtements semblent immunisés contre les plis. Ce n'est pas seulement le cas de nos voisins Karl et Elsa : tout le pays est comme ça.

Elsa l'immaculée. Je devrais peut-être l'inviter pour le *fika* et essayer de me lier d'amitié avec elle. Nous pourrions échanger nos recettes de tartes et parler de l'éducation des enfants ; je pourrais lui demander ses secrets de beauté. Seulement, je n'ai jamais été très douée pour ça. Les amitiés féminines. Sauf avec Frank, j'imagine.

Sam n'arrête pas de me demander si je suis excitée par son arrivée. J'essaie d'être enthousiaste. J'ai vraiment hâte qu'elle soit là, enfin, je pense. Exhiber nos vies, lui montrer tout ce que j'ai accompli. Lui montrer que je suis la meilleure.

Mais je ressens aussi un profond malaise. Parce que Frank voit toujours plus que ce qu'elle devrait. Elle aime à penser qu'elle me connaît mieux que personne, peut-être même que moi. Elle estime que c'est une sacrée réussite. Alors, elle dépiaute ma vie comme un enfant triturerait avec un bâton un cadavre de phoque échoué sur le rivage. En attendant de voir ce qui va en sortir.

Coucou, je te vois !

Elle creuse et creuse sans arrêt, tente de déceler ce qu'il y a sous la surface. Je sais qui tu es vraiment, dit-elle, je connais la vraie Merry. Qu'entend-elle par là ?

J'ai observé une jeune femme installée à la table en face. Elle devait avoir une vingtaine d'années, blonde, mince et bien habillée. Elle mangeait une brioche à la cannelle ; à l'aide d'une fourchette, elle en portait de petits morceaux à sa bouche. Elle n'arrêtait pas de passer délicatement son doigt sur ses lèvres. Elle parlait avec un homme plus âgé, la quarantaine peut-être, qui portait un pull en cachemire gris et un jean foncé. Comme moi, il observait attentivement ses gestes, suivait des yeux sa fourchette jusqu'à sa bouche, scrutait ses doigts qui dansaient sur ses lèvres roses. À un moment, elle lui a touché le bras très naturellement, de manière amicale et innocente, mais je voyais que lui était électrisé.

Avec ses longs doigts, elle lui montrait quelque chose sur l'écran d'un ordinateur portable. Elle ne portait pas d'alliance, juste une fine bague en or sertie d'une petite topaze à l'index. Il hochait vigoureusement la tête alors qu'elle parlait ; elle a écrit quelque chose sur un carnet ouvert à côté de sa tasse. Il l'a regardée boire une gorgée, se lécher les lèvres pour s'assurer qu'il n'y avait pas de mousse autour de sa bouche. Amour ou simple passion, qui sait ?

Une femme plus âgée est entrée, seule, elle a commandé un café et un sandwich au serveur, puis s'est assise en face de moi, à une table près de la fenêtre. Elle était impeccable. Pantalon blanc, jolis escarpins en cuir, boucles d'oreilles en perles. Elle devait avoir soixante ans ou plus, belle et rayonnante, et rien chez elle n'avait été tiré ou regonflé par un chirurgien. C'est un mystère, la façon dont ici les femmes arrivent à vieillir avec tant de grâce.

J'ai pensé à ma mère, à la tête effrayante qu'elle avait à la fin de sa vie et à toutes les phases qui avaient précédé. Elle avait passé des années à tenter obstinément de prévenir l'inéluctable vieillissement. Une nouveauté tous les deux ou trois mois. Les yeux, lissés sur le contour, la peau en trop tirée et cousue en haut des tempes. Les dépôts graisseux aspirés et réaffectés, dans les joues ou dans les lèvres. La poitrine remontée, les graisses abdominales retirées à l'aide d'une pompe.

Enfant, j'adorais la regarder quand elle se préparait à sortir. Mon père rentrait toujours à la maison avec des invitations pour des galas et des bals, des dîners de bienfaisance ou l'inauguration d'un nouveau pavillon à l'hôpital. C'était un spectacle élaboré, le maquillage du visage, la torsion des cheveux en une coiffure sophistiquée, les efforts pour enfiler une robe trop petite de deux tailles et pour laquelle elle avait deux décennies de trop.

Tu es si belle, lui disais-je.

Je ne suis pas assez belle, me répondait-elle immanquablement.

Ou parfois : J'étais belle, oui, avant de t'avoir.

Elle m'accusait et me tenait pour responsable de tellement de choses. La transformation de sa silhouette. L'éclaircissement de sa chevelure. Le ramollissement de sa peau. L'absence d'attention de mon père.

Il ne lui a jamais demandé d'arrêter les opérations. C'était peut-être sa façon à lui de la punir.

Sam dit qu'il m'aime au naturel. Ça veut dire mince. Coiffée. Épilée. Exfoliée puis imprégnée de lotion, douce comme un fruit mûr.

Un jour, au début de notre relation, il m'a rasée ; il m'a demandé de me tenir debout devant lui dans la baignoire pendant qu'il passait un rasoir entre mes jambes et qu'il taillait doucement. Voilà, a-t-il dit, c'est comme ça que je te veux.

J'ai regardé avec délice la femme nouvelle que j'étais. *Aimée*, ai-je pensé, *voilà ce qu'on ressent quand on est aimée.*

Six ans plus tard, aux premières heures de la matinée, alors que Sam dort encore profondément, je me lave les dents, prends soin de mon visage et coiffe mes cheveux. Je dessine mes sourcils, teins mes cils et épile les poils qui pointent au-dessus de mes lèvres ; je coupe mes cuticules, ponce les peaux mortes de mes talons et vernis mes ongles aux couleurs de la saison.

Je me rase, j'hydrate ma peau pour l'adoucir, je me parfume et mets du déodorant, j'utilise des lingettes intimes pour sentir bon les fleurs plutôt qu'une odeur de femme. Tout ça, je le fais pour être transformée à son réveil ; quand il me désire, je suis prête. Toute à toi, dis-je. Je suis toute à toi.

C'est un mensonge ; je garde une petite partie pour moi.

Il devait être aux alentours de midi quand je me suis rendu compte que j'avais faim. J'ai quitté le café et déambulé en plein soleil dans les ruelles pavées. J'imagine que c'est une ville agréable. Charmante ; tout en retenue, à l'inverse de New York. Ici, on ne sent pas souffler ce courant d'air, cette pulsion qui porte au vice, au désir et à la cruauté. Il n'y a pas de convoitise ni de secrets.

Sur Götgatan, j'ai repéré un café qui arborait dans sa vitrine une jolie rangée de quiches. Je suis entrée et j'ai commandé au comptoir, puis je me suis assise à une petite table au fond. La serveuse m'a apporté ma commande, des couverts et une serviette. *Tack*, ai-je dit et elle a souri aimablement. La quiche était savoureuse, pas trop lourde. C'était à la fois étrange et délicieux de manger seule ; un plaisir interdit datant d'une autre vie.

Parce que je ne voulais pas que ça s'arrête trop vite, j'ai commandé un café ensuite. Le bistrot se remplissait ; j'ai vu la serveuse regarder dans ma direction puis s'approcher de ma table.

Excusez-moi, a-t-elle dit, ce monsieur voudrait manger.

C'était l'homme du bar.

Puis-je ? a-t-il dit en désignant la chaise libre en face de moi.

J'ai souri. Bien sûr.

Vous êtes américaine, a-t-il déclaré en s'asseyant.

Oui. Désolée.

Il a ri. J'essayais de me souvenir des gestes de la femme d'avant, la manière dont elle se touchait les lèvres, subtile et étudiée. J'ai passé mes doigts devant ma bouche. Je l'ai regardé me contempler.

Vous êtes ici pour affaires ou pour le plaisir ?

Oh, ai-je répondu en souriant, avec moi, c'est le plaisir avant tout.

De nouveau, mes doigts se sont posés sur mes lèvres.

Vous me faites penser à quelqu'un.

Oui, on me le dit souvent.

Vous êtes en vacances ?

J'ai hésité. J'avais une affaire à régler, lui ai-je dit.

Je voulais paraître mystérieuse et énigmatique. Le style de femme qu'un homme dans son genre désire ardemment. J'ai bu une gorgée de café, j'ai touché mes lèvres. J'ai souri tristement puis regardé au loin dans la rue, comme si je me souvenais de quelque terrible secret ou d'un profond chagrin.

Oui, une affaire à régler. Je l'ai regardé me contempler et se tortiller sur son siège.

À New York, les journées comme celle-ci étaient nombreuses. C'est facile dans une ville de cette taille. On ne voit jamais deux fois la même personne. On n'a jamais à être deux fois la même personne. Assise dans le parc, flânant au Met, faisant passer le temps à la bibliothèque. J'étais la femme à la robe rouge, ou celle au manteau bleu, ou encore celle au foulard à motifs de lèvres rouges. J'étais avocate, étudiante, sage-femme, anthropologue, directrice de galerie ; j'étais Dominique ou Anna, Lena ou Francesca. J'étais toutes ces femmes. Toutes sauf Merry. C'était une montée d'adrénaline, un moment qui n'appartenait qu'à moi ; un spectacle pour mon divertissement personnel. Mon plaisir secret. Il était rare que ça aille trop loin.

Enfant déjà, j'adorais par-dessus tout jouer la comédie devant le miroir de la salle de bains. Parfois, je volais un des rouges à lèvres de ma mère ou quelques bijoux. Je faisais semblant d'être mannequin ou actrice ; d'autres fois, une petite amie folle d'amour ou une femme trompée. J'aimais me regarder me transformer en quelqu'un d'autre. J'essayais des voix et des accents différents, je changeais les expressions de mon visage. Je pouvais jouer ces scènes pendant des heures. Je ne m'en lassais jamais. Et je ne m'en lasse toujours pas. C'est peut-être un don. La capacité de se glisser dans des personnages, comme s'ils étaient des robes dans une penderie, attendant que quelqu'un les enfile pour les faire virevolter.

Au fait, moi, c'est Lars, a dit l'homme.

Il a tendu la main et l'a laissée s'attarder dans la mienne. Pendant qu'il mangeait son repas, je lui ai raconté mon récent voyage aux Maldives.

Vous m'imaginez un peu, ai-je dit en riant, deux semaines entières sur une île tropicale avec rien d'autre que la garde-robe d'hiver de M. Oleg Karpalov en ma possession !

Sur quelle île ? a-t-il demandé.

J'ai essayé de me souvenir de l'e-mail de Frank, en vain. J'ai jeté un coup d'œil à ma montre.

Il faut que je file, ai-je dit.

Il m'a attrapé le poignet.

Attendez ! Donnez-moi votre numéro.

Il a sorti son téléphone de sa poche et a tapé le numéro que je lui dictais.

J'ai souri.

J'avais gagné.

Il était tard et j'ai dû me précipiter sur Drottninggatan pour trouver un grand magasin. Il fallait que je redevienne Merry. Au rayon bébé, j'ai empilé des vêtements sur mon bras. Des T-shirts, des pantalons miniatures, des bermudas avec des dinosaures sur les poches, des petits survêtements et des bas de pyjamas.

Le téléphone s'est mis à sonner et mon cœur a fait un bon.

Qu'est-ce que tu fais ? m'a demandé Sam. Je pensais que tu serais déjà de retour. Il avait l'air énervé.

Je me suis confondue en excuses. J'ai eu un mal de chien à trouver ce que je voulais, ai-je expliqué. Tu sais bien que je me perds toujours ici, en ville.

Bon, ne traîne pas.

Oui, Sam, ai-je dit en m'excusant encore une fois avant de raccrocher.

J'ai payé les vêtements et me suis éclipsée aux toilettes. Devant le miroir, j'ai humidifié un bout de papier et je me suis démaquillée sous la lumière blanche. Dans une des cabines, une femme avait des haut-le-cœur. *Probablement une boulimique*, ai-je pensé, même si rien ne me le prouvait.

Je retournais à la voiture quand je me suis vraiment perdue ; les ruelles pavées, les vitrines élégantes, les boutiques pittoresques et les magasins d'antiquités, tout se fondait en un décor dépourvu de repères : des rues immaculées, des gens polis, un flot de piétons et de véhicules trop bien réglé. La liberté enivrante que j'avais ressentie plus tôt s'évanouissait déjà. Ma poitrine se resserrait, les rues se rétrécissaient en même temps, se refermaient sur moi, m'écrasaient. Je déteste contrarier Sam. Je suis terrorisée chaque fois qu'il a une raison de me prendre en défaut.

J'ai fini par retrouver le parking. Une vieille Rom faisait la manche à l'entrée. Elle m'a regardée, a fait un bruit avec sa bouche et un signe réprobateur du doigt : une sorcière lançant un sort.

Je suis rentrée à la maison en conduisant trop vite. Quand je suis arrivée, Sam m'a donné le bébé.

Il n'a pas encore mangé, a-t-il dit. Et il a besoin d'un bain.

Il ne m'a pas embrassée.

Il y avait déjà un message de Lars sur mon répondeur. Je l'ai rapidement effacé de mon téléphone, et je suis allée m'occuper de mon enfant.

SAM

Un e-mail des gars d'uppsala ce matin. Ils ont choisi un autre réalisateur pour les pneus neige. Trous du cul. J'étais le meilleur de ma classe, diplômé de l'université avec une putain de mention. Une bourse d'étude, une bourse postdoctorale. Ma titularisation. Et maintenant, ça.

Ça va aller. Je vais y arriver. Faut juste que je tienne bon. Que je m'accroche.

Depuis le studio, j'entendais Conor pleurnicher. Il n'est pas en forme depuis quelques jours.

Il fait ses dents, m'explique Merry. Elle me dit que c'est normal. Elle a lu ça dans le livre sur la parentalité que je lui ai acheté.

Allons faire une grande promenade, ai-je proposé. J'incite Merry à faire de l'exercice. À se raffermir. À perdre les kilos de grossesse qui s'accrochent encore à elle. C'est seulement une question de discipline.

J'ai installé Con' dans le porte-bébé et je l'ai hissé sur mes épaules. Merry lui a mis de la crème solaire et un chapeau, et m'a tartiné la nuque pour éviter les coups de soleil.

Nous avons fermé la porte derrière nous et pris la direction des chemins forestiers qui font le tour de la réserve. Il faisait bon mais pas trop chaud, on entendait le bruit sourd des insectes et des oiseaux. Nous marchions en silence.

Une bonne suée, ça va nous faire du bien, ai-je dit en prenant un des sentiers les plus difficiles.

Merry marchait derrière nous. Je l'entendais respirer.

C'est magnifique, ai-je commenté. Les étés sont dingues ici.

Merry restait silencieuse.

Chérie ?

Sam, je n'arrête pas de le répéter, tu sais bien. C'est magnifique. Parfait. Incroyable.

Mince, ai-je dit. J'imagine que tu n'es pas enceinte, alors.

Quoi ?

Détends-toi… Je plaisante. Je devine que tu as des règles particulièrement difficiles, c'est ça ? Ton humeur massacrante. Tes hormones font les montagnes russes.

J'ai ri.

Vous, les femmes, vous êtes tellement sensibles. Et dire que vous voulez diriger le monde.

Je continuais à avancer, la laissant bouillir. Je ne tolère pas ces sautes d'humeur, elle le sait pourtant bien.

On est mardi matin et je randonne avec un bébé dans le dos. Faut croire que pour moi, c'est ça, la vie en Suède. La transculturation. En anthropologie, c'est ce qui arrive lorsqu'une personne s'installe dans une nouvelle société et adopte sa culture.

Professeur. J'ai toujours aimé qu'on m'appelle comme ça. On dirait que ça ne marche pas aussi fort pour moi ici. Hé, professeur Hurley, vous pouvez zoomer sur les pneus neige ?

Conor s'est mis à pleurnicher et je me suis arrêté pour voir ce qu'il avait.

Il avait retiré son chapeau et il était trempé de sueur. Merry nous a rattrapés.

Il a très chaud, me suis-je inquiété.

Tout va bien, a répondu Merry. Il faut juste qu'il boive un peu. Elle lui a donné le biberon et il l'a repoussé. Elle a versé de l'eau sur un morceau de tissu et l'a posé sur son cou pour le rafraîchir.

Super-maman, ai-je dit. Tu connais tous les trucs.

Désolée pour tout à l'heure, a-t-elle déclaré. Tu as raison. Ça doit être mes règles.

Le sentier faisait une boucle et descendait vers le lac.

Je me suis baissé pour tester la température de l'eau. Glacée, ai-je annoncé. Encore quelques semaines et ce sera parfait.

Merry était figée, le regard perdu dans le bleu infini de l'eau.

Tu envisages de piquer une tête ? ai-je plaisanté.

Plus ou moins, a-t-elle marmonné, et elle est restée un petit moment comme ça, perdue dans ses pensées.

De retour à la maison, Merry a préparé un repas léger, fromage et pain frais, une salade. Elle semblait encore préoccupée. Elle a oublié le citron dans mon soda, l'huile pour la salade.

Tu n'as pas l'air dans ton assiette aujourd'hui, ai-je commenté, et elle a eu l'air de rétrécir.

Je suis désolée, Sam, je ne sais pas ce que j'ai.

Frank a confirmé ses dates ? ai-je demandé dans le but de lui remonter le moral.

Non, a-t-elle annoncé en secouant la tête. Elle aurait des affaires à boucler au travail. Apparemment, elle prend un congé sabbatique.

Le pain est bon, ai-je dit et elle a souri.

C'est une nouvelle recette que j'ai essayée.

Ça, c'est ma petite femme ! Toujours en train de se surpasser.

Merry a fait un grand sourire. On dirait qu'elle a besoin d'être rassurée. Sinon, elle perd tous ses repères, elle oublie qui elle est.

Tiens, au fait. J'ai décroché le boulot.

Oh ! Sam, j'en étais sûre.

Après le déjeuner, elle a couché Conor pour sa sieste puis elle est revenue avec deux couvertures qu'elle a étendues sur la pelouse.

Voilà, comme ça, on peut faire une petite sieste nous aussi.

Elle a souri, plissé les yeux dans le soleil et m'a regardé avec son petit air.

Merry, c'est mardi après-midi. J'ai du boulot.

Je l'ai laissée seule sur la pelouse vide et je suis rentré. Dans l'obscurité du studio, je me suis assis pour regarder les vidéos d'autres réalisateurs sur l'écran trente pouces que j'avais acheté en vue de ma nouvelle carrière. J'ai lu mes e-mails. Il y en avait un de Columbia, un appel à candidatures pour une subvention. Ils ont dû utiliser une vieille liste d'adresses.

Au bout d'une heure environ, j'ai remonté les stores pour regarder dehors. Merry était toujours sur la couverture, assise en tailleur face à la maison. Elle ne laissait transparaître aucun signe de plaisir. Rien du tout.

C'est fou comme j'aime cette femme, ai-je pensé.

MERRY

J'étais allongée dans la baignoire, dans de l'eau devenue trop froide. Le corps immergé flotte d'une façon particulière. Les cadavres qu'on sort de l'eau ne sont jamais identifiables, des créatures gonflées et boursouflées, caricatures hypertrophiées de leur ancienne forme humaine. J'ai frémi, puis je me suis figée sous la surface. Si diaphane. Si mince. À peine là. Je ne prends presque pas de place.

Dans le miroir, les premiers yeux de ma mère m'observaient, pas les suivants, bannis car trop vieux et trop tristes. Ou peut-être que ce n'était pas de la tristesse, mais de la colère qu'elle essayait de déguiser. De la colère contre mon père qui passait ses journées à travailler et ses nuits avec d'autres femmes.

Il paraît qu'on épouse son père. On prie pour que ce ne soit pas vrai. Je pense parfois à Sam et à tous ses déplacements professionnels, tout le temps dont il dispose pendant que le bébé et moi sommes coincés ici, livrés à nous-même et à nos mauvaises habitudes. Il a des antécédents, pour le dire gentiment ; il a eu quelques aventures. Je n'ose pas en parler. N'ose pas exprimer ma crainte qu'il ne soit pas ce qu'il affirme être : un homme différent, un homme meilleur. Pourquoi ça me préoccupe, dans le fond ? Je n'ai aucun droit de le juger. Moi-même, je ne suis pas innocente.

Non, vraiment pas innocente.

J'ai observé mon buste nu qui se soulevait et tremblait, mes seins avachis qui ondulaient. Plus bas qu'avant, plus gros et plus ronds. Sam les caresse avec adoration.

Ce sont des seins de mère, maintenant, affirme-t-il, comme si leur dessein divin avait enfin été révélé.

J'ai nourri le bébé au sein pendant six mois, j'ai soumis à la torture mes tétons fissurés et engorgés. Parfois, la douleur était si forte qu'elle m'arrachait des cris. Le bébé ne remarquait rien.

À l'hôpital, juste après sa naissance, les infirmières ont voulu que je le prenne, que je le tienne contre moi, peau à peau. Trouver sa prise. Téter. Donner le sein. Tout est primaire et se fait à la vue de tous. Vous êtes un animal, comme vous l'avez toujours été.

Vache, truie, chienne ; sanguinolente et abîmée.

Dans mes bras, le bébé, rose et duveteux comme un cochon truffier, n'arrêtait pas de chercher de la bouche mes tétons.

Le lait ne venait pas. Le corps ne voulait pas s'exécuter. Les infirmières ont rapporté différentes pompes et une conseillère en allaitement qui s'appelait Ève. Elle m'a donné des petits comprimés blancs. Elle m'a dit de continuer à tenir le bébé près de moi, de le garder peau contre peau, de garder sa bouche sans dents à proximité de mes seins sans lait.

Comment en suis-je arrivée là ? Je n'en sais trop rien. J'ai l'impression que quelque chose en moi s'échappe tous les jours, des bouffées de légèreté et de vie. Par-ci, par-là. Parfois en réponse à une chose anodine, comme l'enthousiasme permanent de Sam pour notre vie toute belle toute nouvelle, ou son acharnement à admirer le bébé, son dernier sourire ou le dernier mot quasi incompréhensible qu'il a prononcé. D'autres fois, c'est un instant, un aperçu de ma vie réfléchi par une fenêtre ou un miroir. C'est toi. C'est ta vie. Voilà ton compte de bonheur et de joie. Je n'ai rien à reprocher à cette vie, c'est juste qu'elle ne me convient pas.

Si je ferme mes yeux, je ne vois rien.

Non. Je vois Frank.

Si nette, si sûre d'elle, de bien des façons. Une femme aux contours bien définis. Et moi, floue. Un corps qui va disparaître.

Et pourtant, c'est Frank qui m'a toujours donné forme, qui me permet de me voir clairement. Parce que d'où elle se tient, la vue est spectaculaire. Il y a quelque chose à convoiter. Quelque chose à envier, d'un désir si vigoureux qu'il ne pourra jamais être assouvi. Ma meilleure amie. Oui, sans aucun doute.

Je me suis assise dans le salon pour écrire une liste de tout ce dont je vais avoir besoin pour son séjour. De nouveaux draps, des oreillers ultra-doux et des couvertures. Des paniers tressés et des succulentes dans des pots en pierre pour rendre la pièce plus chaleureuse. Peut-être une ou deux images encadrées, quelque chose de visuel et d'abstrait, ou un dessin à l'encre d'un des magasins de mobilier design aux alentours de Söder.

Depuis le mur, six paires d'yeux me regardent, les masques de Sam, creux et terrifiants. Un jour, j'ai vérifié s'ils ne cachaient pas de caméra. Ces mini-caméras que les gens utilisent pour espionner leur baby-sitter. Il m'était soudain venu à l'esprit que Sam pouvait regarder. S'assurer qu'il ne ratait aucun de mes talents de mère. Il aime tellement contrôler les choses. Je les ai décrochés pour les examiner sous toutes les coutures, le bois dégageait une forte odeur de pourriture. Il n'y avait pas de caméra derrière les masques, pourtant ils ne manquent jamais de me troubler. Me rappeler que je suis toujours sous surveillance. Et voilà qu'une nouvelle paire d'yeux va venir se poser sur moi.

Il était l'heure de faire déjeuner le bébé. Dans sa chambre, il m'a tendu les bras, plein d'espoir. Je l'ai regardé, comme d'habitude. J'ai attendu. Espérant ressentir quelque chose.

Je me demande si on n'en hérite pas. Des instincts maternels, ou de leur absence. Je n'arrive pas à me rappeler Maureen en train de me tenir dans ses bras. À six mois, elle m'a laissée à une nounou pour suivre une cure d'amaigrissement d'un mois en Suisse. Enfant, chaque fois que je pleurais, elle levait les yeux au ciel et disait, ça ne va pas aller en s'arrangeant, Merry, tu peux me croire.

C'est grâce à Carol, la mère de Frank, que j'ai su ce que ça faisait d'être aimée. D'être maternée. Je l'adorais. L'odeur de sa cuisine, son corps robuste, sa capacité à vous tenir fermement contre elle et écarter tous les tracas. Ma mère me déposait chez Frank comme si c'était une garderie, faisant un signe de la main à Carol depuis la voiture parce qu'elle ne voulait pas avoir à entrer dans leur salon miteux de Brentwood. Elles s'étaient rencontrées par l'intermédiaire de leurs maris. Mon père, chirurgien en chef à Cedars, et celui de Frank, Ian, gynéco.

À peine étais-je sortie de la voiture avec mon petit sac que ma mère passait la marche arrière et filait déjeuner avec ses copines ou s'occuper de sa personne. Coiffeur, institut de beauté, journée thalasso ; parfois je restais plusieurs jours, le temps qu'elle se remette d'une intervention ou fasse une cure. Tu es vraiment la meilleure, Carol, lui disait ma mère, mais quand elle la croisait dans des soirées mondaines, elle feignait de ne pas la connaître.

Je rêvais que ma mère ne revienne jamais pour rester toute la vie avec Carol, enveloppée dans ses bras, réconfortée par son accent du Sud, au chaud et en sécurité dans le seul endroit où je me sentais chez moi. Ma mère revenait toujours me chercher, et chaque fois on se lançait ce bref regard chargé de déception : ah oui, c'est toi.

Dans son berceau, le bébé s'intéressait à présent à Nounours. Ils avaient l'air en grande discussion tous les deux.

Je regardais. J'imaginais Frank découvrant mon fils, les bouclettes qui commencent à pousser derrière ses oreilles, son sourire tout en gencives, ponctué de petits bouts de dents pointues ; ces yeux pétillants, le gros bidon qu'il aime se faire chatouiller. Ces mains boudinées qui attrapent tout ce qu'il voit et tirent dessus. Son odeur à la sortie du bain ou lorsqu'il dort, ses soupirs satisfaits et les gros bisous baveux, les tout petits bras qui cherchent votre cou pour s'y agripper dans une étreinte exquise et chaleureuse.

Mon fils. Mon enfant.

Je l'ai pris dans mes bras et je lui ai offert toute mon affection.

SAM

Oh ! Samson, tu ne peux pas honnêtement me dire que tu es heureux là-bas.

Ma mère au téléphone, depuis les États-Unis.

Samson, je te connais.

Maman, je te l'ai déjà dit, c'est magnifique ici. J'aimerais que tu viennes voir par toi-même.

Elle ne le fera pas, Dieu merci.

C'est trop loin, a-t-elle dit.

Tu n'as même pas encore rencontré ton petit-fils.

Ça ne suffit pas à la convaincre. Elle n'arrive pas à croire que je suis parti. Elle veut me punir pour ça. Ou peut-être que je ne mesure pas à quel point elle déteste Merry. Au point de ne pas vouloir rencontrer notre fils.

Elle a soupiré. Cette maudite Ida, a-t-elle grommelé.

Elle m'a légué une maison. C'était une femme adorable.

S'il te plaît, a-t-elle sifflé. C'est sa faute si je me trouve seule, avec toi à des milliers de kilomètres.

Tu es mesquine, ai-je répondu.

Ida était une sale manipulatrice, je l'ai toujours dit. Elle ne s'est mariée avec mon père que pour rester ici. Et puis voilà qu'elle fait ça, elle lègue une maison à mon fils pour qu'il déménage à l'autre bout du monde.

Bref, a-t-elle conclu, toutes les mêmes.

Qui ? ai-je demandé.

Les femmes.

Silence sur la ligne.

Samson, a-t-elle repris lentement. J'ai joué au bridge avec Myra la semaine dernière.

J'ai retenu ma respiration.

Tu te souviens de sa fille. Josie Rushton, de Columbia.

Elle a marqué une pause.

Ce sont des racontars, ai-je dit, sachant où elle allait en venir.

Mais elle a dit que vous étiez…

Racontars, ai-je coupé.

Tu n'es pas parti à cause de ça ? Mon fils, dis-moi que tu n'es pas parti pour fuir tes problèmes ! Je sais bien que ce ne serait pas la première. Je te connais comme…

Je vais y aller, maman, ai-je dit et j'ai raccroché le téléphone.

Je suis sorti de la maison. Les échanges téléphoniques avec ma mère se terminent généralement de la même façon : ils me mettent dans une colère noire. J'ai ouvert la porte de la remise au fond du jardin. Les cartons d'Ida sont encore empilés à l'intérieur. Une tondeuse, un canoë à décaper et repeindre. La liste des choses à faire est sans fin. Au moins, on peut vivre dans la maison à présent, et le jardin est sous contrôle.

Bon sang, quand je pense au jour où nous sommes arrivés, dans quel état c'était… Une maison aux fenêtres condamnées qui tombait presque en ruines, un jardin envahi par la végétation, un enchevêtrement de ronces, d'arbres en décomposition et d'aiguillons acérés qui attendaient de nous mettre en pièces. Merry enceinte, moi qui faisais le tour de la propriété dans un état second, en attendant d'y voir plus clair. Je m'étonne que nous ne soyons pas partis en courant.

La maison était pratiquement inhabitable, avec quelques meubles recouverts de draps marron de poussière, des vitres cassées, des tuiles qui tombaient du toit. La bouche et le nez protégés par des écharpes, nous avons retiré les draps un à un, puis ouvert les portes et les fenêtres afin que l'air pur de la Suède fasse son œuvre. Je me suis vite rendu compte que j'avais négligé certaines choses comme la literie, les draps et les casseroles. L'eau, l'électricité et les couvertures pour se protéger du froid. Nous n'avions rien, nulle part où dormir. Rien à manger, nulle part où s'allonger après vingt-quatre heures de vol et d'aéroports.

Qu'est-ce qu'on fait là, Sam ? m'a demandé Merry, les yeux brillants de larmes et d'effroi. C'était la première fois qu'elle me regardait comme ça. Comme si je n'avais pas toutes les réponses.

Nous avons conduit la voiture de location jusqu'en ville où nous avons fini, après trois vaines tentatives, par trouver une chambre d'hôtes libre. Nous avons laissé les bagages dans la voiture et déniché un petit café dans la rue principale où nous avons commandé des hamburgers et des milk-shakes. À 14 heures, nous étions de retour dans la chambre ; nous nous sommes écroulés et avons dormi d'un trait jusqu'au lendemain matin, malgré le décalage horaire qui aurait dû nous tenir éveillés toute la nuit.

Le troisième jour, nous nous sommes réveillés tôt et nous sommes allés jusqu'à l'hypermarché, à la sortie de la ville. Nous avons chargé la voiture de produits ménagers, de provisions, de bougies et de quelques serviettes de plage bon marché. L'eau et l'électricité ont été mises en service plus tard ce jour-là, alors nous avons pu commencer à travailler avec les serpillières, le nettoyant pour vitres et la cire. Nous avons récuré et fait briller le moindre recoin, la moindre fissure de la maison, délogeant chaque centimètre carré de poussière, remédiant à tout signe de négligence. Nous avons installé de nouvelles ampoules et testé le réfrigérateur et le four, laissé couler l'eau pour purger les tuyaux et nettoyé les immenses baies vitrées au savon et à l'eau. Nous avons dressé ensemble pour chaque pièce d'interminables listes d'achats, de réparations à effectuer ; chaque fois que nous revenions à ces listes, de nouvelles choses s'y ajoutaient.

Nous avons acheté une voiture chez un concessionnaire d'Uppsala et pris la route du plus proche Ikea, fait de nombreux voyages au magasin de bricolage et à la jardinerie. J'ai monté le berceau du bébé et peint les murs de sa chambre. Je me suis approprié un des vieux fauteuils d'Ida que nous avons rendu plus confortable en achetant une couverture tissée et des coussins. À Stockholm, nous avons investi dans une poussette et un siège auto, une chaise de bain, un sac à langer, un thermomètre et un mobile d'éveil.

Les prix en couronnes nous arrachaient des larmes mais nous avons chargé le Caddie et tendu notre carte à la caissière.

J'ai acheté une brouette et une caisse à outils, une perceuse et une échelle pour réparer le toit. Je ruisselais de sueur ; j'ai attaché un bandana autour de mon front et retiré ma chemise. J'étais le mâle par excellence, un homme avec une mission. C'était grisant.

À l'extérieur, j'arrachais les mauvaises herbes et je coupais les broussailles qui m'arrivaient à la taille. Je prenais des mesures, posais des briques pour délimiter des carrés potagers et reconstruisais les murs écroulés.

Réparer, fabriquer, façonner. Bâtir notre nouvelle vie à la sueur de mon front, goutte après goutte.

Tu ne peux honnêtement pas me dire que tu es heureux là-bas.

Ma mère refuse de croire qu'un Américain puisse trouver son bonheur ailleurs qu'aux États-Unis. Elle envoie du pays des colis remplis de tout ce qu'elle pense introuvable ici. Des paquets de macaronis au fromage, des cookies aux pépites de trois chocolats et de la sauce piquante. Dans son dernier colis, elle a ajouté un drapeau américain, au cas où nous aurions oublié à quoi il ressemblait.

Tu étais tout pour moi, mon fils, et maintenant tu es parti. Avec cette femme.

Les femmes, les femmes. C'est toujours les femmes.

Je crois que ce qui me rend réellement dépendant, ce qui est le plus agréable, c'est la tête qu'elles font quand vous leur avez fait mal. La façon dont elles craquent et se brisent. Dans le fond, même la femme la plus forte est une petite fille qui a désespérément besoin que vous la remarquiez. Elle en a tellement besoin qu'elle fera tout ce que vous lui demandez. Des choses abjectes.

Tu es cruel, Sam.

On me l'a tellement dit. Et c'est toujours aussi bon, bien que je ne puisse pas dire pourquoi.

Dans la remise d'Ida, j'ai cherché le carton qui porte l'inscription « Petit train » et attrapé la bouteille que je cache à l'intérieur. J'ai avalé une grande gorgée, puis une autre. J'ai examiné les trains en bois ; ils ont dû appartenir au frère d'Ida. Il y a une histoire à son sujet, mais je ne suis pas parvenu à m'en souvenir. Une noyade dans le lac ou une piqûre d'abeille. Ses trains étaient sculptés et peints avec minutie, chaque wagon avait une forme ou une couleur différente. Un travail réalisé avec amour.

Probablement par son père. C'est un truc de père. J'ai testé le train sur une petite portion de la voie en bois. *Teuf-teuf*, *tchou-tchou*. Conor va adorer. J'ai pris une autre gorgée. J'ai soudain réalisé que la seule raison pour laquelle j'avais hérité de la maison, c'était que le frère d'Ida était mort. On peut dire que le malheur des uns fait le bonheur des autres.

Je vais devoir rappeler ma mère. Trouver une vague excuse. Obtenir d'elle un nouveau virement. En la faisant culpabiliser de ne pas prendre la peine de venir rencontrer son petit-fils. Ça va marcher.

Nous commençons à manquer d'argent, bien que Merry ne soit pas au courant. Comme je le dis tout le temps : ce n'est pas à elle de s'occuper de ça. C'est marrant, j'ai toujours cru qu'elle allait hériter d'une somme conséquente au décès de sa mère. Mais il s'avère que ce bon vieux Gerald n'était pas un investisseur aussi avisé qu'il était bon chirurgien. De mauvaises décisions, de grosses pertes. Après sa mort, Maureen a vécu au-dessus de ses moyens ; à la fin, il ne restait plus rien qu'un paquet d'impôts impayés et une série de factures à régler à l'esthéticienne.

J'ai sorti mon téléphone. J'ai écrit : Demain ?

OK, a répondu Malin.

Un jour, elle m'a demandé si j'aimais ma femme.

Oui, lui ai-je répondu, bien sûr.

Elle a secoué tristement la tête, mais n'a rien ajouté.

J'ai pris une dernière rasade dans la remise et je suis rentré.

MERRY

J'ai reçu un e-mail de Frank ce matin. Confirmant les détails de son vol. À bientôt, a-t-elle écrit. J'ai été submergée par une soudaine vague de terreur, une sorte de fatigue émotionnelle anticipée. Frank qui attend beaucoup, toujours en demande d'approbation. Toujours à chercher le faux pas. L'erreur dans le script. Elle adore me coincer.

Non, je dois me concentrer sur le positif. Sa tête quand elle verra la maison. Quand elle tiendra le bébé dans les bras. Quand elle sera confrontée à toutes ces choses qu'elle n'a pas.

Tout à coup, elle ne sera plus sûre de rien.

Et j'aurai gagné.

J'ai noté les informations et effacé son e-mail. J'ai ouvert le site que je fréquente le plus en ce moment. Je suis tombée dessus par hasard. Un forum. Toutes les intervenantes sont des mères, mais on ne partage pas des recettes de gâteaux d'anniversaire ni des idées de créations pour Halloween.

Je n'écris rien, mais je lis tout.

Val du Connecticut qui sème des boutons sur le tapis dans l'espoir que sa petite fille en avale un et s'étrangle, mais un seul par jour, comme ça, c'est le destin qui l'aura voulu. Anonyme de Leeds qui appelle les services sociaux tous les matins, essaye de trouver le courage d'abandonner ses jumeaux qu'elle ne supporte pas.

Des femmes en carton-pâte qui jouent à être mère.

Sam a émergé du studio et j'ai rapidement quitté la page. Il est arrivé derrière moi et a posé les mains sur mes épaules, m'a embrassée sur le sommet de la tête.

C'est qui, ce Christopher ? a-t-il demandé alors qu'un e-mail apparaissait à l'écran.

Un ancien client. Il ne sait probablement pas que j'ai quitté les États-Unis.

Tu ferais mieux de le lui dire, m'a conseillé Sam avant de s'en aller.

J'ai lu l'e-mail puis je l'ai effacé. J'ai soudain ressenti le besoin incontrôlable de sortir de la maison. J'ai enfilé ma tenue de course. Je vais faire un tour, ai-je annoncé à Sam.

Il a été pris de court, mais il était content. Fantastique, a-t-il dit. Tu veux que je surveille Con' ?

Oh, non, j'ai vraiment envie de passer un moment seule avec mon fils.

C'est étonnant, la facilité avec laquelle les mots sortent et les mensonges glissent sur la langue alors que tant d'autres choses restent inexprimées.

Tu es vraiment une super-maman, a déclaré Sam.

J'ai acquiescé.

Je fais de mon mieux.

Et c'est vrai que je dois en être une ! Pour quelle autre raison aurais-je l'impression qu'on me torture ; comme si j'étais sur scène jour et nuit, sous les lumières crues, le visage dégoulinant, le corps corseté dans un inconfortable costume d'emprunt ? La même représentation, toujours et encore, entrer côté cour, déclamer la réplique apprise. Et regarder les visages dans la foule, chercher, espérer ; avec le besoin désespéré d'entendre des applaudissements. Ou au moins une personne applaudir. *Je te vois. Tu existes.*

J'ai installé le bébé dans sa poussette et j'ai tiré la porte derrière moi. Nous avons suivi la piste qui mène au lac, puis tourné à gauche sur le chemin de terre qui conduit aux sentiers forestiers. L'ascension de la première colline, qui donne sur une clairière plus ou moins plate surplombant la partie sud du lac, était assez rude.

Certaines nuits, pendant les derniers mois de ma grossesse, je me réveillais et me retrouvais ici, après avoir déambulé dans la pénombre de la maison, franchi la porte, traversé le jardin et ouvert le portail, une transe qui m'amenait inexplicablement au départ des sentiers de randonnée, dans cette clairière. Je me coupais les pieds sur les pierres et les cailloux, et la douleur me faisait grimacer, me crisper et pleurer. J'étais lestée par la vie en moi, forme dense, maladroite et bizarre dans la forêt ténébreuse, qui se cognait aux arbres et aux branches alors que j'avançais d'un pas lourd. Il y avait des bruits et des mouvements dans la nuit mais aucun ne m'effrayait autant que ce que je portais en moi. Parfois, le matin, Sam trouvait quelques traces de sang qui conduisaient de la porte d'entrée à mon côté du lit ; la nuit, Odette redevenait le cygne maudit. Comment en étais-je arrivée là ? Comment ? Je n'arrivais pas à le comprendre.

Ça me faisait du bien de me retrouver dehors, au frais et au calme, avec juste les arbres et les bruits des insectes affairés. J'ai regardé autour de moi. Il n'y avait pas âme qui vive. Juste à côté, une cabane qu'on avait barricadée en clouant des planches de bois sur ses fenêtres. *Une maison en pain d'épice*, ai-je pensé, *et peut-être, à l'intérieur, une sorcière cannibale.*

J'ai regardé dans la poussette. Le bébé s'était endormi. Dans la lumière douce et mouchetée du soleil, il ressemblait presque à une peinture, l'enfant au halo doré de l'art sacré. J'ai touché son nez du bout du doigt. Il a remué mais ne s'est pas réveillé. J'ai regardé la poussette. Je me suis souvenue du vendeur de Stockholm qui décrivait la suspension dernier cri, la roue avant fixe, les pneumatiques. C'est écrit *Mountain Jogger* sur le guidon. Construit pour ce genre de terrain.

J'ai inspiré l'air doux et frais du matin ; tendu les bras comme si j'attendais une sorte de bénédiction divine. Puis je me suis mise à courir. De plus en plus vite, de plus en plus loin dans la forêt. Autour de moi les pins surgissaient, grands, anciens et indifférents ; les feuilles mortes, les mauvaises herbes et une épaisse couche de lichens craquaient sous mes pieds ; tout était vivant et sauvage, un monde en soi.

Je ne me suis pas retournée. J'ai couru sans m'arrêter, comme si ma vie en dépendait. J'ai couru sans m'arrêter, jusqu'à avoir mal partout : au cœur, aux poumons et à la tête. Je me suis brièvement demandé si tout allait bien pour le bébé, là-bas dans les bois, exposé à tous les éléments. Mais ça ne pouvait être que bénéfique. Effort cardiaque, l'air frais de la forêt.

J'ai continué à courir. La sueur coulait le long de mon corps. Courir, encore et encore. J'ai pensé : *Je ne vais peut-être jamais m'arrêter*. J'ai imaginé à quel point il serait facile de poursuivre ma course, remonter toujours plus vers le nord, Uppsala, puis Gävle, puis Sundsvall. Et au-delà. Jusqu'à l'extrême nord, Kiruna, et puis à travers la Finlande jusqu'à Kilpisjärvi. De là, courir vers Alta puis le cap Nord ; sur la carte ne figurent que de grandes étendues et du ciel, de l'eau et de la glace. Le Svalbard. Le Groenland. Un paysage si aride qu'il vous donne sans aucun doute l'impression d'être la première personne à poser le pied sur terre. Ou la dernière.

Tous ces voyages vers le nord, les expéditions polaires vers le néant blanc. À la recherche de l'inconnu, d'endroits à nommer et de terres à faire siennes. Ou peut-être couraient-ils après ce vide, un monde tout neuf.

J'ai couru encore, trébuchant de temps en temps sur le sol accidenté et le terrain inconnu ; pierres, racines et souches d'arbres abattus. J'ai couru jusqu'à ne plus pouvoir respirer, jusqu'à ce que mes jambes ne puissent plus me faire avancer ni supporter mon poids. Je me suis effondrée par terre. J'aspirais l'air dans mes poumons traumatisés ; je l'avalais comme si c'était de l'eau. Encore, encore, mon cœur battait à se rompre, prêt à sortir de sa fragile cage d'os. J'ai posé la main sur ma poitrine. Il ne voulait pas se calmer. J'avais l'impression de mourir. Ou bien au contraire d'être en vie.

J'étais allongée par terre, des feuilles dans le dos, des millions et des millions de bestioles sous la terre affairées à leurs activités secrètes. Je tenais une coquille d'escargot vide dans ma main, que j'ai écrasée ; les bouts pointus se sont enfoncés dans mes doigts. J'ai repris tout doucement mon souffle.

Et pourtant, mon cœur continuait de battre à toute allure. La sensation de liberté. Ici, où je ne suis personne et tout le monde à la fois, une masse de cellules et d'atomes comme tout ce qui vit et respire sur la planète. Tout me venait d'un coup, le bruit du silence, le calme et l'odeur de la vie. J'ai tenté d'inspirer tout ça, de m'en approprier un peu.

Je ne sais pas combien de temps je suis restée allongée.

Avant que nous rentrions à la maison, je me suis arrêtée pour prendre une photo sur mon téléphone. Quelque chose dans la lumière et les couleurs m'ensorcelait. Je l'enverrais peut-être à Frank. Un avant-goût de ce qui l'attendait.

On s'est bien amusés, hein ? ai-je dit au bébé qui s'était réveillé. Quelle aventure !

Il m'a gratifiée d'un sourire, et ça m'a rassurée. Ses joues étaient un peu rouges, ses cheveux collés au crâne à force de remuer. Il faudra que je pense à vérifier que la forêt est bien sans danger, histoire d'écarter toute possible rencontre avec des animaux sauvages. Mais je ne crois pas qu'il y ait quelque chose de dangereux dans le coin.

Ça s'est bien passé, tous les deux ? a demandé Sam alors que nous passions la porte.

J'ai souri. J'étais vraiment heureuse. C'était exactement ce qu'il nous fallait, ai-je répondu.

MERRY

Nous avons eu de la visite aujourd'hui. Sam était à Oslo ; il a pris l'avion tard hier soir. Avant de partir, il s'est figé un moment sur le seuil, sa nouvelle veste boutonnée jusqu'au col, ses baskets neuves d'une blancheur aveuglante aux pieds. J'imagine qu'il essaie de s'intégrer.

Je suis désolé. Je sais que ça fait beaucoup de déplacements. Je sais que tu es souvent seule, certainement trop souvent.

Ça ne lui ressemble pas de s'excuser. J'ai été prise de court. Je n'ai pas su quoi dire.

C'est pas grave, ai-je fini par répondre. Ça va durer le temps que tu t'établisses, c'est tout. Tu le fais pour nous.

J'ai eu l'impression qu'il allait ajouter quelque chose, au lieu de quoi il m'a embrassée sur la joue, un baiser chaste et étrange.

J'ai dormi profondément, toute seule dans le grand lit. Je me suis étendue, j'ai roulé sur le côté de Sam, senti son odeur sur les draps. Il y avait une tache, trace sèche de notre quête reproductive. Enfin, la sienne. Je ne suis pas certaine de savoir combien de temps encore je vais pouvoir tenir le loup à distance, combien de temps encore avant qu'il m'envoie chez le médecin pour me faire examiner, pour que l'on détecte mes fautes et mes défauts.

C'est arrivé si vite la dernière fois, s'est-il étonné.

Ça ne se passe jamais de la même façon, lui ai-je assuré.

J'ai rêvé de Frank, un rêve ou un souvenir, je ne sais pas trop. Nous étions toutes les deux dans ma maison d'enfance, cette tour de marbre et de verre. Dans ma chambre, j'avais une vitrine où s'exposait une collection de poupées de porcelaine, belles, délicates et fragiles ; il était si tentant pour des petites filles de les toucher et de les serrer dans leurs bras, et pourtant elles restaient toujours sous clef, immobiles derrière la vitre.

Elles ne sont pas faites pour jouer, disait ma mère. Ce sont des poupées spéciales, qu'on regarde. Si tu joues avec, tu vas les casser.

Elle a évidemment rempli ma chambre de visages figés. Je n'ai jamais compris pourquoi.

Dans mon rêve, Frank avait ouvert la vitrine et tenait une poupée sur ses genoux, ma préférée, la petite fille brune aux lèvres peintes en rouge et à la robe d'organdi bleu, qui portait un bracelet en perles et des chaussures que l'on pouvait retirer de ses petits pieds de porcelaine sans orteils. Qu'est-ce que tu fais avec elle, Frank ? ai-je crié. J'ai tiré dessus. C'était ma poupée. Je pleurais ; c'était trop injuste.

Carol est arrivée en courant dans la chambre et nous a pris la poupée. Voilà, apprenez à partager sinon personne ne joue, a-t-elle dit. Sa robe était gorgée de sang. Elle traînait ses entrailles sur la moquette blanche, vaincue par ses parties féminines.

Carol, Carol. Je crois que je pleurais.

Le lendemain matin, je suis allée dans la chambre du bébé. Il était allongé sur le dos et me regardait avec ses grands yeux fixes. Je me demande ce qu'ils voient. Quels secrets vont-ils un jour révéler ?

J'ai enfilé une tenue de course et je l'ai installé dans la poussette. Nous sortons tous les jours maintenant. J'en salive d'avance. Je ne peux plus me passer de ma petite escapade en forêt.

En rentrant, je l'ai pris et tenu à bout de bras. Il avait besoin qu'on le change, sa couche était pleine et trempée. Je l'ai posé sur le lit et j'ai fermé la porte derrière moi ; je me suis installée sur le canapé pour regarder mes émissions. C'était le jour des lessives et des draps, mais j'avais envie de profiter de la maison vide tant que je le pouvais. J'ai dû passer quatre heures devant l'écran à suivre la vie de mes semblables, ces ménagères sans cœur de Miami.

À un moment, j'ai levé les yeux. Elsa était à la fenêtre, agitant frénétiquement les bras pour attirer mon attention.

Je me suis composé un sourire en allant lui ouvrir.

Elsa, quelle merveilleuse surprise ! ai-je dit.

Elle semblait préoccupée, fronçait les sourcils.

Désolée de passer à l'improviste. Je voulais juste m'assurer que tout va bien chez vous.

C'est à ce moment-là que je l'ai entendu pleurer, ou plutôt hurler, pousser de grands cris de douleur.

J'ai dû rougir.

Oh, je suis… je suis désolée s'il t'a dérangée, Elsa.

Non, non, a-t-elle répliqué d'un air perdu. Ce n'est pas pour ça que je suis venue. C'est simplement qu'il pleure beaucoup. Et depuis longtemps.

Elle a jeté un bref coup d'œil aux écouteurs dans ma main.

Désolée, a-t-elle repris, bien sûr, ça ne me regarde pas.

Oh, Elsa, ai-je dit. Merci beaucoup de t'être déplacée. Tu es vraiment adorable. C'est juste que, eh bien, on essaie un nouveau truc. Je tente quelque chose avec le bébé. L'entraînement au sommeil. Pour voir si c'est mieux. Si le bébé s'habitue.

Elle m'a regardée avec un petit sourire.

Oui, a-t-elle dit. Bien sûr.

Tu veux entrer boire un café ? ai-je proposé. Je vais en faire. J'ai des gâteaux aussi ; je les ai faits hier. Raisins secs et flocons d'avoine. Sans sucre ajouté.

Le bébé pleurait encore, lançait des cris stridents. Elsa semblait grimacer de douleur à chaque hurlement.

Je suis sûre que Freja ne pleurait pas comme ça quand elle était bébé, ai-je dit. Ce devait être un ange.

Elle a secoué la tête.

Je ne sais pas, a-t-elle répliqué. Je ne suis pas sa mère.

Excuse-moi, ai-je dit. Je le croyais.

Freja est issue du premier mariage de Karl.

Je l'ignorais.

Nous essayons depuis des années de faire un enfant ensemble. J'ai fait neuf fausses couches.

Oh. Je suis sûre que vous allez finir par y arriver.

Elle a de nouveau secoué la tête.

Karl pense qu'il y a quelque chose qui cloche chez moi.

Le bébé pleurait toujours.

Tu devrais aller voir s'il va bien, m'a-t-elle conseillé. Je vais m'en aller.

J'ai acquiescé. Merci, lui ai-je dit alors qu'elle traversait le jardin pour rentrer chez elle.

Sur le mur du salon, les masques sans yeux m'adressaient un reproche silencieux.

Dans la chambre, le bébé ne se trouvait plus sur le lit où je l'avais laissé. Il était par terre.

Oh, mon bébé, ai-je dit en le prenant, l'embrassant et le berçant dans mes bras. Maman est désolée. Maman n'a pas fait exprès.

Je le tenais, le caressais et il hurlait encore plus fort. Son bras décrivait un angle bizarre. Je l'ai touché, il a hurlé et, sous le coup de la panique, mon cœur s'est emballé. Cassé, peut-être ? Je lui ai donné une cuillerée de médicament pour le calmer et l'ai gardé délicatement dans mes bras.

Maman est là, maman s'occupe de toi.

Mes mains tremblaient. Je voulais pleurer. Ou disparaître, devenir poussière.

À l'heure du dîner, je l'ai patiemment nourri en faisant l'avion pour l'amuser. Il n'a pas ri. Après, je l'ai tenu tendrement sur mes genoux et je lui ai lu une histoire.

Qui se cache dans la grange ?

Qui est sous la couverture ?

Qui est dans le nid ?

Il a soulevé à contrecœur les rabats de chaque page. Il a trouvé le cheval, le chaton et l'oiseau, sans trop d'enthousiasme. Ses yeux étaient encore rouges d’avoir pleuré. Je l’ai serré dans mes bras et j’ai embrassé sa tête chaude.

J’ai testé son bras en lui tendant Nounours et Biscuit. Il a grimacé un peu, mais il n’a pas crié. Ça m’a retourné l’estomac.

À l’heure du coucher, je l’ai laissé s’endormir dans mes bras, tendrement blotti contre ma poitrine. Je sentais son cœur battre ; j’entendais son souffle léger qui passait entre ses lèvres ; inspiration, expiration ; inspiration, expiration.

J’avais envie de le tenir dans mes bras pour toujours.

SAM

J'étais en face de Malin, à observer ses mouvements avec attention, regarder en douce sa lourde poitrine et ses longues jambes lisses. Elle est plus vieille que Merry, mais elle est splendide. Dans sa jeunesse, elle a dû être d'une beauté incroyable. La fille que tous les hommes veulent sauter. Elle dégage toujours ça.

Je n'arrivais pas à détourner les yeux.

Elle m'interrogeait à propos de Columbia. La vie de professeur d'anthropologie.

Ça doit te manquer ? m'a-t-elle demandé.

Non.

Pourtant, tu as passé tellement de temps à gravir les échelons, toutes ces recherches, tous ces articles et ces conférences, des années et des années d'étude.

J'ai croisé les bras.

Non.

Ça ne t'ennuie pas d'avoir tout perdu ?

Écoute, ai-je dit, agacé à présent. C'est comme ça. Je n'ai pas eu de chance : une petite salope a décidé de foutre ma vie en l'air. Les autres enseignants attendaient une occasion pour se débarrasser de moi. J'étais trop bon, je représentais une trop grande menace pour leur pauvre carrière. Tu sais à quel point le milieu universitaire est impitoyable.

Mais c'était ton élève. C'était inconvenant.

Bon sang, Malin, tous les professeurs couchent avec leurs élèves. Moi, je me suis fait prendre. Ils se sont servis de moi pour faire un exemple. C'est tout. J'ai été leur bouc émissaire.

Elle a bu une gorgée d'eau. Elle s'est ébouriffé les cheveux en y passant ses longs doigts fins. Son odeur emplissait l'atmosphère de l'appartement, se posant sur tout ce que ses mains avaient touché, tout ce que sa peau avait effleuré.

Il y avait une photo d'elle en compagnie d'un homme aux cheveux gris, sur fond de ciel rose flamboyant. C'est ton mari ? lui avais-je demandé un jour.

Elle ne m'avait pas répondu.

Elle m'a regardé et a baissé la tête. Excuse-moi, Sam, je ne voulais pas être indiscrète.

Je me suis penché en avant. Parlons d'autre chose, ai-je proposé en lui lançant un clin d'œil.

Elle a souri. Comme tu veux, a-t-elle dit.

Je rentrais à la maison quand ma mère m'a appelé.

J'ai fait le virement.

Bien, ai-je répondu.

Tu pourrais me remercier.

Non, maman. Je n'ai aucune raison de te remercier pour quoi que ce soit.

MERRY

Il ne reste que quelques jours avant l'arrivée de Frank.

Dans la chambre d'amis, j'ai posé un vase de lilas sur la commode et accroché une dizaine de cintres dans la penderie. J'ai remis le lit droit et fait gonfler les oreillers.

Je n'arrive toujours pas à savoir si je ressens de l'anxiété ou de l'excitation, de la joie ou de la terreur. Je ne sais même pas si je ressens quelque chose.

Il y a encore tellement de choses à faire pour la décoration. J'ai emprunté la voiture pour aller dépenser sans compter dans les magasins de Stockholm. Sam était à la maison en train de préparer une présentation.

Il va falloir que tu prennes Con' avec toi, m'a-t-il prévenue. J'ai vraiment beaucoup de travail.

Avant de partir, je suis restée devant la maison pour la regarder, tentant d'imaginer ce que Frank ressentirait en la voyant pour la première fois. On ne peut qu'être impressionné. Impossible d'être déçu. Oui, elle est magnifique. Un signe de réussite. Ostentatoire. J'ai souri. J'avais le bébé dans les bras. Je l'ai embrassé et j'ai pris sa petite main dans la mienne ; je sentais les os fragiles de ses doigts contre ma paume.

C'est ça, ai-je dit, maman t'aime.

À Stockholm, nous avons déambulé dans des rues presque familières et parcouru les boutiques en quête des objets de ma liste. Une nouvelle lampe de bureau en cuivre dans un magasin de décoration d'intérieur finlandais, un vieil établi pour servir de table de chevet. De nouveaux draps en coton d'Égypte dans les tons fougère, un éclatant coussin traditionnel norvégien tissé à la main pour apporter de la couleur. Je voyais déjà dans ma tête comment tout allait s'accorder. La meilleure chambre d'amis possible pour la meilleure amie qui soit. Je devrais bien m'en sortir, même si l'époque où j'étais décoratrice de plateau à New York me semble bien loin.

Tout bien considéré, je suis sûre que mon travail embarrassait Sam. En tout cas, il a finalement eu ce qu'il voulait. Les premiers mois après notre coup de foudre, il disait qu'il me voyait comme la mère de ses enfants. Je riais. Mais il savait ce qu'il voulait. Et comment l'obtenir.

Avant de faire de la scénographie, j'avais essayé beaucoup de choses. Sans succès. J'ai vraiment eu de la chance : un homme avec qui je sortais travaillait sur les plateaux et un jour, il a eu besoin d'une autre paire de bras. Tu as l'œil, avait dit le réalisateur. Il m'avait embauchée pour son nouveau projet, et ainsi de suite. Créer des mondes imaginaires, les construire morceau par morceau. C'était toujours excitant. Créer quelque chose à partir de rien. La possibilité de fermer les yeux et d'imaginer un monde nouveau, puis de les rouvrir et de réaliser ma vision. Tout cela restait modeste, mais je ressentais une énergie folle dans cet univers.

À New York, j'assistais à des réunions avec des réalisateurs et des directeurs artistiques. Je portais des talons et buvais des espressos dans des salles de conférences à minuit ; je programmais des tournages, concevais des costumes et, parfois, je traversais le pays en avion juste pour aller chercher la lampe parfaite. On partait toujours d'une ébauche de personnage : *John est un banquier travailleur qui aime le bon vin et la bonne chère. Ses journées au bureau sont longues, mais le week-end, il surfe et joue de la batterie dans un groupe de punk rock.*

Le client et moi discutions de John comme si c'était une personne à part entière, susceptible d'avoir une opinion sur les choix que je faisais. John utilisait-il une Chemex ou plutôt une cafetière Nespresso ? Peut-être les deux ? On pouvait débattre de notre personnage pendant des heures, essayer de toucher le cœur de la complexité de ses émotions.

J'étais douée pour ça. En même temps, j'avais toujours été douée pour inventer des choses. Je rencontrais beaucoup de monde, je recevais des invitations pour d'innombrables fêtes. Pendant un moment, j'avais réussi à être cette femme, celle qui a tout. En apparence, du moins.

Dans Östermalm, je suis entrée dans plusieurs magasins de marque. Je me suis acheté deux nouvelles robes, une veste d'été, une paire de sandales dorées. Le bébé me regardait en silence pendant que les vendeuses me proposaient différentes tailles et couleurs. Je m'admirais dans le miroir. C'est parfait pour Frank, pensais-je. Suffisamment élégant pour remuer le couteau dans la plaie, pour la remettre à sa place.

Il y a quelque chose dans l'allure de Frank qui, indépendamment de son ascension sociale (université prestigieuse, école de commerce, vacances sur un yacht à l'étranger), lui colle à la peau. Le lustre de la parvenue. C'est une bouseuse, aurait dit ma mère. Elle le disait souvent de Carol.

Au marché couvert d'Östermalm, enivrée par le parfum de la cannelle et des agrumes, je me suis arrêtée pour prendre un *kanelbulle* et un café crème. J'ai acheté une brioche pour le bébé afin qu'il la suce entre ses gencives. Du sucre, ai-je chuchoté, imagine ce que papa dirait ! Il se sert de sa main gauche et garde son bras droit contre lui. Je le caresse doucement. Allez, allez, tout va bien.

Je devrais l'emmener chez le médecin, au cas où. J'y ai réfléchi sur le chemin du retour. Il faudrait aussi le faire vacciner. Effectuer la visite des six mois, celle des neuf mois. Ces trucs devraient être rayés sur la longue liste qui concerne le bébé. J'ai dit à Sam que tout était réglé. Ça va sans doute finir par me retomber dessus.

De retour à la maison, après avoir couché le bébé pour la sieste, j'ai retrouvé Sam dans le salon. Je me suis assise sur ses genoux.

Eh bien, regardez un peu mon beau mari, ai-je dit en le chevauchant. J'ai ronronné en l'attirant à moi.

Je l'ai embrassé sur les lèvres ; j'ai glissé la langue dans sa bouche tendrement, puis moins tendrement. De la main, je l'ai caressé au niveau de son short.

De quoi s'agit-il ? a-t-il demandé, surpris par ce soudain déferlement d'affection.

Qui êtes-vous et où est ma femme ? a-t-il plaisanté.

Oh, je ne sais pas, ai-je dit. J'ai baissé sa fermeture Éclair, enroulé les doigts autour de lui et l'ai caressé doucement. Et si nous essayions de trouver des réponses à ces questions ?

Il m'a embrassée, a laissé ses mains glisser vers ma poitrine puis plus bas.

Tu sais quoi ? ai-je dit. C'est une journée rouge aujourd'hui.

Il a gémi.

Après, j'ai gardé les jambes en l'air, comme il faut le faire. Le sperme ruisselle ; la gravité à la rescousse. Sam a touché mon ventre. Tendrement. Non. Comme un propriétaire. Il s'est penché pour m'embrasser là où le bébé allait grandir.

J'ai lu un jour un article sur les chats et leur pénis, recouvert d'épines pour extraire de l'utérus la semence des mâles rivaux. C'est extrêmement douloureux pour la femelle, une torture. Mais la nature n'est pas toujours conçue pour être plaisante.

Chut, dis-je au bébé quand, le matin, je glisse précipitamment une petite pilule contraceptive dans ma bouche. Ne dis rien à papa.

Le bébé me regarde, les yeux écarquillés, excité à l'idée de faire partie d'un autre complot.

J'ai un bon pressentiment pour ce mois-ci, ai-je ronronné. Sam m'a serrée contre lui et m'a gardée ainsi. Je veux qu'il soit de mon côté. Que Frank n'ait pas le moindre doute quant à l'état de notre mariage. Mon bonheur.

Toutes les choses qui m'appartiennent, à moi, rien qu'à moi.

Plus tard dans l'après-midi, nous sommes allés tous les trois faire une grande promenade à travers bois jusqu'à Sigtuna. Sur le chemin du retour, nous sommes passés par les quartiers d'habitations et les champs qui les séparent de la réserve. Sur le bord du chemin, une culotte rose délavée a attiré notre regard. Ni Sam ni moi n'avons fait de commentaire. Il faut croire que ça nous rappelait trop certains incidents. Des choses dont nous ne sommes pas censés nous souvenir, ni même avoir connaissance.

Plus jamais, Merry, m'a-t-il promis plus d'une fois. Il semblait toujours plus dévasté par ses infidélités que je ne l'étais.

C'est amusant parce que mon père disait exactement l'inverse. Je vais continuer, Maureen. Je vais continuer jusqu'à ce que tu me laisses partir.

Il rapportait les papiers du divorce à la maison tous les deux ou trois mois, et ma mère s'appliquait à les réduire en confettis. Quand il franchissait la porte, elle les lui lançait au-dessus de la tête, jeune époux sans femme au jour de ses noces. Une fois, elle m'en a donné une poignée à jeter.

Je peux te détruire, le prévenait-elle. Ce que j'ignore, je peux l'inventer. Et je suis très persuasive, Gerald.

Elle avait sa façon à elle de faire les choses, ma maman.

Tu es excitée ? m'a demandé Sam. D'avoir de la visite ?

Oh oui, ai-je dit en détachant une petite fleur blanche de sa tige d'un coup d'ongle.

Tu sais quoi ? Moi aussi.

J'ai senti quelque chose se coincer dans ma gorge. Je me suis retournée pour le regarder.

Ouais, a repris Sam. J'ai toujours bien aimé Frank.

FRANK

Plus d'un an que je n'avais pas vu Merry et, à l'instant où j'ai posé les yeux sur elle, j'ai eu l'impression que nous nous étions quittées la veille. Oh, c'est toujours la même sensation. Une montée d'adrénaline, de l'excitation et de l'anticipation. À me demander : comment ça va se passer, cette fois ? Qui va-t-elle être, aujourd'hui ?

Merry-Chérie, lui ai-je dit. Elle a ouvert les bras et nous nous sommes serrées un bon moment, respirant l'odeur de l'autre. J'ai senti ses os sous mes mains, sa fragilité. Elle n'avait absolument pas changé, toujours aussi étrange et distante, un être éthéré d'ombre et de sable. Ça la rend irrésistible. D'une beauté insaisissable.

Et à présent, elle déborde aussi de santé et de bonheur. Ce doit être l'air frais de la campagne, cette vie saine dont elle me parle sans arrêt. Oh, et les photos qu'elle envoie, chaque instant de sa vie saisi, cadré et annoté. Regarde ! Regarde la chance que j'ai !

Frank ! Ça me fait tellement plaisir de te voir, a-t-elle dit.

C'est vrai ? Je me demandais si ça ne serait pas trop compliqué pour toi.

Elle a agité la main. Non, pas le moins du monde. Tu tombes à point nommé. C'est magnifique ici à cette saison. L'été dernier, tout était ensoleillé et en fleur. Tu vas adorer. Tu vas voir. On est tellement contents que tu sois là.

Nous avons empoigné chacune un sac et fait rouler les bagages vers le parking.

On ne peut pas dire que tu voyages léger, a-t-elle déclaré.

J'ai grimacé, eh bien, tu me connais. En plus, j'ai prévu un assez long voyage.

Je l'ai vue tressaillir.

Ne t'inquiète pas, je ne vais pas abuser de votre hospitalité. Je veux simplement profiter à fond de mon congé sabbatique.

Tu restes aussi longtemps que tu veux, a-t-elle déclaré. Nous sommes ravis de te recevoir.

J'ai observé sa façon de se déplacer, légère, pleine de confiance ; flottant à travers la scène. C'était une belle journée, avec un ciel d'été bleu, le soleil bas mais chaud. Je ne souffrais pas du décalage horaire. J'étais simplement heureuse de retrouver Merry.

Arrivée à la voiture, elle s'est retournée pour m'examiner. Tu es superbe, a-t-elle dit.

Un mensonge.

Toi, tu es magnifique, ai-je répliqué. Comme d'habitude.

Nous avons quitté le parking de l'aéroport et elle a pris la première sortie. Tout était vert, presque pastoral.

Est-ce que ce sont des étangs avec des canards que je vois le long de l'autoroute ? ai-je demandé.

Ce pays est vraiment fantastique, a-t-elle commenté.

Alors, tu es heureuse ici ? Tu vas bien ?

Oh, Frank. La vie ici est incroyable.

Elle était radieuse. J'ai dégluti. J'ai ouvert la vitre pour laisser l'air entrer.

Merry la campagnarde, ai-je plaisanté. Qui l'eût cru ?

Merry a tourné à gauche et nous avons roulé lentement sur un chemin de terre bordé des deux côtés par une forêt dense.

C'est la réserve naturelle, a-t-elle expliqué. Ou, comme on aime le dire : c'est chez nous.

Elle s'est engagée sur une allée de gravier et s'est garée devant un chalet en bois rouge et en verre. J'essayais de tout assimiler, le décor, la luxuriance, l'imposant charme rustique.

Sam avait dû entendre la voiture. Il est sorti de la maison, avec dans les bras le bébé, petit bouddha souriant.

Le bébé ! ai-je crié. Oh, montre-moi le bébé !

Sam m'a embrassée sur la joue. Il a voulu me passer l'enfant, mais celui-ci s'est glissé sous son aisselle.

Il faut gagner sa confiance petit à petit, a dit Sam.

J'ai choisi un pied et chatouillé les orteils du bébé, puis j'ai donné un coup de poing amical sur le bras de Sam.

Alors toi, espèce de petit cachottier. Regarde tout ça. Regarde un peu tout ce que tu as ici.

Sam a haussé les épaules. Notre humble demeure, a-t-il reconnu, et il a souri alors que Merry s'approchait de lui.

À nous trois, nous avons déchargé les sacs et les avons transportés à l'intérieur. La maison étincelait, reluisante de propreté, comme une image tirée d'un magazine sur la vie en Scandinavie. Des fleurs dans un vase, une odeur de pâtisserie émanant du four. Était-ce vraiment elle ?

C'est bien que tu aies attendu un an avant de venir, a dit Sam. On a fait une tonne de travaux.

Oh, Sam a été incroyable, a lancé Merry. Elle lui a touché le bras. *Il est à moi.*

Il a tout fait. Il a transformé la maison.

Et toi aussi, apparemment, ai-je été tentée d'ajouter.

Je me suis mordu la langue.

Ils m'ont conduite à la chambre d'amis, une pièce baignée de soleil qui jouxte la chambre du bébé.

Merry a mis le paquet pour ton arrivée, a dit Sam. Tu as droit au traitement royal. Nouveaux draps, nouveaux coussins.

Oh, mais il ne fallait pas, ai-je déclaré. Je ne voulais pas vous causer de souci.

Le bébé dans les bras de Sam a frappé dans ses mains.

C'est merveilleux, ai-je dit. Une bien jolie maison.

J'ai regardé le joyeux trio.

Pour une jolie petite famille, ai-je ajouté.

Dans la cuisine, Merry comptait les couteaux et les fourchettes, apportait les plats sur la table à l'extérieur. J'ai jeté un coup d'œil furtif dans la maison. Tout était neuf : les meubles, les couverts, pas une seule chose ne venait de leur appartement new-yorkais à l'exception des masques africains de Sam. Comme si tous les aspects de leur ancienne vie avaient été jetés aux oubliettes.

Hum, du Merry tout craché.

Qu'est-ce que je peux faire pour aider ? ai-je demandé.

Rien du tout, a claironné Merry de sa voix si particulière. Installe-toi confortablement.

Je suis sortie m'asseoir sur la pelouse, dans le jardin, à côté de la couverture où ils avaient allongé le bébé. J'ai protégé mes yeux du soleil et examiné son petit visage. Merry, mais pas Sam. De grosses joues, des yeux caramel, alertes et toujours à l'affût. Parfait petit animal. Je lui ai donné mon doigt et il a essayé de l'enfoncer dans sa bouche. Ses dents pointues mordillaient ma peau.

Merry est sortie avec des salades et un poulet rôti, une miche de pain. Sam apportait un seau à glace. Le temps était magnifique. Nous nous sommes attablés, avons fait passer les plats, chassé les abeilles de la main. La nourriture était bonne. Tout était délicieux, bien assaisonné, merveilleusement présenté. Elle s'était réellement surpassée, cette fois-ci.

Sam nous a servi du prosecco bien frais et il a levé son verre pour porter un toast.

Bienvenue, a-t-il dit.

À la vie en Suède !

Aux nouveaux départs !

Nous avons tous souri et penché la tête en arrière pour laisser les bulles nous remplir la gorge. Avec le soleil et le voyage en avion, je commençais à me sentir prise de vertiges.

Ça fait déjà un an ?

Plus que ça, ai-je dit.

Il s'est passé tellement de choses.

Oui. J'ai croisé les jambes et me suis penchée en avant pour plonger dans la douleur sourde.

Tu as fait bon voyage ? m'a demandé Sam.

C'était long.

Mais tu étais certainement en première classe, a soufflé Merry derrière un sourire narquois. Frank n'a pas voyagé en seconde classe depuis des années.

J'ai levé les mains. C'est la seule façon de voyager.

C'est notre truc à nous. Faire comme si j'avais réussi. Comme si tout ce que j'avais entrepris et mené à bien suffisait à l'impressionner. Comme si elle m'avait donné sa bénédiction, au lieu de me la refuser pendant toutes ces années.

Le bébé mâchouillait un morceau de concombre.

Il est adorable, ai-je dit.

Le véritable gros lot, c'était lui et nous le savions toutes les deux.

Merry a souri.

On est aux anges.

Ça se voit, ai-je déclaré. Ça se voit vraiment.

Je l'ai regardée. J'ai essayé d'interpréter son sourire, deviner ce qu'il y avait derrière.

Elle s'est levée de table et a débarrassé une pile d'assiettes, avant de revenir avec le dessert. C'était une tarte aux pommes, une pâte croustillante sur laquelle étaient disposées de délicates tranches de fruit, toutes collantes de cannelle et saupoudrées de sucre glace rendu sirupeux par la chaleur.

Une abeille s'est posée dessus et s'est retrouvée prise au piège.

C'est toi aussi qui as fait ça ? ai-je demandé.

Je vais te dire, a commencé Sam pendant que Merry coupait la tarte et que l'abeille se débattait. Cette femme est une fée du logis. Une maîtresse de maison hors pair.

Qui aurait pu l'imaginer ? me suis-je étonnée.

Sam a enfourné un morceau de tarte. C'est comme si elle avait trouvé sa vocation. Comme si elle avait rempli sa destinée.

Il lui a fait un clin d'œil.

Eh bien, j'ai su dès le premier jour qu'elle avait ça dans le sang.

J'ai fixé Merry. Je n'arrivais pas à déchiffrer son regard.

Sam s'est offert une deuxième part de tarte pendant que Merry me faisait faire le tour du jardin, me montrait les luxuriants carrés potagers et les aromates, les carottes et la coriandre, les forêts de thym et de basilic. Elle soulevait les feuilles des arbrisseaux pour que je puisse voir leurs fruits dodus aux teintes flamboyantes de rouge et de bleu. Ça me paraissait miraculeux : faire pousser des choses et les manger, tellement de travail pour quelques bouchées à dévorer.

Fais-lui goûter les framboises ! a crié Sam. Il faut qu'elle les goûte tout juste cueillies.

Merry a ramassé une poignée de baies et me les a tendues. J'ai mangé les fruits et léché le jus rouge qui coulait sur mes doigts.

C'est fou, ai-je dit. Je n'en reviens pas. Ta vie. C'est tellement…

Elle a attendu, mais je n'ai pas terminé.

Sam est parti coucher le bébé pour sa sieste et nous nous sommes rassises toutes les deux à table. Merry a servi le café. De nouveau, ses mouvements étaient posés, étudiés et minutieux. Comme si elle avait travaillé tout ça, suivi des cours ou je ne sais quoi.

Merry, maîtresse de maison et mère, ai-je glissé. Je ne l'aurais jamais imaginé.

Elle s'est raidie.

Tu as l'air surprise que je sois heureuse ici, a-t-elle dit. C'est juste une question de timing, tu ne crois pas ? À un moment dans la vie, on est prête à franchir le pas.

J'ai fini ma dernière gorgée de café et me suis léché les lèvres, un goût âpre et légèrement amer. J'avais la tête lourde de fatigue et de vin, sans compter les cachets avalés plus tôt.

Je suis contente pour toi, ai-je dit. Cette vie vous réussit.

Eh bien, je suis heureuse que tu viennes la partager avec nous, a-t-elle affirmé sur un ton extrêmement suffisant.

Qu'est-ce que c'est ? ai-je demandé en jetant un œil à une photo encadrée sur l'étagère du salon.

C'était ma mère.

Oh, a dit Merry, je l'ai depuis des années.

J'ai souri.

Nous sommes vraiment sœurs alors, n'est-ce pas, ma belle ?

Ça me remplit toujours d'une joie particulière. Tout ce que nous partageons. Tout ce qui nous unit, les racines de notre amitié sont si profondes.

Oui, a murmuré Merry. Sans doute.

SAM

Tout le week-end, nous avons fait visiter la région à Frank, l'emmenant partout pour lui montrer la douceur de vivre des pays nordiques. Nous avons fait une longue promenade vers Sigtuna en passant par la forêt, une excursion au lac pour piquer une tête dans l'eau fraîche. Roulé jusqu'à Stockholm pour flâner dans la vieille ville, évité les pièges à touristes et trouvé un endroit pour le traditionnel *fika* dans un bistro de Söder, où nous avons pris un café et des brioches à la cardamome.

Regardez-vous, a dit Frank. De vrais Suédois. Vous êtes vraiment chez vous ici.

Merry a pris ma main dans la sienne.

Frank voulait voir le musée Vasa, qui retrace le destin tragique d'un vaisseau de guerre du XVIIe siècle ayant coulé avant même d'avoir quitté le port. Nous avons passé une heure à faire le tour du navire en bois, Conor pleurnichait pour sortir de sa poussette.

Nous avons ensuite visité le Moderna Museet, qui présentait une exposition entièrement féminine avec tous les trucs féministes à la con ; des vagins qui saignent et des coulures de sang menstruel sur une toile. Il y avait une œuvre appelée *Les Femmes qui tombent*, une projection vidéo plus grande que nature d'une femme se tenant fièrement sur la plus haute marche d'un podium. Hors champ, une autre femme la poussait et la précipitait dans l'obscurité des abysses. Elle prenait alors sa place ; une autre demi-femme la poussait à son tour. Et ça continuait comme ça, une boucle incessante, une réserve infinie de femmes en colère.

Tu aimes ? m'a demandé Frank.

J'ai levé les yeux au ciel.

Nous avons dîné de bonne heure dans un petit café donnant sur le lac Mälar.

Alors, quels sont tes projets ? a demandé Frank. Tu vas trouver un travail ici, maintenant que vous êtes installés ?

Merry lui a lancé un regard noir.

Je te l'ai déjà dit, être mère, c'est mon travail à plein temps.

Tu n'as pas besoin de travailler, c'est super ! s'est exclamée Frank.

J'ai des projets importants qui arrivent, ai-je dit. On s'en sort très bien.

Le serveur est venu prendre notre commande. Frank et Merry ont choisi la même chose, jusqu'au moindre détail : steak cuit à point, sans oignons, sauce à part.

J'ai ri. Bon sang, ai-je dit. Vous vous ressemblez tellement. C'est comme de regarder des jumelles. La façon dont vous parlez, les mots que vous employez. Même vos gestes. Je ne m'en étais jamais rendu compte à ce point.

Merry a souri.

J'imagine que c'est comme ça quand on se connaît depuis longtemps.

C'est comme si vous vous imitiez l'une l'autre. Tout ce que je fais, mon âne le refait.

Frank a regardé Merry.

C'est une façon de partager les sentiments, a-t-elle dit. Sur le plan de l'évolution. C'est en s'imitant que les primates créent des liens affectifs. Les bébés aussi. C'est comme ça qu'ils apprennent les émotions. Vous devez le voir avec Conor. La façon dont il reproduit ce qu'il voit chez vous.

Merry a pris un bout de pain et l'a posé sur une petite assiette devant elle.

Et ce n'est pas toujours bienveillant, a continué Frank. Prenez les coucous. La femelle imite le cri du faucon pour chasser des petits oiseaux de leur nid. Ensuite, elle pond son propre œuf dedans, copie exacte de ceux des autres, pour qu'il se fonde dans la masse. L'autre oiseau revient dans son nid, s'occupe de l'œuf de l'imposteur, fait tout le vrai boulot.

Et que se passe-t-il quand les œufs éclosent ? ai-je demandé.

Eh bien, le coucou sort de son œuf et tue les autres oisillons. Il fait en sorte de monopoliser toutes les ressources. C'est tout simplement du darwinisme, un moyen de prospérer.

C'est affreux ! s'est écriée Merry.

C'est du parasitisme de couvée, a déclaré Frank. Voilà comment ça s'appelle.

C'est cruel, a dit Merry.

Ou peut-être ingénieux, a repris Frank en me faisant un clin d'œil.

Nous avons ri tous les deux.

Ça fait du bien d'avoir une conversation intelligente, ai-je dit. J'ai l'impression d'en être privé depuis que j'ai quitté le campus.

Frank a souri.

Contente que cette maîtrise me serve à quelque chose.

Merry était silencieuse. C'est un sujet sensible pour elle, évidemment, car elle n'a jamais terminé la fac. Mais comme je le lui dis toujours : tu n'as pas besoin d'un diplôme pour faire cuire un poulet !

C'est agréable d'avoir Frank parmi nous. Ça me fait du bien. Une bouffée d'air frais. Un coup de fouet. En plus, elle est super avec Conor, vraiment douée. Dès le premier jour, elle l'a pris pour le hisser sur ses genoux comme si elle avait déjà élevé une dizaine d'enfants. Elle lui donne à manger et s'accroupit pour jouer avec lui. Le visage de Conor s'illumine quand elle entre dans la pièce ; elle sait le faire rire.

Tu n'as pas mis longtemps à gagner sa confiance, lui ai-je dit.

Elle a ri.

Peut-être que je devrais adopter ce nouveau cœur de cible pour mes choix masculins.

Arrête, Frank, ai-je fait. Tu rigoles ?

Elle connaît sa valeur. La façon dont les hommes se comportent quand ils sont dans son orbite.

Elle a enfoui le nez dans le cou de Con'. Si seulement ils étaient tous aussi charmants que les hommes de la famille Hurley, a-t-elle dit.

Le serveur a apporté nos assiettes. Le steak de Merry n'était pas assez cuit, mais elle n'a pas voulu le renvoyer.

Ça ne me dérange pas de manger saignant de temps en temps, a-t-elle dit.

Quels sont tes projets pour ton congé ? a-t-elle demandé à Frank.

Frank a haussé les épaules.

Je veux voyager. Voir des amis. Réfléchir à ce que je vais faire après.

Comment le monde du conseil va se débrouiller sans toi ? a demandé Merry, de façon assez sarcastique selon moi.

Frank a souri.

Eh bien, ce sera certainement positif de ne pas s'occuper des problèmes des autres pendant un moment.

J'ai observé ces deux femmes, blonde et brune, douce et anguleuse. Je les ai rencontrées toutes les deux le même soir, il y a plus de sept ans. J'en avais vingt-huit. C'était un vendredi soir au bar King Cole de l'hôtel Saint Regis. Il y avait eu un dîner avec tous les enseignants pour célébrer la remise de la médaille Huxley Memorial, l'équivalent du prix Nobel en anthropologie. Le département était au comble de l'excitation.

Je les ai vues debout au bar. À boire des martinis. L'une magnifique, de longs cheveux blonds tombant sur ses pommettes saillantes, des yeux d'un bleu intense et des lèvres rouges et légèrement retroussées en une moue. La poitrine haute, pleine et charnue. Un corps ferme coulé dans une robe noire ; le genre de filles dont on ne doute pas une seconde qu'elle sera parfaite une fois nue. L'autre, Merry, plus simple, le visage légèrement asymétrique, pas moche mais pas vraiment belle non plus. Le corps un peu trop anguleux, d'une composition maladroite, comme son visage.

Elle avait pourtant quelque chose, une incertitude ou une ouverture, un espace à combler. Il y avait de la pureté en elle, comme si sa personnalité n'était pas encore entièrement définie. Il fallait y regarder à deux fois, mais ensuite on ne pouvait plus détourner les yeux.

Je me rappelle avoir pensé : *C'est la bonne. C'est elle, sans aucun doute.*

J'ai regardé Frank. Tout ce que je n'avais pas vu.

Si tu aimes tellement Merry, pourquoi est-ce que tu la trompes ? me demande souvent Malin. Pas énervée. Simplement curieuse. Elle veut comprendre, trouver une explication.

Je ne connais pas la réponse. C'est difficile à dire.

Peut-être que les autres femmes me permettent de mieux aimer Merry. Parce que ce sont des rencontres éphémères et qu'avec Merry, c'est pour la vie. Parce qu'elle est à moi et qu'elle ne me quittera jamais.

FRANK

Eh bien, la vie de Merry est parfaite. Je ne sais pas exactement pourquoi je m'attendais à autre chose, même si d'une certaine manière j'étais persuadée qu'en arrivant j'allais découvrir qu'elle courait au désastre. Ou au moins qu'elle n'arriverait pas à donner le change. J'avais entendu parler du renvoi de Sam de Columbia, sans que Merry m'en fasse part, et j'imaginais qu'entre ça et leur curieux exil au milieu de nulle part, elle serait malheureuse. C'est le contraire. Elle a l'air dans son élément. Épouse et mère. Ha ! Quel caméléon. Elle fait cela avec tant de facilité, c'est incroyable. C'est quelque chose que je pourrais presque admirer chez elle, cette capacité à se transformer de façon si convaincante – sans difficulté apparente. Pour moi, c'est beaucoup plus dur.

Le pain pétri à la main, le jardin entretenu avec amour, les petits pots de légumes frais pour le bébé. Les sachets de lavande dans l'armoire à linge, les somptueux dîners maison tous les soirs.

Bon sang, c'est vraiment toi, Merry Crawford ? La citadine transformée !

Merry, Merry, ma jolie ! Un jour féministe acharnée, le lendemain parangon de mère nourricière. Avait-elle jamais cuit un œuf auparavant ? Avait-elle jamais tenu un enfant dans ses bras ?

Quels changements ! ai-je continué. J'ai du mal à croire que c'est bien toi.

Ce qu'on dit est vrai, Frank. Pour une femme, être mère donne réellement le sentiment d'accomplir quelque chose de plus important. J'espère qu'un jour tu auras l'occasion de t'en rendre compte par toi-même, a-t-elle ajouté en souriant.

Elle a retiré des muffins à la banane du four. Sans sucre, sans gluten.

C'est tout ce que j'ai toujours voulu, Frank.

Sam est arrivé derrière elle et l'a embrassée sur la joue. Le bébé a frappé dans ses mains pâles et potelées.

L'enfant. Le bébé. Il est formidable. Sam aussi. Beau et bien charpenté. Tout ça pour elle. Une famille joyeuse. Un îlot à trois. L'homme, la femme, l'enfant. Se suffisant à eux-mêmes et indépendants, comme s'ils vivaient dans une boule à neige. Secouez, et les paillettes se mettront à danser. Ça scintille, ça brille ; existe-t-il quelque chose de plus beau que ce qui se trouve derrière le verre ?

Et toi, Frank ? m'a demandé Merry. Qu'est-ce qui s'est passé avec Thomas ?

Elle le sait déjà, bien sûr. C'est toujours la même histoire.

C'est la bague de fiançailles de Carol ? a-t-elle repris en regardant ma main.

Oui. Tu t'en souviens.

Elle a ricané.

Mais tu devais la garder pour tes fiançailles ! C'est ce qui était prévu, non ? Il me semble que c'est ce que Carol disait.

Elle est donc toujours là. Cette capacité à me diminuer.

Malgré tout, je suis contente qu'elle ait trouvé sa place, sa tribu. Merry satisfaite. Dieu sait que ça lui a pris du temps, d'innombrables années perdues à chercher quelque chose à quoi s'accrocher de toutes ses forces.

Je veux qu'elle soit heureuse. C'est tout ce que j'ai toujours souhaité. Son bonheur est comme le mien. Il nous suffit à toutes les deux.

MERRY

Au lac, dans le soleil de la fin d'après-midi, j'ai regardé furtivement son corps. Frank n'a pas changé, musclée et bronzée, des membres graciles, de belles courbes, la peau douce. Le corps dont toutes les femmes rêvent. Un corps qu'elle doit sans aucun doute entretenir longuement. Ses seins sont incroyablement fermes. Elle n'a pas de rides autour des yeux.

Je me demande si elle a déjà commencé les liftings et le Botox, à repousser le vieillissement. Elle aurait bien retenu les leçons de ma mère. Frank m'a toujours semblé bonne élève.

Oui. Elle est éclatante. Envoûtante. Frank la séductrice, on dirait qu'elle en meurt d'envie, voilà comment Sam me l'a décrite un jour. Elle n'a jamais eu de mal à attirer l'attention des hommes. Pourtant, ça ne lui a pas suffi. Elle n'a jamais réussi à les faire rester. Ça doit la rendre malade. Lui rappeler ses échecs. Car c'est un échec pour une femme.

Ça et être stérile. *Pauvre Elsa*, ai-je pensé. *Un chat avec neuf vies devant lui ; neuf bébés et pas un seul qui ait tenu assez longtemps pour respirer. La vie est cruelle.*

J'ai souri, peut-être avec mépris. L'excitation familière, le plaisir de savoir que Frank n'obtiendra jamais ce qu'elle désire. Au collège, elle a été la première à laisser un garçon lui mettre un doigt ; peu après elle est devenue celle qui allait jusqu'au bout. Derrière la scène de la salle de théâtre, c'est là qu'elle attendait. Elle pensait qu'ils allaient l'aimer, mais ils passaient leur temps à rire et à la traiter de tous les noms. Les autres filles et moi, on se moquait d'elle. Frankie Touche-Pipi. Ce surnom-là, c'est peut-être même moi qui l'ai trouvé.

Oh, il y a tellement d'histoires sur le bonheur déçu de Frank ; beaucoup ne me sont pas étrangères.

J'ai pris la main de Sam. J'ai serré le bébé dans mes bras.

Venez, mes amours, ai-je dit. On va faire trempette.

Je sentais les yeux de Frank sur moi. L'envie. La haine.

Oui, ai-je pensé.

Voilà.

Voilà ce qui m'a manqué. C'est exactement ce dont j'ai besoin.

Le contact de l'eau sur la peau était vivifiant, trop froid, même en plein été. Sous mes pieds, les galets lisses et couverts d'algues se dérobaient sous mon poids. J'ai embrassé le bébé et l'ai passé à Sam. Je vais mettre la tête sous l'eau, ai-je dit.

Je me sentais audacieuse. J'avais les idées claires. J'ai regardé Frank derrière moi, petite et seule sur la serviette. Ma meilleure amie. Ma moitié. Mon mètre étalon pour mesurer les faits, le temps et la réussite.

Je lui ai adressé un petit signe de la main. J'ai rempli mes poumons et me suis immergée, me délectant de la morsure de l'eau glacée. Je sentais toutes les parties de mon corps, à l'intérieur comme à l'extérieur, la peau et les organes, les dents et les os.

Tu n'as pas besoin d'elle. Non, tu n'as pas besoin d'elle dans ta vie. Je me le suis souvent répété.

Pourtant ce n'est pas vrai.

J'ai besoin d'elle. Nous avons besoin l'une de l'autre. Sam me dit qui je suis. Et Frank est la preuve que ce qu'il me dit est vrai.

Pourquoi sinon serait-elle si jalouse de moi ?

Je suis remontée à la surface et j'ai ouvert les yeux. Sam et Conor avaient rejoint Frank sur la serviette. Et moi, j'étais seule dans l'eau.

FRANK

J'ai ouvert et refermé tous les placards et les tiroirs de la cuisine pour trouver ce dont j'avais besoin. Tout était étonnamment bien rangé, régulièrement espacé et parfaitement aligné, pas un pot ou une tasse qui n'était à sa place, comme si une ligne invisible encerclait chaque objet pour l'empêcher de sortir de son périmètre. Mon amie est une ménagère méticuleuse.

J'ai posé une petite cuillère pour le miel sur le plateau que j'ai apporté dans la chambre de Merry.

Thé, pain grillé et miel, ai-je annoncé.

Du pain grillé au miel, a-t-elle souri. Ça me rappelle ta mère.

Oui. Cette vieille Carol et ses remèdes de grand-mère. J'ai donné sa tasse à Merry. Comment te sens-tu ?

Elle a fait une grimace. Elle est clouée au lit depuis plusieurs jours, terrassée par une terrible grippe. Elle ne peut évidemment pas s'approcher du bébé dans son état, alors je me suis retroussé les manches. Conor semble accepter sa mère de substitution sans mal. C'est un garçon formidable, avec en réserve tout plein de sourires et de mimis baveux pour sa tatie Frankie.

Tatie Frankie ! J'adore. Je trouve que ça sonne bien. Et lui aussi, je l'adore. Ses grosses joues, ses fossettes et ses cuisses potelées toujours en train de remuer. Il aime les bisous sur le ventre, et si je fais semblant de le manger tout cru, il devient complètement hystérique.

Tu t'en sors super bien, m'a complimentée Sam plus tôt. Je n'en reviens pas de voir comme tu te débrouilles bien.

Je lui donnais son petit déjeuner, chargeais dans sa bouche des cargaisons de bouillie avec ma cuillère-train.

Oh, il est génial, ce petit. Je suis complètement amoureuse.

Oui. C'est vrai.

J'ai donné à Merry tout un tas de vitamines.

Allez, avale, ai-je dit.

Juste quand je pensais qu'on était trop vieilles pour jouer au docteur, a-t-elle plaisanté.

J'ai ri.

Oh, je m'en souviens ! Mais dans le fond, on voulait juste être des femmes au foyer, non ? Mariées, deux enfants chacune.

Je nous revois très distinctement, deux petites filles jouant à se déguiser, enfilant à tour de rôle la seule paire de chaussures à talons que ma mère possédait – des escarpins argentés à bout ouvert qui s'attachaient à la cheville avec une petite lanière. Nous nous asseyions à la table de la salle à manger et nous buvions du soda dans des tasses à café en imaginant que c'était des cappuccinos.

Nous apportions toujours des blocs-notes et des agendas. Nous nous asseyions et programmions nos séances de manucure, les réunions de parents d'élèves et les rendez-vous avec les décorateurs d'intérieur.

C'étaient les vies qui, dans notre imaginaire, nous attendaient.

Merry a dégluti puis s'est enfoncée dans son oreiller. Je vais me rendormir maintenant, a-t-elle soufflé. Merci de prendre soin de moi.

J'ai passé la main sur son front. Elle était brûlante.

Viens, m'a dit Sam lorsque je suis sortie de la chambre. Inutile de tous rester enfermés aujourd'hui. Je t'emmène voir un autre lac.

L'après-midi était splendide. Sam, Conor et moi, allongés sur l'herbe tendre, sous le soleil qui scintillait. On s'est longuement baignés dans l'eau fraîche. J'ai retiré ma robe et j'ai vu les yeux de Sam descendre le long de mon corps en le jaugeant. J'imagine que ça lui convenait.

J'ai souri.

Il a secoué la tête, on aurait dit qu'il riait de lui-même.

Il a pris Conor dans ses bras et nous nous sommes enfoncés dans l'eau. D'autres familles jouaient ou faisaient la sieste au soleil ; quand ils passaient devant nous, ils souriaient et nous disaient bonjour. Nous devions nous-mêmes avoir l'air d'une petite famille. Ça m'a terriblement plu.

J'avais les joues chaudes. Une sensation de légèreté coulait dans mes veines.

Quelle journée ! me suis-je exclamée.

Eh bien, il faut savoir en profiter, a dit Sam. Ici, l'été passe en un clin d'œil. C'est le seul inconvénient.

En chemin, nous nous étions arrêtés au marché pour acheter du pain, du fromage et des fruits pour le déjeuner. Sam avait emporté un petit pot pour Conor ; je l'ai pris sur mes genoux pour le lui donner. À un moment, il s'est accroché à mon haut de bikini et il a tiré dessus. Le tissu a bougé, m'exposant à la vue de tous. Sam a fait semblant de se cacher les yeux pendant que je réajustais l'étoffe sur ma poitrine.

J'en ai vu d'autres, a-t-il dit.

Oh, arrête, l'ai-je taquiné.

Après le repas, Conor s'est endormi, blotti contre moi, son souffle chaud et délicieux contre ma peau. Je me suis allongée à côté de lui en frissonnant de plaisir. L'envie.

C'est certainement pas les vacances que tu imaginais, a dit Sam. Garder le bébé et tout.

C'est encore mieux que ce que j'espérais, ai-je déclaré.

Il a ri.

Tu exagères.

Je suis sérieuse. Ce pays. Je comprends pourquoi vous êtes si heureux ici.

J'ai délicatement posé la main sur la joue de Conor.

Et ce petit bonhomme.

Sam s'est levé pour retourner dans l'eau. J'ai regardé son corps. Massif. Puissant. Il portait son short bas. Je voyais le duvet de poils, la façon dont il allait encore s'épaissir. Je l'avais déjà aperçu nu, au sortir de la douche, un été que nous avions loué un endroit dans le Maine, Merry, Sam, Simon et moi. Je me souviens de la façon dont Sam m'avait regardée à l'époque, souriant, en connaisseur. Le regard d'un homme qui aime jouer.

Le regard qu'il m'a adressé toute la journée. Les yeux qui brillent, le sourire coquin.

Simon a rompu nos fiançailles peu de temps après ces vacances. Je n'ai pas compris pourquoi ; j'étais dévastée. Quelques jours plus tard, Merry m'a annoncé qu'elle allait épouser Sam.

Mais tu disais que tu avais des doutes à son sujet, avais-je pleurniché.

Elle avait ri, ignorant mes larmes et ma douleur. Ou s'en nourrissant.

Non, avait-elle déclaré, plus maintenant.

J'imagine qu'elle ne peut pas s'empêcher d'être comme ça.

FRANK

La vie et la bonne fortune peuvent vraiment changer en une fraction de seconde ; je pense que c'est ce que croyait mon père, ce sur quoi il comptait quand il enchaînait les journées au casino, refusant d'accepter que la chance ne tournerait pas, même quand il avait tout perdu. La maison, les voitures, l'argent de mes études. Tout, parti en une seule nuit. Il ne s'était même pas excusé, se contentant de hausser les épaules et de dire : c'est la vie.

Enfin, je m'en rends compte. Que tout peut toujours changer, souvent en un clin d'œil. Que de nouvelles perspectives peuvent se révéler en un instant.

Oh respire, Frank, respire ! Je suis vraiment ivre de joie.

Les derniers jours ont été merveilleux. Merry au lit, brûlante et transpirante de fièvre, les draps lui collant à la peau. Sam, Conor et moi tirant le meilleur parti du superbe été suédois. Ensemble. Rien que nous trois. Un bonheur entêtant. Le remontant idéal. Des mois que je ne me suis pas sentie aussi bien.

Sam m'a emmenée faire une promenade en forêt puis nous sommes rentrés par le lac où nous avons pris un bain glacé. Nous avons ramassé des légumes du jardin et il m'a montré ses films dans le studio.

Tu as du talent, ai-je déclaré, et il a souri largement.

Ça me fait un peu penser à Herzog, la façon dont tu travailles tes personnages. C'est empathique, et pourtant tu es quand même très impliqué. C'était ton intention ? ai-je demandé.

Il était à deux doigts de s'évanouir.

Je cuisine, je l'aide à faire les courses et à redresser les coussins sur le canapé. De toute ma vie, je crois n'avoir jamais autant vécu en couple que ces derniers jours. Je me régale. Je ne m'en lasse pas une seconde.

J'apporte à Merry des verres d'eau et de thé au citron, des plateaux d'aliments faciles à digérer et des vitamines disposées sur des soucoupes en verre. Pour la première fois de ma vie, je suis mère. La quintessence de la femme au foyer, au plumeau et aux fourneaux. Elle ne me reconnaîtrait pas, comme je n'aurais jamais imaginé qu'elle puisse apprécier cela, tout ce travail. Je vois aujourd'hui que tout cela peut être source de bonheur. C'est peut-être ça, le truc.

Rétablis-toi vite, dis-je à Merry, mais je rêve en secret qu'elle ne quitte jamais son lit.

Oh que je suis méchante ! Il ne faut pas que je sois si cruelle. Mais tout cela me plaît tellement. La belle maison et le jardin ; l'air frais de la campagne. Conor dans mes bras ou à mes pieds, gazouillant et souriant ; enfant chéri, garçon adorable. Un regard lumineux, d'étranges yeux sans fond qui absorbent le monde. Il est si facile de le faire rire, et de l'aimer. Oh, l'amour qu'il distille : une fontaine de joie et de bonheur.

Ce doit être ça, l'amour inconditionnel, l'amour d'un enfant. L'amour qu'il vous renvoie, si volontiers, avec une générosité inimaginable. Pourquoi perdons-nous cette capacité, et quand ? Pourquoi arrêtons-nous d'aimer librement et imposons-nous tellement de conditions à notre amour ?

Je ne vais pas mentir. J'apprécie aussi la compagnie de Sam. Peut-être un peu trop. Vous pensez que je suis déloyale ? C'est la règle d'or de l'amitié : touche pas à mon mec. Mais quand même. Je sens son regard sur moi. Je le regarde rire à mes blagues, apprécier ma conversation (c'est lui qui dit avoir désespérément besoin de compagnie intelligente), sourire devant ma douceur lorsque je m'occupe de son fils. C'est ça qui, plus que tout, l'émerveille.

Nous dînons dehors sous un ciel encore clair. Ce soir, j'ai cuisiné un plat éthiopien, un ragoût sur une *injera* maison, après que Sam a mentionné en passant une semaine de conférences à Addis-Abeba et la cuisine sublime qu'il y avait dégustée tous les soirs.

Il était ravi. Nous avons rompu le pain avec nos mains et l'avons utilisé pour manger le ragoût. Nous avons parlé d'art, de politique et de culture – ou plutôt, il a parlé, et moi j'ai surtout écouté, mais bref.

Tu es très intéressante, Frank, a-t-il dit avec un grand sourire.

Oui, très, ai-je répondu en lui rendant son sourire, un peu trop éméchée, un peu trop impertinente.

Nous étions encore dehors après 23 heures, quand le ciel s'est doucement obscurci. Les étoiles ont tapissé la pénombre, ainsi qu'une demi-lune jaune, et j'ai jeté un coup d'œil à la dérobée au reflet renvoyé par les vitres. Le mari de ma meilleure amie. J'ai eu un léger mouvement de recul. Parce qu'il était impossible de ne pas le voir. Nous formions un joli couple, tous les deux.

Nous allions bien ensemble.

MERRY

Je me réveille après un rêve enfiévré. Non, je crois que je me suis réveillée en plein cauchemar. Je vois tout trouble. Je m'essuie les yeux. J'essaie de faire le point.

Ma maison. Mon mari. Mon bébé. Mais il y a quelque chose qui cloche.

Rien ne va comme il faut.

Non, ce n'est pas ça.

C'est Frank.

Oh, regarde qui est debout !

Elle était sur le canapé, Sam à côté d'elle, une couverture sur leurs genoux. Deux verres de vin, une bouteille vide sur la table basse, une autre sur le comptoir de la cuisine. En plein milieu de la nuit. À l'heure où les gens dorment. À l'heure où les sorcières célèbrent le sabbat.

Qu'est-ce que vous faites, tous les deux ? ai-je demandé.

Sam a ri.

Frank me régalait avec des histoires sur la vie en entreprise. Le monde cruel des consultants d'élite. Elle négocie des accords de plusieurs millions de dollars pendant que le directeur général joue à Angry Birds sur un iPad. Ha, ha ! T'imagines un peu le tableau !

Frank a ri elle aussi, a agité la main. Bref, on était en train de s'amuser.

Ils se sont regardés, ont souri, échangé un clin d'œil. Une blague, rien qu'entre eux.

Formidable, ai-je dit. Je suis restée debout dans l'embrasure de la porte, pas certaine de savoir où me mettre.

Tu vas mieux ? m'a demandé Sam.

J'ai l'impression, oui.

Eh bien, Frank a été une formidable remplaçante, a-t-il déclaré en souriant, la main sur son genou, décontracté et chaleureux. Elle s'est occupée de tout.

C'est vrai ? On a de la chance !

Frank me souriait de toutes ses dents.

Tout le plaisir est pour moi, a-t-elle affirmé. Vraiment.

Je crois que je vais retourner au lit, ai-je fini par dire.

Sam ne m'a pas suivie.

Le lendemain matin, j'ai enfilé ma robe de chambre avant de me rendre dans la cuisine.

Frank avait installé le bébé dans sa chaise haute et lui donnait la becquée de manière admirable. Il riait, jamais avare de sourires avec elle. Affectueux et réceptif. Sans doute le reflet de ce qu'il voyait. Il y avait plusieurs casseroles sur le feu, elles mijotaient tranquillement.

Oh, regarde qui est là, a gazouillé Frank.

Le bébé m'a regardée, mais il n'a pas souri.

Tu veux un câlin ? a demandé Frank, et le bébé a levé ses petits bras grassouillets vers elle.

Elle a frotté son nez contre le ventre rond et il a éclaté de rire, ivre de bonheur.

Hou, tatie Frankie va te manger tout cru. Tout cru, tout cru.

Tatie Frankie. Les voilà devenus de grands amis, tatie Frankie et le bébé. Elle le tenait négligemment sur la hanche, sûre d'elle, maternelle, à l'aise. Il était confortablement installé dans ses bras, un petit nid douillet rien que pour lui.

Tu veux aller avec maman ? lui a-t-elle chanté à l'oreille.

Le bébé s'est retourné. Frank a haussé les épaules et l'a embrassé sur la joue. Une récompense pour avoir joué le jeu.

C'est qui, mon petit mec ? C'est qui, mon petit prince ? a-t-elle roucoulé.

Où est Sam ? ai-je demandé. J'étais moite de sueur et irritable. J'avais la migraine.

Sam est au studio aujourd'hui, m'a informée Frank, il vaut peut-être mieux ne pas le déranger. Il travaille sur sa grande présentation de cette semaine. Un projet pour une ONG importante.

Elle a soulevé le couvercle d'une des casseroles. L'odeur du vin et de l'ail a rempli la pièce.

Le dîner, a-t-elle dit. Du bœuf bourguignon.

Le plat préféré de Sam, a-t-elle ajouté, comme si je ne le savais pas.

J'ai essayé de sourire. J'ai bu un verre d'eau et je l'ai regardée évoluer dans la cuisine, ma cuisine ;

j'ai vu comment elle ouvrait et refermait les placards, trouvait les choses dans le réfrigérateur. Comment elle tenait le bébé. Comment elle me donnait des instructions concernant mon mari.

Café ? m'a-t-elle proposé.

S'il te plaît, ai-je répondu, et elle m'a servie. Elle utilise les tasses que j'avais remisées dans le placard du bas. Elle a rangé les bols et les verres sur d'autres étagères.

Tu as vu ça ? ai-je dit en désignant de la tête le bébé tranquillement posé sur sa hanche. Tu n'as pas mis longtemps à t'adapter.

À prendre ma place, voilà ce que je voulais dire. Parce que c'est tout Frank. Parce que c'est son truc. Elle s'insinue, comme une fuite de gaz très dangereuse ; elle trouve une manière de se loger là où elle n'est pas désirée. S'enracine si profondément qu'il devient impossible de s'en débarrasser.

J'étais submergée de souvenirs. Des flashs de trente ans d'amitié, ou quel que soit le nom de cette relation. Visions confuses de vies et de maisons ; moi vivant chez elle, elle vivant chez moi. Des queues-de-cheval coupées au sécateur, des poupées volées, des histoires inventées de toutes pièces pour attirer des ennuis à l'autre.

Chacune faisait ressortir le pire chez l'autre. La jalousie, la colère, le mensonge. Nous avons appris plus tard à ne pas céder à l'envie de frapper avec nos poings. Quand nous avons découvert que les mots et les silences peuvent être encore plus assassins. Refuser d'accorder son affection, faire sournoisement courir des rumeurs et des demi-vérités, raviver habilement les blessures les plus profondes. Voilà où réside la force. Un autre genre de violence.

Mais c'est mon amie. Mais je l'ai vu en premier. Tu as toujours été habillée comme une pouilleuse.

Il n'y avait aucune règle. Et il n'y en a toujours pas. Je ne sais pas qui a fait quoi, ni qui a fait le pire. Tout est interchangeable. L'amour et la haine. Tellement emmêlés qu'il est impossible de les dissocier.

J'observais Frank qui faisait virevolter le bébé à toute allure, comme un cerf-volant, comme un oiseau.

Ce que je l'aime, ce petit paquet, a-t-elle dit. Je l'aime à la folie. Elle avait des bouffées de joie, elle rayonnait, en réalité. Peut-être que c'était ça. L'amour d'une mère. Ça lui allait bien ; ça se voyait.

Oui, certaines femmes l'ont, d'autres non.

Sam est arrivé, une tasse à café à la main. Il a pincé la joue du bébé et négligemment passé le bras autour de la taille de Frank pour la serrer contre lui.

On dirait que Con' t'aime beaucoup, a-t-il dit, et le visage de Frank s'est éclairé de mille feux.

À la place de mon cœur, deux poings frappaient contre ma poitrine.

Je voulais sortir de la maison.

Je devrais peut-être aller voir le jardin, ai-je marmonné.

Je m'en suis occupée pendant que tu étais malade, a dit Frank en souriant. J'espère que je n'ai pas fait de bêtises. Marché sur tes plates-bandes.

Dans les carrés potagers, j'ai repéré les endroits où elle avait pris des poignées de légumes pas encore mûrs, les arrachant à la racine puis les laissant pourrir misérablement au sol. Délibérément. Par pure méchanceté. Ou peut-être était-ce juste dans ma tête ?

J'ai ramassé quelques carottes et une laitue auxquelles les limaces ne s'étaient pas encore attaquées, et je les ai rapportées à l'intérieur pour les rincer.

Le bébé a levé les yeux et m'a tiré la langue. Bah, a-t-il fait. Tout s'est mis à fondre autour de moi.

FRANK

Je suis en plein milieu d'un puzzle, et il y a bien trop de pièces qui ne collent pas.

J'essaie de trouver une logique à tout ça, cette curieuse réalité qui s'est dévoilée à moi, morceau par morceau. Chez les Japonais, il existe une forme d'art dédiée aux fêlures. Ça s'appelle le *kintsugi*. Ils réparent les porcelaines cassées avec une laque additionnée d'or, rendant les pièces réparées encore plus précieuses. Ils trouvent de la beauté dans les choses brisées.

Eh bien, peut-être que les fissures que j'aperçois dans la vie de Merry vont elles aussi révéler leur beauté.

Elle a émergé de sa semaine de convalescence dans une humeur massacrante. Elle a toujours été tellement ingrate. Pas un « merci, Frank » de t'occuper de tout, de prendre soin de mon fils, remplir le frigo et mettre à manger sur la table.

Peu importe. Sam, lui, est reconnaissant. Il ne tarit pas d'éloges. Il pose un regard émerveillé sur moi, sur la façon dont je me comporte avec Conor, celle dont l'enfant s'épanouit sous ma garde.

Que je suis vilaine ! J'ai volé l'exemplaire du *Guide ultime de la première année de bébé* de Merry sur sa table de nuit pendant qu'elle était malade et je l'ai lu intégralement en une soirée.

Quelques jours plus tard, je proposais à Sam que nous fassions faire des exercices de musculation abdominale au bébé pour l'aider à ramper.

Il devrait déjà être en train de franchir cette nouvelle étape, ai-je dit. J'ai remarqué qu'il était un peu en retard.

Loin de moi l'intention d'être intrusive, mais ces étapes du développement sont cruciales. Tout le monde sait cela.

Sam semblait légèrement en colère.

Désolée, me suis-je excusée. Je ne devrais pas me mêler de ça.

Non, a-t-il lâché d'un ton sec. Merry aurait dû mieux faire.

Depuis, tous les matins, lui et moi nous asseyons par terre, jambes croisées, et nous encourageons le bébé à attraper des balles de couleurs vives dans un seau en plastique. C'est censé muscler le haut de son corps, ce qui va l'inciter à essayer de ramper. C'est vraiment trop mignon à regarder. Conor adore ce jeu, et plein d'autres : cache-cache sous une couverture, où est Nounours, les culbutos. Nous jouons pendant des heures.

Sam ne cesse de répéter que je suis douée, et peu à peu je comprends pourquoi.

Parce que Merry ne l'est pas. Vraiment pas du tout.

Les premiers jours, elle a réussi à me convaincre du contraire. Mais à présent, j'y vois clair. Vous vous souvenez des livres *Où est Charlie ?*, et comme il était difficile de repérer Charlie dans les illustrations surchargées. Et puis, une fois que vous l'aviez vu, vous étiez capable de le retrouver partout. À la plage, au zoo, dans les rues de Paris, il vous sautait aux yeux, le premier visage à se détacher dans la foule. C'est la même chose avec Merry. À présent, c'est flagrant. Elle ne peut plus me cacher son jeu.

Merry, Merry. Ma pauvre amie désespérée. Sa vie est une façade. Un masque. Elle l'enfile quand Sam et moi sommes présents, mais lorsqu'elle se trouve seule avec l'enfant et que je l'observe en douce, c'est une tout autre histoire. Rien de maternel, pas une once d'instinct.

C'est du cinéma. Ou un piège dans lequel elle s'est enfermée. Merry qui joue à la maman, comme elle a joué à beaucoup d'autres choses au fil du temps. Merry l'innocente, Merry la fêtarde. Merry l'étudiante en art dramatique, Merry la poétesse, Merry la professeure de yoga, Merry devenue Amira après avoir passé un an à Pune afin de s'initier aux sannyas. Elle a essayé six universités différentes. Six ! Pris deux fois une année sabbatique et voyagé autour du monde avec la carte de crédit de Gerald en poche, pour essayer de se trouver. Quelle comédie ! Comme s'il y avait quelque chose à découvrir.

Mais le pire, ce sont les innombrables victimes qu'elle a faites en chemin, les pauvres malheureux qui ont gobé son histoire, qui l'ont prise au mot et ont cru qu'elle était la personne qu'elle prétendait être. J'en ai connu pas mal, j'en ai croisé quelques-uns après leur rupture et j'ai vu combien ils étaient dévastés, détruits. Je connais ces sentiments. Voilà ce qui arrive lorsque tu joues avec les gens, tu vois ? Quand tu les trompes. Quand tu leur fais croire que tu es tout ce qu'ils ont toujours cherché.

Il ne faut pas que je m'énerve. C'est simplement sa façon d'être. C'est comme ça qu'elle fonctionne. Je pense que c'est de cette manière qu'elle se sent exister. En fait, ça fait plus pitié qu'autre chose.

Sam ne le voit pas, ou il ne veut pas le voir. Mais je la connais trop bien. Sous toutes les coutures. Le contraire serait étonnant après toutes ces années.

Ça a toujours été problématique pour elle, le fait que je puisse, plus que quiconque, voir aussi clairement en elle. La démasquer, quel que soit le costume. Même avec un excellent déguisement, elle n'arrive pas à me duper. N'importe qui d'autre aurait pu prendre son comportement pour une dépression postnatale. Ce n'est évidemment pas ça. C'est juste Merry. Merry qui fait du Merry.

Aucun amour n'émane d'elle. Il reste coincé au creux de son ventre.

Ou peut-être que je prends mes désirs pour des réalités. Si ça se trouve, elle n'a pas d'amour à donner.

Difficile de croire autre chose après ce que j'ai vu aujourd'hui. Nous déjeunions tous ensemble dehors. Merry est rentrée pour changer le bébé et, quelques minutes plus tard, j'ai dû aller aux toilettes. En chemin, je suis passée devant la chambre du bébé et j'ai regardé à l'intérieur. Il était sur la table à langer, pleurnichant, et il donnait des coups de pied. Il passait une sale journée, le pauvre canard, ronchon et sur les nerfs à cause de ses dents.

Merry se tenait au-dessus de lui et le regardait en silence, dure comme la pierre. Je suis restée à la porte, fascinée par son apparence, par sa froideur, par la simple absence de chaleur ou d'amour maternel. Comment pouvait-elle regarder Conor avec autant de dégoût ? Comme s'il n'y avait que de la glace dans ses veines. Comme si son enfant était une sorte de monstrueuse et terrible aberration et non pas la chair de sa chair.

Un frisson m'a parcourue. Mais les choses ont empiré. Alors que Conor pleurait, Merry a levé la main et l'a passée au-dessus de son ventre nu. Je l'ai regardée ouvrir et fermer le poing. Conor s'est tortillé. Alors elle a posé la main sur sa cuisse.

Ses doigts ont serré. Il a laissé échapper un cri. J'ai couvert ma bouche pour m'empêcher de crier moi aussi. Pourquoi ? Je ne sais pas. J'imagine que je ne savais pas encore à quoi j'étais en train d'assister – je doutais de la réalité de ce spectacle effroyable qui se déroulait sous mes yeux comme dans un cauchemar. Je devais certainement penser que si elle était prise sur le fait, cela allait déchaîner encore plus de violence.

Alors je me suis contentée de regarder. J'ai vu ses doigts agripper la peau, se contracter, serrer, appuyer. Exercer une pression de plus en plus forte, s'enfoncer vigoureusement dans la chair. Mon esprit refusait d'assimiler son intention de lui faire mal, de causer douleur et souffrance. Son fils ! Son enfant !

J'avais le cœur brisé, mes pensées tourbillonnaient entre les pourquoi et les comment. Impossible de trouver là une logique, de comprendre. J'étais tout simplement bouleversée. Une vérité inimaginable se faisait jour, l'effondrement de tout ce que je savais être juste et bon.

J'ai regardé la main, les doigts cruels et le petit corps qui se tortillait de douleur. Merry n'a pas sourcillé.

Finalement, n'en pouvant plus, je me suis éloignée sans bruit. Dans la salle de bains, j'ai passé de l'eau froide sur mes joues, chassé les larmes de mes yeux. J'ai essayé de faire cesser le tremblement de mes mains, mais elles ne voulaient rien savoir. J'ai regardé mon visage dans le miroir. Dévasté. C'était une des pires choses auxquelles j'avais jamais assisté.

Quand je suis retournée dehors, à la table de jardin baignée de soleil, Merry était assise avec Conor sur les genoux, souriant et dégustant sa limonade, aussi insouciante que possible.

Te voilà, a-t-elle dit en me souriant chaleureusement.

Sam a levé la bouteille de vin.

Tu prendras bien un autre verre ?

Il s'est tourné vers Merry.

Pas pour ma femme, l'a-t-il titillée. Il se pourrait qu'un autre Hurley soit en route.

Merry a levé la main avec laquelle elle venait de violenter son fils.

On croise les doigts, a-t-elle dit.

Je me suis refermée.

SAM

Les femmes. Les femmes sont en chaleur. C'est assez amusant, je ne vais pas mentir. Toutes les deux se disputent mon attention comme des lionnes enragées. À un moment, je crois même en avoir ri aux éclats.

Notre isolement aggrave peut-être les choses. Cette sensation d'être les trois derniers adultes au monde. Et bien sûr, il n'y a de place que pour deux.

Je devrais me sentir dans mon élément. Merry, aussi malléable que la glaise, se plie en quatre pour être une épouse prévenante. Je pense qu'elle pourrait bel et bien être enceinte ; la dernière fois, elle avait aussi ce petit quelque chose pendant les premières semaines. Un truc intense et sauvage, limite bestial. Merry enceinte. Il n'y a rien de mieux. Ronde et pleine, débordante de vie. Elle dit qu'il est trop tôt pour faire un test, mais elle doit être enceinte. Ça fait déjà un moment qu'on essaie. Encore plus depuis l'arrivée de Frank. Merry se jette sur moi à la moindre occasion.

Et Frank. Cette chère bonne vieille Frank. Les tétons qui pointent et les minijupes, jamais de soutien-gorge et toujours en petite tenue, exposant son corps, le moindre centimètre carré de peau. Elle a pris le soleil, bronzé et mûri. Elle sent les agrumes, le bois de santal et cette odeur propre aux femmes qui désirent être possédées. La façon dont elle me regarde, comme si j'étais le messie en personne ; les yeux brillants, le pouls qui s'accélère. On le sent dans l'air, le désir chaud et électrique comme un orage qui se prépare. Je ne la décourage pas. Les habitudes ont la vie dure.

Elle laisse ses sous-vêtements sécher sur la rampe de la baignoire. Tous les soirs, je dois les déplacer pour prendre ma douche. Noirs et en dentelle, rouges et extrafins.

Parfois, je les prends pour mieux les examiner. De légères taches blanches sur la dentelle noire ; l'odeur du savon et du sel. Je les approche de mon visage et respire à plein nez.

Au lit, Merry ronronne en se collant à moi. Parfois, je la soulève pour la placer sur moi et pousse sa tête sous les draps ; j'imagine que ce n'est pas Merry mais la femme dans l'autre chambre. La voix dans ma tête me dit de faire attention. Le reste de mon être se prête au jeu avec délectation.

Je devrais probablement savoir que c'est une erreur de se livrer à de tels jeux. Le dénouement est inéluctable. Toujours le même. Je peux déjà imaginer la tête de Malin. Celle de Merry aussi, déformée par la trahison. Les épouses se sentent toujours coupables. *Si je lui suffisais, il ne serait pas allé voir ailleurs.* Elles n'ont pas toujours tort.

Je sais, je sais. Je ne devrais pas, surtout avec Frank. Trop proche. Comme une sœur.

Je ne le ferai pas. Je n'oserai pas.

Je vais juste m'amuser. Sans jamais passer à l'acte. Elle aussi, ça lui plaît. Elle aime ça.

Le soir, quand Merry est couchée, nous restons assis tous les deux sous les étoiles, partageons une cigarette, une autre bouteille de vin à l'occasion. Des plaisirs volés. Pourquoi se priver ? nous disons-nous.

Je flirte, je drague. Lui dis les choses qu'elle veut entendre. La regarde comme elle veut être regardée. Elle boit du petit-lait ; du lait pour une petite chatte assoiffée. Je lui repasse la soucoupe. Tiens, tu en reprendras bien un peu ?

Je l'effleure parfois et sens le courant passer. Ses yeux me supplient, tout son corps brûle d'envie, arqué dans ma direction, dans l'attente de mon signal.

Je ressens du désir, mais ce n'est pas l'essentiel. Ce qui me plaît, c'est d'allumer. Allumer pour faire souffrir. Situation aussi confortable qu'une vieille paire de pantoufles. Et voilà que je remets ça.

Je me souviens de Tess, nue et collée contre moi. Elle me disait que je voulais punir les femmes.

Tu es un misogyne qui se fait passer pour un séducteur.

J'avais ri, glissé les mains sous les draps, vers des lieux sombres et chauds.

C'est absurde, j'adore les femmes. Tu ne le vois pas ?

Elle gémissait, elle voyait très bien.

Elle avait accusé ma mère, dont je n'avais parlé qu'une fois devant elle.

Si toutes les femmes sont mauvaises, tu seras toujours à elle. Classique, avait-elle décrété.

Purée, Tess.

C'est vrai, Sam. C'est une pathologie fréquente.

Elle suivait un double cursus, anthropologie et psychologie. C'était une exaltée ; elle s'était fait stériliser à vingt et un ans, avait demandé à sa mère de la conduire à la clinique pour l'opération.

Je ne suis pas comme les autres femmes, avait-elle dit. Tu n'as pas besoin de jouer avec moi comme tu le fais avec les autres.

J'aime ma femme, avais-je déclaré à la fin, et elle avait secoué tristement la tête.

Non, Sam, tu nous détestes toutes.

C'est peut-être pour ça qu'elle m'a dénoncé au doyen.

Je pense que Frank est une bête. Rien ne doit l'arrêter. Les belles femmes ne sont pas toujours les meilleurs coups. Mais tu les baises quand même, pour les épingler à ton tableau de chasse. Être celui qui conclut l'affaire. Mais je parie que Frank serait une bonne surprise.

J'essaie de me calmer, de ne pas y penser. Je soulève les haltères qui traînent dans la remise. Cinq séries de dix. Ça brûle, ça fait mal. Allez, je m'amuse, c'est tout. Je suis fébrile. Je m'ennuie.

J'ai besoin de distractions.

Désolé, Malin. Difficile de changer ses habitudes…

J'ai dit à Merry que j'avais décroché un autre contrat. Elle m'a embrassé.

Les affaires roulent, je t'avais bien dit que j'y arriverais.

Elle a acquiescé. Fière de son mari. Suffisamment rassurée.

Ce qu'elle ne sait pas ne peut pas lui faire de mal.

MERRY

Orla de Donegal ne verrouille pas le placard où sont rangées la Javel et la bombe de décapant pour four. Éloïse de Bordeaux s'assure de laisser détaché un coin de la bâche de piscine.

Qu'est-ce qui ne va pas chez toi ? m'a demandé Sam ce matin en me voyant prendre une boîte de tampons dans le placard.

Je ne sais pas, ai-je dit.

Le mois dernier, j'ai inventé une consultation chez le gynécologue. Tout va bien, ai-je indiqué en rentrant. C'est pour bientôt.

J'imagine que ça va finir par arriver. C'est ce qu'il attend de moi. Il a besoin que je sois enceinte.

J'ai reçu et effacé un autre e-mail de Christopher. Message sans objet, avec les mêmes quatre mots. Je devrais bloquer son adresse, mais je ne le fais pas. Voir son nom s'afficher à l'écran ravive toujours comme une étincelle. Ça me rappelle quelque chose que j'ai eu autrefois. Du pouvoir, peut-être ? Je n'arrive pas à me résoudre à tout couper d'un coup, du moins pour le moment, avec Frank ici et notre équilibre bouleversé ; tout est sens dessus dessous.

Nous nous sommes promenés tous ensemble vers Sigtuna ce matin. En rentrant, nous avons croisé Elsa et Karl sur le sentier.

Oh, il faut qu'on se voie, a dit Frank. J'ai très envie de rencontrer de vrais Suédois.

Et maintenant, ils sont là pour le dîner. Sam fait griller de la viande sur le barbecue. Frank est à l'intérieur, en train de préparer sa fameuse salade de pommes de terre, connue dans le monde entier. On a eu droit au récit de son voyage du Nouvel An au Sri Lanka avec des amis, quand elle avait voulu la leur préparer et qu'elle avait réussi à trouver les câpres indispensables à sa recette, alors qu'aucun habitant de l'île n'avait la moindre idée de ce que ça pouvait être.

Elle nous dépeint une vie haute en couleur. Des amis à la pelle. Des voyages exotiques en veux-tu en voilà. Demandée par les meilleures entreprises. Tout le monde veut se la payer. Sa vie est parfaite, à l'entendre. Et pourtant elle a l'intention de s'incruster ici.

Ça me fait penser à ce que j'ai ressenti il y a bien longtemps, quand le père de Frank a tout perdu. Ils avaient dû vendre la maison de Brentwood et emménager dans le T2 de sa grand-mère, entre Mid-City et Koreatown. Frank était mortifiée ; elle détestait l'appartement. Alors elle s'est mise à sortir.

Elle prenait le bus pour venir chez moi, se présentait à la porte, séduisait ma mère avec des compliments sur sa beauté, sa coiffure glamour, ses chaussures chics. Elle restait plusieurs jours, dans mon souvenir c'étaient peut-être même plusieurs semaines, et je boudais dans ma chambre pendant que ma mère emmenait Frank, la souriante fille de substitution, faire les magasins et à la thalasso. J'étais invitée. Mais elles savaient que je déclinerais.

J'avais l'impression que Frank était toujours là. Qu'elle prenait de plus en plus de place. Qu'elle essayait d'être une meilleure version de moi.

C'est peut-être ce qu'elle est, d'ailleurs.

Il y a de la musique, du jazz africain que Frank a découvert pendant son voyage au Ghana.

Oh, c'est vraiment merveilleux, là-bas, a-t-elle dit plus tôt, avant de se lancer dans une longue conversation avec Sam et Karl à propos de rites d'inhumation et de cercueils sculptés. Évidemment, elle a assisté à des funérailles ; évidemment, elle a un très bon ami à Accra qui lui a montré les meilleurs coins du pays. Pas de vulgaire tourisme pour Frank. Elle est allée dans soixante-douze pays. Il lui en reste à voir, précise-t-elle.

Elle apporte la salade de pommes de terre alors que Karl nous raconte l'incident survenu dans un des centres pour réfugiés de Gotland. Des militants d'extrême droite ont brûlé vive une jeune femme voilée.

Mon Dieu ! s'exclame Sam. Je ne pensais pas que ça pouvait arriver ici.

Eh bien, les Suédois ont le droit de défendre leur mode de vie, rétorque Karl.

Elsa acquiesce gravement et je me demande si je dois dire quelque chose pour défendre la musulmane brûlée, à présent sous assistance respiratoire. J'observe Karl. Ses yeux sont posés sur le décolleté de Frank, sa poitrine amplement exposée par une robe moulante de couleur pourpre qui me rappelle vaguement quelque chose.

Je tiens péniblement le bébé sur mes genoux. Elsa le regarde de près. Elle est moins belle aujourd'hui. Je remarque de fines ridules autour de sa bouche, sa peau sèche. Quand elle se baisse pour ramasser la serviette qu'elle a fait tomber, j'aperçois un trou dans sa chevelure, une touffe de cheveux a dû tomber.

Je porte la main à mon visage.

Tu verras, me disait toujours ma mère. Ça va vite.

Ou peut-être que toutes les femmes perdent de leur superbe à côté de Frank.

Je l'ai observée divertir mes invités, mon époux. Quand j'avais la vingtaine, je suis sortie avec un chorégraphe du Ballet de San Francisco. Un soir de première, j'ai observé sa danseuse étoile, qui s'était blessée et qui assistait à l'ovation adressée à sa remplaçante à la fin de la représentation. J'ai été totalement subjuguée par sa réaction face à l'hommage qui aurait dû lui revenir.

Tous les jours, je prends le bébé avec moi et je cours. De plus en plus loin. Aussi loin que possible. Je respire un air de liberté, par grandes goulées dans mes poumons traumatisés. Cette sensation, j'essaie de l'emporter avec moi, de la garder à proximité. Mais elle finit par s'en aller. Frank me propose parfois de garder le bébé, mais je feins de vouloir passer du temps avec lui. Un moment seule avec mon fils, dis-je pour la dissuader de m'accompagner, pour l'empêcher de me spolier encore plus.

Quand le bébé est devant moi, sans défense, rose et irrité, entièrement soumis à ses besoins exigeants, je ne peux pas m'en empêcher. Je pince. Je tords. Une ombre noire s'abat sur son petit corps. Il a mal, mais je reste sourde. Les bleus sur sa peau sont autant de paires d'yeux ; ils m'observent et je soutiens leur regard. Ma vie. Mes mensonges. Ma punition. Il sent le lait caillé et les larmes. Rien ne va comme il faut.

Elsa est en train de raconter que l'école verte au bout de la rue va fermer.

Pas assez d'enfants.

Oui, confirme Karl. Les taux de natalité dans les pays scandinaves sont particulièrement faibles.

Catastrophiquement bas, pour être juste. Nous sommes un peuple en voie de disparition.

Je secoue légèrement le bébé. Je lui mets une carotte dans la bouche pour qu'il la suce et apaise la douleur due aux dents qui poussent et l'empêchent de dormir.

Bon, c'est vrai que de nos jours, continue Karl, les femmes ont plus d'options que la seule maternité.

Oui, acquiesce Elsa. L'idée semble la blesser.

Sam annonce que la viande est prête, et nous prenons place autour de la table. Elsa mange encore moins que la dernière fois. On dirait que les os de ses maigres poignets peuvent se casser à tout instant. L'image de Karl l'immolant par le feu me traverse soudain l'esprit. Certainement une punition pour sa stérilité.

Je demande : Où est Freja aujourd'hui ?

Elle est allée voir sa grand-mère, répond Karl. À Katrineholm.

Frank, qui joue à la maîtresse de maison, glousse en passant les plats et en servant à boire. La salade de pommes de terre fait l'unanimité. Karl demande à Elsa de noter la recette.

On dirait que tu fais partie de la famille, dit Elsa à Frank.

Mais bien sûr qu'elle en fait partie, dis-je en souriant, alors qu'un relent de sa salade remonte dans ma gorge.

Dans la cuisine, Frank et moi empilons les assiettes. Elle a été étonnamment distante ces derniers jours, m'observant de près sans trop rien dire. Elle se sent peut-être elle aussi désorientée par cette situation chaotique. Ce soir, elle semble de meilleure humeur. Certainement grâce à tous ces applaudissements.

J'ai l'impression d'être une ménagère des années cinquante ici, dit-elle en riant. Et tu sais quoi ? J'adore ça !

Je lui demande : Est-ce que c'est ma robe que tu portes ? Je vois clairement à présent que c'est une des nouvelles robes que j'ai achetées à Stockholm. Je ne l'ai pas encore portée. Aux endroits où, sur moi, elle flottait un peu, le corps de Frank y est parfaitement moulé, comme si on l'avait glissé dans le tissu avant de le coudre, tel le rembourrage d'une poupée.

Oh, lâche-t-elle. Je n'ai plus de vêtements propres. J'ai pensé que ça ne te dérangerait pas.

Je place les derniers verres dans le lave-vaisselle et le ferme.

Au fait, dit Frank en claquant des doigts. J'ai complètement oublié de t'en parler avant. Christopher.

Qui ?

Christopher Atwood. Tu l'as rencontré au réveillon de Noël que j'ai organisé avant de partir m'installer à Londres.

J'acquiesce vaguement, oui.

Tu ne devineras jamais. Je l'ai croisé par hasard dans la queue du Starbucks de Heathrow. Moi, je venais ici et lui retournait à New York après un voyage d'affaires.

Je commence à rincer les lames du robot ménager. Quelle coïncidence, je dis tout bas.

Eh bien, je lui ai dit que je partais te voir en Suède : il a été très surpris d'entendre que tu avais déménagé. Et que tu avais un bébé.

Nous n'étions pas amis, dis-je. Je l'ai juste croisé à ta fête.

Très bien, sourit Frank. En tout cas, j'ai promis de lui envoyer des photos. Il n'est jamais venu en Suède.

Dans l'évier, l'eau devient rouge.

Merry, crie Frank, tu t'es coupée.

Plus tard, une fois ma blessure bandée et la vaisselle rangée, le bébé se retourne tout seul sur le ventre, par terre dans le salon. Il se dresse sur ses membres. Se balance d'avant en arrière, encore et encore. Puis il tend un bras et commence à ramper.

Sam saute de son siège, Frank crie et applaudit.

Ils se jettent dans les bras l'un de l'autre. Il encourage le bébé comme s'il assistait aux premiers pas sur la Lune.

Regarde, s'exclame Frank, on l'a fait !

Ce « on », comme la plupart des choses qui se passent en ce moment, ne m'inclut pas.

FRANK

Pendant le séminaire de développement personnel auquel j'ai assisté il y a quelques années (là où on fait du yoga et des séances de méditation matinales, et où on boit des petits verres de jus vert), Krisha, la directrice du centre, nous a parlé de la présence à soi-même. De la perfection du moment. On n'est pas censés souhaiter autre chose que ce qu'on a et ce qu'on est, à tout moment. Autrement, nous a-t-elle prévenus, nous sommes condamnés à courir vainement après un bonheur que jamais nous ne trouverons.

Aujourd'hui, je n'arrête pas de penser à elle car je n'arrive pas à m'empêcher de souhaiter toutes ces choses contre lesquelles elle nous a mis en garde.

Je sais que l'idée même est ridicule, une folie, et pourtant je ne peux pas m'empêcher d'y penser. L'idée que Merry ne veut pas de sa vie, et que moi je la veux plus que tout au monde. Je joue au papa et à la maman, je le sais bien. Je fais comme si c'était ma maison et ma vie, mon mari et mon enfant. Et pourquoi pas ? C'est simple et naturel, comme si les choses avaient toujours été ainsi ou auraient toujours dû l'être. Préparer les repas, jouer avec le bébé, voir Sam en profiter.

Et puis Sam le soir, presque tous les soirs, la main sur mon bras, ses yeux dans les miens, jetant des coups d'œil à mes beaux seins libres. Le désir est présent, mais ce n'est pas tout. Il le voit bien ; je sais qu'il le voit. Que ça devrait être moi.

Oui, c'est de la folie, mais pas tant que ça.

Parce que ça colle. Ça marche.

Ça arrangerait tout le monde.

Je pourrais discrètement me glisser à sa place tandis qu'elle s'éclipserait, un échange tellement propre et sans à-coup qu'on n'y verrait que du feu. Ma place contre la sienne. Une simple permutation. Il a dû exister des choses plus étranges. Et Merry, ma pauvre Merry. Comme je compatis. Elle est malheureuse. Prisonnière de cette vie, elle rêve de retrouver sa liberté. Vraiment, j'en ai assez vu pour le savoir.

Tous les jours depuis qu'elle s'est remise de sa grippe, Merry emmène Conor en balade. Ils s'absentent toujours longtemps. Elle revient toujours souriante.

Je ne sais pas ce qui a éveillé mes soupçons. Peut-être le fait qu'elle ait refusé que je me joigne à eux. Ou alors juste un pressentiment, l'impression que quelque chose ne tournait pas rond. Je suis sur mes gardes depuis le jour où je l'ai vue faire mal à Conor. Ce matin, elle l'a bien emmitouflé et ils sont partis aux alentours de 9 heures. Sam est absent, en déplacement à Göteborg pour une réunion. Je lui ai donné quelques contacts qui pouvaient lui être utiles et il rencontre l'un d'entre eux. Je suis d'une aide précieuse, tu ne trouves pas ? Il s'est dit très reconnaissant. Vraiment très reconnaissant. J'ai répondu que c'était le moins que je pouvais faire.

J'ai enfilé mes tennis pour prendre Merry en chasse. Elle avançait rapidement, faisait rouler la poussette à vive allure sur les cailloux. Elle s'est arrêtée pour ajuster quelque chose dans la poussette et j'ai attendu. Puis elle a traversé le chemin pour se diriger vers le sentier. Je l'ai suivie lentement et suis restée cachée pendant qu'elle gravissait la colline.

Puis, après un moment, j'ai grimpé à mon tour. Arrivée à la clairière, au sommet, je me suis arrêtée. J'ai regardé la scène devant moi, vision étrange, et je me suis postée derrière un arbre pour observer. C'était la poussette de Conor, abandonnée au milieu des arbres. Je voyais l'enfant dedans, immobile et probablement endormi, le bas du corps enveloppé dans sa couverture bleue.

Merry n'était nulle part. Disparue. Conor avait été abandonné dans les bois.

J'ai attendu derrière l'arbre, présumant qu'elle était allée faire pipi à l'abri d'un buisson ou, je ne sais pas, ramasser des baies. J'ai attendu longtemps, essayant de comprendre ce qui se passait, mais elle n'est pas revenue. Vingt minutes, puis une demi-heure ont passé. Finalement, je me suis approchée de la poussette. Conor était réveillé, le regard alerte.

Oh, Conor, ai-je crié. On t'a abandonné !

Mon petit agneau, ses grosses joues, son petit nez planté au milieu du visage. Je l'ai touché et j'ai senti sa peau froide.

Il restait impassible, et il m'est venu à l'esprit que ce n'était peut-être pas la première fois que ça lui arrivait. Je l'ai pris dans mes bras et j'ai couvert son visage de bisous, l'ai chatouillé sous les bras : je voulais lui montrer que le monde n'était pas un endroit cruel. Mon cœur s'est serré au souvenir de ce que j'avais vu seulement quelques jours auparavant. Et depuis lors.

Et maintenant ça. *Mon Dieu*, ai-je pensé, *jusqu'où est-ce que ça va aller ?*

Je le tenais, en sécurité dans le creux de mes bras, ses joues potelées contre mon visage. Il s'était peut-être écoulé une heure quand j'ai entendu les feuilles bruisser et le martèlement de pieds contre le sol. J'ai réinstallé Conor dans sa poussette et suis retournée derrière mon arbre. Détendue, sans la moindre gêne, insouciante, Merry a jeté un rapide coup d'œil à son fils puis l'a ramené à la maison.

Je suis restée cachée encore quelques minutes pour calmer mes palpitations, réfléchir à ce que j'allais faire.

Elle ne le mérite pas. Elle ne veut pas de lui. La chose est confirmée.

Je suis rentrée lentement à la maison, en repassant tous les événements dans ma tête. Ce n'était pas beau. Ça ne faisait pas envie. C'était juste un morceau de décor.

Merry a semblé surprise de me voir arriver après elle.

Où es-tu allée ? m'a-t-elle demandé.

Faire un petit tour. Prendre l'air, quoi.

Elle m'a regardée intensément. Tu es allée de quel côté ?

J'ai désigné d'un geste vague la direction des bois. Les sentiers. J'ai pris le plus bas, ai-je dit, et elle s'est détendue. Elle tenait Conor maladroitement et il se tortillait pour lui échapper.

Oh, mon petit chéri. Combien de sévices devra-t-il encore endurer ?

Nous avons passé le reste de la journée à nous occuper de choses et d'autres. Dans le jardin, Merry a enlevé les mauvaises herbes et planté des rangées de fèves pendant que je jouais sur la pelouse avec Conor, essayant de le combler d'amour. Dieu sait s'il en a besoin.

Puis nous avons préparé ensemble une nouvelle série de petits pots pour le bébé, et plus tard, une simple salade et du poulet grillé au citron pour notre dîner, que nous avons mangé sur le bar de la cuisine.

Ça, c'est la vie, ai-je dit.

Oui, on a vraiment de la chance.

Tu es heureuse, n'est-ce pas, Merry ? ai-je demandé en espérant l'amadouer suffisamment pour en tirer quelque chose. Pour l'aider au moins à partager sa douleur, à défaut de l'en débarrasser.

Je suis ta meilleure amie, ai-je avancé. Tu peux tout me dire. Je serai toujours là pour toi.

Elle s'est contentée de me sourire fixement.

Et pourquoi ne serais-je pas heureuse ? a-t-elle demandé.

Eh bien, toutes ces vies que tu as vécues, ai-je expliqué. Elles étaient toutes très différentes de celle-ci.

Je ne savais pas encore ce que je cherchais à ce moment-là. Je ne savais pas ce qu'il fallait dire.

Et voilà comme je te retrouve.

Mais ça, c'est moi. C'est qui je suis vraiment.

Très bien, ai-je acquiescé. J'avais ouvert une bouteille de vin et me servais un verre. Merry est allée en chercher un autre dans le placard.

Désolée, ai-je dit, je croyais que vous essayiez de faire un bébé. J'ai bu une petite gorgée de vin en la regardant se servir un grand verre.

Elle m'a fait un genre de grimace. Oh, je ne suis pas enceinte.

Tu ne peux pas en être sûre.

Elle a ri. Si, Frank. C'est vraiment très facile.

Très bien alors. Je me suis resservie, et nous avons fini la bouteille ensemble.

Au milieu de la nuit, j'ai entendu le bébé pleurer. Je suis allée sans un bruit dans sa chambre et je l'ai pris dans mes bras. Je l'ai serré contre moi et j'ai tenté de l'apaiser ; chut, rendors-toi ; dans le noir, assise dans le grand fauteuil, je l'ai bercé en lui chuchotant des comptines. J'ai respiré l'odeur de son sommeil, douce odeur de lait et de savon, perfection déchirante d'une vie nouvelle, fragile à en pleurer et trop facile à perdre, comme toutes les meilleures choses. Quand il était dans mes bras, profondément endormi, heureux et en sécurité, il était facile d'oublier que ce n'était pas le mien.

MERRY

Freja jouait avec le bébé dans notre salon, le rattrapant par les jambes quand il s'éloignait trop dangereusement d'elle. Il est constamment en mouvement désormais, gagne chaque jour en vitesse et en agilité. Frank et Sam sont aux anges. Quant à moi, on m'a prévenue que je devais faire attention à ne pas laisser traîner mes affaires.

L'autre jour, j'ai trouvé une de tes barrettes dans sa bouche, m'a reproché Frank un soir au dîner. Et la veille, a-t-elle poursuivi, j'ai ramassé un bouton sur le tapis du salon.

Il faut que tu sois plus vigilante, a ajouté Sam, contrarié. Il pourrait s'étouffer avec ces objets.

Oui, c'est possible. Il pourrait bien s'étouffer. Ces petits objets peuvent ôter la vie en quelques secondes.

Freja est une enfant adorable, curieuse et polie. Elle a le regard perçant de Karl, un petit peu déroutant, un petit peu trop bleu, comme celui des enfants des Jeunesses hitlériennes sur les affiches de propagande. Je lui ai proposé un verre de jus de pomme, qu'elle a bu avec application, en le tenant à deux mains. Elle apprend l'anglais à l'école, mais elle n'ose pas s'exprimer dans cette langue devant moi. Elle parle au bébé en suédois.

Frank bavardait sur Skype avec des amis de Paris, Dubaï ou Hong Kong. De temps en temps, on entendait des éclats de rire en provenance de sa chambre. Sans doute les amusait-elle en leur parlant de nos manières provinciales. Le pittoresque Sigtuna raconté aux habitants de métropoles excitantes. Je me demande de quelle manière elle se comporte avec eux et quelle image elle leur donne. Une femme appréciée, accomplie, ambitieuse. Peut-être. Peut-être est-elle toutes ces choses à la fois. Une femme qu'on admire. Une femme qui a accompli de grandes choses. Une femme qui a fait quelque chose de sa vie, une notion des plus curieuse. Faire quelque chose de sa vie.

Je ne connais pas cette Frank.

Je ne connais que la femme qui n'en est pas vraiment une, qui est encore une fillette. Une fillette condamnée à rester dehors, à regarder ce qui se passe à l'intérieur. Désespérée. Cruelle. J'ai profité de son absence pour jeter un coup d'œil à son téléphone. Il était plein de photos : les muffins tout frais du petit déjeuner et les vues du lac prises depuis la fenêtre de la cuisine, des photos avec le bébé, quelques-unes avec Sam. Exactement le même genre d'images que celles que je lui envoyais. Sauf que je n'apparais sur aucune. Comme si je n'existais pas.

J'en ai agrandi une qui montre Frank, Sam et le bébé. Une image éblouissante. Surenchère de belles allures et de sourires aux dents blanches. Presque hypnotique.

Ça m'a fait un nœud à l'estomac : Sam a un bras autour d'elle. Lui et ses mains baladeuses.

Ce n'est pas possible. Elle n'oserait pas. Mais sa façon de s'étaler sur le canapé. Sa façon de regarder Sam, lui toucher le bras, la main, tout ce qu'elle peut, à la moindre occasion. Sa façon de prendre le bébé et l'accrocher à son bras. Qui est-ce qui t'aime fort, mon petit Conor ? Qui veut te manger tout cru ?

Comme si tout ça lui appartenait. Comme si c'était moi l'invitée dans cette maison.

Et Sam. Je vois bien comment il la regarde. Leur façon de faire traîner les discussions jusque tard dans la nuit. Si proches. Se touchant pratiquement. Et se touchant parfois réellement (je suis restée plusieurs fois à la fenêtre pour les observer, je respirais dans les replis des rideaux, essayant de ne pas me faire repérer). Je vois qu'ils partagent des blagues et échangent des gestes. Ils s'enferment aussi dans le studio pour parler travail, parce que, en plus, Frank déborde d'idées !

Non. Non. N'importe qui sauf elle. Je peux tout supporter (j'en ai déjà encaissé pas mal), mais Frank s'emparant de ce qui m'appartient, ça non.

Frank obtenant ce qu'elle désire. Non. Jamais. Je n'y survivrai pas.

J'ai regardé une dernière fois la photo, en zoomant sur le visage souriant du bébé. Et j'ai chassé les pensées dérangeantes et malvenues.

Dehors, il pleuvait encore, une légère bruine humide. Le temps se rafraîchit déjà, les journées sont moins chaudes et émaillées d'averses. On sent que la saison change doucement, la lumière cède la place à l'inévitable et dramatique obscurité. Un deuxième hiver en Suède se profile, noir et froid ;

les éléments conspirant avec Sam pour me garder enfermée. Le bébé aura bientôt un an, une autre étape, un autre marqueur de temps. Une année entière.

Nous allons devoir organiser une fête, Sam voudra fêter ça comme il faut ; un gâteau et des bougies. Pour mon premier anniversaire, ma mère avait loué un poney et un clown. Mon père n'avait pas assisté à la fête. J'avais pleuré toute la journée et ne m'étais arrêtée qu'après le départ du dernier invité. Ça fait sept ans que mon père est mort et je n'ai aucun bon souvenir de lui. Il a choisi de mourir trois semaines avant mon mariage. Personne ne m'a donc conduite à l'autel le jour de la cérémonie. Je me suis donnée toute seule.

Depuis la cuisine, je regardais Freja jouer avec le bébé. Elsa est venue chez nous ce matin, l'air terriblement inquiète. J'ai pensé que c'était peut-être encore à cause du bébé, mais elle n'a plus de raison de se plaindre depuis que Frank est ici, car il ne pleure presque plus.

Merry, excuse-moi de te déranger, mais j'ai besoin de ton aide.

Elle avait un rendez-vous urgent chez le médecin. Elle ne m'a pas dit de quoi il s'agissait. Elle portait une petite glacière bleue, s'y agrippait très fort. Son regard était complètement affolé.

N'en parle pas à Karl, s'il te plaît. Il ne doit rien savoir.

Bien sûr, ai-je répondu.

Ça ne ferait que l'inquiéter, a-t-elle ajouté en se forçant à sourire. C'est pour ça.

J'ai acquiescé. Souri. Posé une main rassurante sur son bras. Elle a sursauté et mis la glacière hors d'atteinte.

En toute hâte, elle a lancé un salut de la main à Freja puis elle a disparu dans sa voiture grise.

Eh bien, Freja, ai-je dit. Qu'est-ce que tu veux faire ?

Elle a montré le bébé sur son tapis de jeux.

Super !

Elle est allée s'asseoir par terre à côté de lui.

Jag är din mamma nu, lui a-t-elle dit. Je suis ta mère à présent.

Je me demande où est la vraie mère de Freja. Est-ce qu'elle les a abandonnés ? Est-ce que Karl l'a chassée ?

Quand nous étions petites et que Frank venait à la maison, elle repartait toujours avec quelque chose qui m'appartenait. Je remarquais après son départ qu'il manquait un objet : un sac à main Barbie, un joli stylo dans lequel des paillettes en forme d'étoile se mettaient à danser quand on l'inclinait pour écrire. Lorsque j'allais chez elle, je retrouvais parfois les objets dérobés dans sa chambre, au milieu de ses affaires.

C'est à moi, disais-je, mais elle se contentait de me regarder en souriant.

Oh, non, pas du tout. C'est le mien.

Tu l'as volé ! criais-je.

Elle riait, haussait les épaules et affirmait : Non, Merry, tu dois te tromper. Ça fait longtemps que je l'ai.

Je suis allée surveiller les légumes qui mijotaient sur le feu et j'ai essayé d'entendre ce que Frank racontait sur Skype. Quand elle est sortie de la chambre, elle riait encore.

Mon ami Will, il est hilarant.

Je lui ai servi un verre d'eau. J'essayais d'être hospitalière, de ne pas perdre le contrôle de la situation. Soyez gentilles, je vous l'ai déjà dit. Soyez gentilles, les filles. Oui. C'est comme ça qu'ils veulent que vous soyez.

Où est Sam ? a-t-elle demandé.

Dans le studio. Il monte son film pour le projet de Göteborg.

Je vais aller voir comment il s'en sort, a-t-elle dit avant de s'éloigner, me laissant à mes légumes couleur de vomi.

Je veux qu'elle s'en aille. Il faut qu'elle parte. Elle dépasse les bornes. Elle est trop agaçante. Elle pourrait faire s'effondrer ce château de cartes, tout ce que je me suis efforcée de construire. Tout ce dont elle a toujours été exclue. Il ne peut en être autrement.

Je dois réfléchir à une façon de la déloger, d'une manière qui ne me fasse pas trop passer pour une enfant capricieuse. Sinon Sam se moquera de moi. Oh, j'en connais une qui est jalouse, s'esclaffera-t-il. Il sera aux anges. Il sera vindicatif.

Vous, les femmes, dira-t-il.

Il pense qu'il faut brider les femmes. Les guider, affirme-t-il, parce qu'elles sont incapables de se décider par elles-mêmes. Je ne sais pas s'il parle des femmes en général. Ou simplement de moi.

Freja m'a appelée depuis le salon. Conor a fait caca ! criait-elle.

Je suis allée le chercher. Il n'était pas content que je l'éloigne de ses jouets et il s'est mis à pleurer.

Freja m'a regardée et a ri. Ha ha. Puis elle a fait une grimace. Tu vois, il ne t'aime pas.

SAM

Dehors, sous les étoiles. Après quelques journées un peu fraîches, premiers signes de l'automne, le ciel était dégagé ce soir. Rose, immense et magnifique.

Merry est restée un moment sur la pelouse, puis Con' a commencé à pleurer. Ah ! Ces dents alors, a-t-elle dit. Frank lui a lancé un regard et lui a souri. Elle ne s'est pas levée.

Nous nous sommes retrouvés seuls. Il y avait quelque chose d'électrique dans l'air, entre elle et moi, quelque chose d'audacieux, sur le fil du rasoir. J'ai été un vilain garçon. Je n'ai pas été juste avec elle. Trop de regards insistants, trop de contacts prolongés. Je lui ai mis une idée en tête. Elle croit qu'il y a réellement quelque chose entre nous.

Il y a quelques soirs, je l'ai croisée dans le couloir alors qu'elle se rendait dans la salle de bains, sa robe de chambre ouverte et rien en dessous. Elle est entièrement épilée, lisse comme un caillou et blanche. Une belle poitrine, ferme et généreuse, le reste de son corps souple comme celui d'une danseuse, les muscles bien découpés sous la peau, comme sur une illustration anatomique. Une femme qui attend d'être dévorée.

Oh, désolée, a-t-elle dit en commençant à se couvrir. Mais ses mouvements étaient lents, réticents. Elle voulait que je voie. Que je sache.

Elle a souri. J'ai souri. Mais qu'est-ce que c'est que ça ? ai-je plaisanté.

Je n'aurais pas dû.

Je ne devrais pas, mais je le fais quand même. Je ne réponds plus aux textos de Malin. Je ne suis pas allé chez elle cette semaine. La dernière fois que nous nous sommes vus, nous nous sommes disputés. Je lui ai dit que j'essayais de faire un enfant à Merry, ce qui n'était peut-être pas la chose la plus appropriée à lui raconter.

Elle a secoué la tête, de désapprobation ou d'incrédulité.

Je lui ai fait remarquer que ça prenait pas mal de temps et, manifestement, elle a craqué.

Tout ne peut pas être la faute des autres ! s'est-elle écriée. Et si le problème venait de toi, pour une fois ?

Elle voulait me vexer. Je ne peux pas lui en vouloir.

Elle doit se sentir mal à présent. Elle m'a déjà envoyé deux textos, que j'ai laissés sans réponse.

Ce n'est pas juste vis-à-vis d'elle. Mais je ne veux pas m'en occuper maintenant.

Je suis peut-être un lâche. Comme le dit ma mère, tous les hommes le sont, dans le fond. Elle m'a encore envoyé de l'argent. Au moins, elle n'est pas complètement inutile.

Les yeux de Frank plantés dans les miens. Un secret, un sourire entendu. Combien de fois ai-je déjà vu ça ? L'instant d'avant la victoire.

J'ai sans doute poussé le bouchon un peu trop loin. Je n'aurais pas dû franchir une certaine limite. M'arrêter, revenir en arrière. Voilà à quoi je pensais quand elle s'est penchée en avant pour poser ses lèvres sur ma bouche et me donner un doux baiser.

Bon sang, c'était comme d'avoir quelque chose de sucré et de fondant sur la langue, son haleine chaude, tout son corps chaud. De vieux plaisirs, du genre interdits. Je me suis senti capituler. Elle s'est rapprochée, le souffle court, m'a caressé, mes mains se sont accrochées à elle, sous les vêtements, sur la peau. L'urgence, la faim.

Puis un cri.

Déchirant l'obscurité, brisant l'instant.

Conor. Mon fils.

Comme une douche froide. Un réveil brutal. Mon fils.

Arrête, ai-je craché en la repoussant.

Elle s'accrochait. Sam, mais Sam…

J'ai pris ses mains. Arrête, ai-je répété. Arrête.

Son visage s'est décomposé. Elle ne comprenait pas. Sam, tout va bien. C'est ce que nous voulons tous les deux.

Hideuse à présent, implorante et suppliante.

Le charme était rompu.

Tu racontes n'importe quoi, Frank.

Non, Sam, a-t-elle dit, toi et Merry, c'est n'importe quoi. Regarde-la. Regarde comment elle se comporte avec Conor. Sam, écoute, elle ne veut pas de ça. Rien ne lui convient, rien… Elle est…

J'ai pris son visage entre mes mains. Fermement. Un peu trop peut-être.

Frank, écoute.

Elle s'est débattue. Je l'ai immobilisée.

Merry et Conor sont les seules choses qui comptent pour moi. Pas toi. Tu comprends ? Pas toi.

Elle m'a regardé comme si je lui avais donné un coup de couteau, une blessure mortelle. Ses joues rouges et humides sous le choc.

Dans la cuisine, je me suis servi un verre d'eau. Frank était encore dehors sur la pelouse, allongée sur le dos à regarder les étoiles, éclairée par la lune.

Merde, ai-je dit. Quel con.

La maison était plongée dans le noir. Les pleurs s'étaient arrêtés. Je me suis glissé dans la chambre de Conor pour voir si Merry le consolait. Il était tout seul, déjà rendormi, sa poitrine se soulevant doucement et régulièrement sous sa petite barboteuse grise. Mon fils, mon cœur. Il n'y a que toi qui comptes.

Le téléphone a sonné dans ma poche.

Encore Malin. Elle n'abandonnait pas.

Tu viens demain ?

J'ai posé la main sur le front de Conor puis je suis retourné dans la cuisine.

Dehors, Frank était immobile : un jouet de piscine oublié sur la pelouse voué à se décolorer et se fissurer au gré des intempéries.

J'ai craché dans l'évier. La pute. Tenter de séduire un homme marié. Un homme qui a une famille.

Un autre texto de Malin. 10 heures ?

J'ai pensé à son visage, son beau sourire, ses yeux qui ont la couleur et l'intensité du chocolat. À l'odeur des fleurs fraîchement coupées et du café chaud, à son parfum et à son rire et à tout ce qui chez elle me réconforte.

Non. Assez. Toutes les mêmes. Ça cognait dans ma tête. Un afflux de sang et de panique.

J'ai répondu. Peux pas. Désolé.

Je suis resté encore un peu dans le noir.

J'essaie, ai-je pensé. *Au moins, j'essaie*.

SAM

Une nouvelle journée. Une nouvelle journée ! J'ai réfléchi à ce que Malin m'a dit. J'ai pris rendez-vous à la clinique de la fertilité d'Uppsala. Au cas où.

J'en ai marre d'attendre. De vouloir quelque chose et qu'il ne se passe rien. Il est temps que j'assume mes responsabilités, que je cesse de blâmer les autres. Malin me l'a dit plus d'une fois, en prenant ce ton qui rend les choses raisonnables et sensées. C'est une perle rare. Je lui dois certainement plus que je l'imagine. Peut-être qu'il faudrait que ça change, ça aussi.

Après avoir pris le rendez-vous, j'ai réservé une chambre d'hôtel pour Merry et moi. Fête d'anniversaire. Je veux sortir le grand jeu. Arranger les choses. Rectifier le tir.

J'étais prêt à partir avant le réveil de Frank. Merry avait installé Conor sur sa chaise haute. Elle se montrait froide avec moi. Limite hostile. Peut-être avait-elle vu quelque chose. Peut-être qu'elle se faisait des idées.

Je t'aime, lui ai-je dit. Tu le sais, hein ?

Je l'ai attirée à moi pour embrasser sa bouche. J'ai posé les mains sur son corps et les ai fait glisser vers ses fesses.

On devrait vraiment se remettre plus sérieusement à faire un bébé, ai-je dit. J'ai l'impression qu'on n'a pas assez essayé ces derniers temps.

Elle a souri. C'est ce qu'elle voulait entendre.

Oh, revoilà ma petite femme. C'est comme ça que je t'aime.

Samson Hurley, ai-je dit à la secrétaire de l'accueil qui m'a tendu un formulaire à compléter.

Prendre les choses en main. C'est ce qu'il faut que je fasse. Plus de faiblesses, de l'action.

Oui. C'est comme ça qu'on y arrive.

Frank était un simple égarement. Un faux pas. Elle ne compte pas.

J'ai tendu le formulaire à la secrétaire, et elle m'a indiqué une pièce faiblement éclairée.

Frank. Frank. Ses seins, je les sentais sous ma main, et sa chatte, étroite et humide, elle mouillait comme une folle. J'ai introduit deux doigts en elle, trois et elle a gémi, a attrapé ma queue à travers mon jean, ma queue qui se dressait, en avait tellement envie, imaginant déjà ce que ce serait de la pénétrer profondément, et elle aussi, elle se l'imaginait, se tortillait, poussait et forçait sur ma main pour l'enfoncer aussi loin que possible.

Frank, Frank, sale chienne.

En silence, dans la pièce obscure, j'ai joui dans le petit gobelet en plastique.

FRANK

Tout est perdu. C'était certainement trop tôt. J'aurais dû attendre. Ou en dire plus. Fournir à Sam une preuve concrète à propos de Merry et de ce qu'elle manigance.

Oh, je ne sais pas, c'est devenu trop compliqué. Il agit comme si j'avais tout inventé. Je me demande si c'est le cas.

Mais comment serait-ce possible ? Je ne suis pas aveugle. Mes yeux ont vu des choses. Trop de choses.

Ma seule consolation, c'est ce cher et bel enfant. Conor, pas la chair de ma chair mais dans mon cœur, mon fils.

Oui, je le répète. Elle ne sera jamais une aussi bonne mère que moi. Je l'aime, de toutes les fibres de mon être. Et je pensais qu'il y avait peut-être un moyen de… Bref, c'est fini maintenant.

J'ai été trop bête.

Sam se montre délibérément cruel. Il martèle son message. Tripote sans arrêt sa femme devant moi. Organise une superbe fête d'anniversaire en ville. Et me demande de garder le bébé. Comme si j'étais la bonniche.

J'imagine que tu n'y verras pas d'inconvénients, Frank, a-t-il dit. Vous vous entendez si bien, toi et Con'.

Ils sont partis en début d'après-midi pour en profiter au maximum. Il a réservé une table dans un restaurant chic, une nuit à l'hôtel. Merry a rédigé une liste qu'elle a accrochée sur le réfrigérateur. Heures des repas, composition des menus, biberons, différents médicaments pour différents maux, jouets préférés, planning des heures de sommeil.

Comme si je ne savais pas déjà tout ça. Comme si je ne m'en occupais pas déjà depuis des semaines.

J'étais d'humeur revancharde. Après leur départ, j'ai fouillé tous les tiroirs et placards de la maison. Et là, je suis tombée sur une boîte de pilules contraceptives, rangée dans une pochette et cachée tout au fond du tiroir de sous-vêtements de Merry. Encore un petit détail que Sam doit sûrement ignorer.

J'ai passé en revue toutes ses culottes et tous ses soutiens-gorge. Unis, en coton, la plupart délavés. Pas étonnant que Sam soit si facile à dévoyer. Dans le dernier tiroir, elle garde une boîte avec des lettres et quelques photos. Une d'elle avec son père, une de Sam encore étudiant, posant dans un endroit exotique à côté d'un homme couvert de cendre blanche et de boue. Une photo de sa mère, prise par un professionnel, selon toute apparence.

Maureen m'appelait toujours son autre fille ; la fille qu'elle aurait dû avoir.

Il était tellement facile de gagner son amour. Il suffisait de lui dire à quel point elle était belle.

Oh, tu es vraiment adorable, déclarait-elle en réponse, feignant d'être embarrassée, comme si elle n'avait pas passé son temps à se bichonner, se pomponner et se faire tirer de partout.

Ce n'est pas trop osé ? Ça ne fait pas trop jeune ?

Oh non, Maureen, cette minijupe te va à ravir ; avec tes jambes, de toute façon, tout te va.

Tu as appris les ficelles, rapidement c'est devenu naturel pour toi, comme si tu étais programmée pour ça. Flatter, complimenter pour se faire accepter.

Tu es un parasite, Frances.

Je me souviens que Merry n'arrêtait pas de me le répéter quand on était ados.

Non, je lui disais, je sais comment obtenir ce que je veux, c'est tout.

J'ai toujours pensé que c'était une qualité. Une compétence utile. Mais Merry n'a jamais su ce que vouloir signifiait. Elle n'a jamais désiré quelque chose qui lui était inaccessible. Et comment, puisque pendant toute sa vie, tout lui a été servi sur un plateau d'argent. Tout ce qu'elle a voulu ou seulement pensé vouloir.

Leur dîner d'anniversaire. Je les imagine tous les deux, célébrant leur vie idyllique dans les bois. Comment arrive-t-elle à l'embobiner ? Comment peut-il se leurrer à ce point ?

Eh bien, c'est décidé. Il ne me reste qu'à raconter à Sam tout ce que je sais, tout ce que j'ai vu ces dernières semaines, les semaines les plus étranges et les plus enivrantes de ma vie.

Conor le mérite, à défaut d'autre chose. Avoir quelqu'un qui s'occupe de lui. Pauvre enfant maltraité. Oui, je vais présenter un rapport complet. Les laisser découvrir leurs secrets mutuels. Les laisser se noyer dans un océan de vérité. Laisser l'eau monter doucement et emporter tous leurs sombres mensonges sur son passage, briser la grande façade derrière laquelle ils s'abritent. Ce sera mieux pour tout le monde.

J'ai trouvé sa robe de mariée, cachée au fond de la penderie, enveloppée dans du plastique. Curieux qu'elle l'ait emmenée ici alors qu'elle a laissé tellement de choses derrière elle. Je me souviens d'elle dans cette robe, le corset serré sur sa taille, la grande jupe en dentelle cascadant jusqu'au sol.

Une robe de princesse, une robe à laquelle j'avais rêvé pendant des années. J'en avais mis une photo sur le collage qu'on avait un jour réalisé ensemble (on fait de ces choses quand on a dix-sept ans !). Nous avions découpé des images de maisons, de voitures, de poussettes, la bague de fiançailles qu'on nous passerait au doigt, les plages sur lesquelles nous irions en vacances avec nos époux respectifs. Les robes que nous porterions le jour de notre mariage. Celle-là était la mienne. Elle me l'avait volée et la portait en avançant vers l'autel, charmante, céleste Merry avec son sourire peint, pendant que je me tenais là, dans ma robe de demoiselle d'honneur couleur abricot, à m'efforcer de contenir ma rage.

J'ai sorti la robe du plastique. Caressé le tissu, la baleine du corset festonné. Je me suis déshabillée et j'ai enfilé la robe. C'était difficile d'atteindre les boutons dans mon dos, alors j'ai fait tourner le vêtement sur moi et fermé les trois quarts des boutons. Puis je l'ai remise dans le bon sens. La baleine du corset serrait trop, comprimait ma cage thoracique, obligeant l'air à sortir. J'ai retenu mon souffle.

Je me suis regardée dans le miroir. Non. Je n'étais pas belle dans cette robe. Je n'étais l'épouse de personne.

Conor s'est mis à crier dans sa chambre. Il s'était réveillé de sa sieste. J'ai essayé de détacher les boutons pour enlever la robe, mais l'opération demandait de la minutie.

Je suis allée dans la chambre de Conor. Il était debout dans son lit et tapait sur les barreaux, impatient et en colère. Viens là, mon chéri, ai-je dit, et il a tendu les bras.

Tout va bien. Tatie Frankie est là. Tatie Frankie t'aime.

Tellement, tellement, tellement fort, ai-je dit contre son ventre pour le faire rire.

L'entendre s'esclaffer me remontait le moral, ça me rappelait toutes les choses belles et merveilleuses qui subsistaient, même en des temps aussi sombres.

Ils ont de la chance. Ils sont vernis.

Conor a attrapé les perles attachées à la robe et il a tiré dessus.

Elle est embêtante, cette robe, à la fin, ai-je dit. Trop serrée. Je sentais les fermetures en métal mordre ma peau sur le côté et m'égratigner.

Dans la cuisine, j'ai levé les bras pour attraper un biberon dans le placard. Le tissu s'est déchiré.

Oh, mince ! Bon allez, ça arrive, après tout.

Je respirais plus facilement. J'ai trouvé une bouteille de vin et je m'en suis servi un verre. J'ai regardé l'heure. J'ai installé Conor sur le tapis et lui ai apporté un tas de blocs de bois.

On va construire une maison, ai-je dit.

Ça l'a rapidement ennuyé, il est devenu grognon. J'ai sorti des casseroles du placard de la cuisine et l'ai laissé frapper dessus avec une cuillère. J'ai pris un des petits pots de Merry dans le réfrigérateur et l'ai mis à réchauffer. J'ai enfoncé une serviette dans le corsage de la robe de mariée et j'ai donné la cuillère à Conor. Il m'a regardée en souriant, attendant que je fasse des bruits de camions, d'avions et de fusées.

C'était incroyable comme ça semblait naturel, nous deux. Il me regardait avec amour.

Le téléphone a sonné au moment où je sortais Conor de son bain. C'était Merry.

Je viens aux nouvelles, a-t-elle dit, pleine de joie et de bonne humeur. Comment ça se passe ? Tout va bien ?

Oui, ai-je répondu. La grande forme. Tu profites bien des réjouissances ?

Écoute, on passe un moment formidable. C'est vraiment fabuleux.

J'ai raccroché. J'ai entraperçu mon reflet dans l'immense vitre. Une femme dans une robe volée deux fois. Je ne me suis pas reconnue.

Le bébé, allongé tout nu sur le dos, m'observait avec des yeux extrêmement confiants. Il se demandait ce que j'allais faire.

Je l'ai regardé fixement pendant un long moment, dans un état second je pense, délirant sur le rejet et l'injustice. Conor était fatigué, il se frottait les yeux, bâillait. Son gros ventre, ses cuisses potelées, ses jambes sans genou qui pédalaient en l'air. Ses pieds, semblables à ceux de Merry. Des orteils longs, étroits et coniques. Il m'a donné des coups de pied. Il voulait bouger, être porté et aimé.

Qu'est-ce qui m'a pris ? Je ne le saurai jamais. C'était peut-être elle qui m'avait envoûtée. Merry. J'ai regardé Conor et je l'ai attrapé par les jambes. Je les ai immobilisées. J'ai serré. La peau sous mes doigts était molle, que du gras.

J'étais en transe, une somnambule. Une femme hors de son corps.

J'ai serré et il a crié, j'ai serré plus fort, seulement un instant, et puis j'ai retiré mes mains ; tremblante, vidée. La peau était rouge. L'enfant hurlait. Mon cœur battait à se rompre. Je l'ai rapidement pris dans mes bras.

Il m'a frappé au visage et je m'en suis réjouie. Oh mon Dieu, oh mon Dieu, mais qu'est-ce que j'ai fait, c'est monstrueux ! J'ai beaucoup pleuré, je l'ai fait sauter, je l'ai bercé, calmé, embrassé.

Tout va bien ; tout va bien. Le cœur de Conor battait lui aussi très vite ; je le sentais contre moi, comme les ailes d'un papillon de nuit coincé sous un verre.

Oh mon bébé, oh mon bébé. Une bouffée d'amour et de regrets infinis.

J'ai vérifié qu'il n'avait pas de bleus sur les jambes. Je l'ai embrassé de partout et l'ai bercé jusqu'à ce qu'il s'endorme en paix.

J'ai dû m'endormir moi aussi, couchée en chien de fusil au pied du lit à barreaux.

Le lendemain matin, j'ai été réveillée par des pleurs. Je portais toujours la robe. Entre deux côtes, du sang avait coulé d'une entaille et taché le tissu de rouge.

MERRY

J'ai l'impression d'être une nouvelle femme. Ou peut-être simplement celle d'avant, mais en plus légère, plus heureuse. Plus clairement définie. Remise sur pied. Parce que tout va redevenir comme avant.

Notre fête d'anniversaire s'est étonnamment bien passée. C'était même très sympa.

Nous avons roulé jusqu'à Stockholm où nous nous sommes directement rendus à l'hôtel. La chambre était propre et simple, rien de luxueux. Sam s'est allongé sur le lit, il a tapoté la couette. Viens tester la literie avec moi.

Ces derniers jours, il s'est montré affectueux, tendre et prévenant. Il se donne du mal. Ou il essaie de se racheter.

Non. Ça n'a pas d'importance. J'ai de nouveau toute son attention.

À 18 heures, nous avons pris une douche et nous nous sommes habillés.

Tu es superbe, m'a-t-il dit. Je portais une nouvelle robe en dentelle noire, fourreau délicat qui descendait jusqu'aux chevilles.

Le restaurant était à quelques minutes de marche. Les rues regorgeaient de touristes, débarqués par milliers des bateaux de croisière et lâchés sur la ville pour acheter des bibelots vikings et des trolls en plastique. À l'écart de la foule, nous avons trouvé notre restaurant, niché dans une petite rue pavée. À l'intérieur, c'était encore plus charmant que ce que je m'étais imaginé, lumières tamisées et banquettes Art nouveau en bois sculpté. Le jeune serveur s'exprimait avec un fort accent espagnol. Il nous a apporté les menus et un plateau d'amuse-bouches.

Nous avons commandé les entrées et les plats de résistance et Sam a pris ma main.

C'est agréable.

Oui.

Tu es heureuse ?

Oui.

C'est ce que je souhaite. C'est ce qui motive chacune de mes décisions.

J'ai acquiescé. J'ai regardé mon mari, mon bel époux. Trop beau pour moi, je sais que c'est ce que les gens pensent. Mais c'est moi qu'il a choisie. Entre toutes.

Sam a levé son verre. À ma femme. À notre belle famille. Et à son futur agrandissement, a-t-il ajouté en souriant.

J'ai senti une vague de culpabilité, une bouffée de honte au creux du ventre, au plus profond de mon âme. Ainsi qu'une légère sensation de panique. J'avais reçu un e-mail juste avant de quitter la maison. Avec pour la première fois, des mots différents. Deux seulement : *Je sais*.

J'ai dégluti puis trinqué.

À notre vie magnifique !

Le serveur a posé devant nous des planches de bois avec trois sortes de harengs et de minuscules pots de moutarde en verre, plus une corbeille de petits pains. La nourriture était délicieuse, savoureuse et délicate.

Le chef n'utilise que des ingrédients locaux, a expliqué Sam. Il paraît qu'il va lui-même en chercher la plupart en forêt. Les baies, les champignons. Les herbes.

Ces Suédois, ai-je commenté. Ils ne font pas les choses à moitié.

Il y avait un couple assis près de nous. L'homme ressemblait trait pour trait à mon père. Sam l'a détaillé. Un Gerald suédois, a-t-il plaisanté.

J'ai acquiescé.

Il te manque ?

Non. Quelqu'un qui n'a jamais été présent ne peut pas te manquer.

Je ne sais pas. Mon père m'a manqué. J'ai ressenti son absence.

C'était un rare moment de vulnérabilité. Sam dévoilant ses blessures. Je lui ai pris la main. Je voulais être une meilleure épouse. Plus dévouée.

Le serveur a apporté la suite, des épinards, des carottes rôties, des frites de patates douces, et il a disposé les petites soucoupes des accompagnements entre nous.

Tout se passe bien ? a-t-il demandé et nous avons acquiescé, oui, c'est parfait, merci.

Tu es belle, m'a dit Sam. Je ne te dis pas assez combien tu comptes pour moi.

J'ai hoché la tête. Je sais, je sais.

Et pourtant, j'ai été tellement injuste avec lui.

Merry… à propos de Frank…

Quoi, Frank ? ai-je répondu d'un ton sec. Je n'avais pas envie de penser à elle.

Il a pris une bouchée de son plat. Rien, rien de grave, c'est juste que… Je pense qu'il est temps qu'elle s'en aille.

Pourquoi ? Qu'est-ce qui s'est passé ?

Qu'est-ce qu'elle a fait ? Qu'est-ce que tu as fait ? ai-je pensé.

Il a secoué la tête. Non, rien. C'est juste que ça fait presque un mois.

Plus d'un mois, ai-je précisé.

Oui, trop longtemps. Je veux retrouver notre confort. J'ai envie de t'avoir pour moi tout seul. C'est beaucoup mieux.

Il m'a fait son fameux sourire. J'ai laissé échapper un soupir.

Je suis contente que tu en parles. C'est exactement ce que je ressens.

Très bien, a-t-il conclu. Alors on va lui en toucher un mot.

J'ai commencé mon plat. J'ai mâché lentement.

C'est agréable de passer du temps ensemble, a repris Sam. Juste toi et moi.

Il a fini son assiette. Sous la table, ses mains ont trouvé mes genoux, écarté mes jambes et continué leur chemin.

Ça fait du bien, non ?

La deuxième bouteille de vin était presque finie. J'ai levé mon verre et l'ai vidé. Ma tête flottait, mon corps chantait. Le ronron de la musique en provenance du bar, la pression de ses mains sur la chair.

Oui, ai-je dit. C'est agréable.

C'était vrai. Comme avant, les premières semaines, les premiers mois, quand c'était neuf et excitant. Un nouveau genre de vie avec un homme qui me regardait en sachant ce qui nous attendait.

Il n'y avait que nous deux à ce moment-là, et c'était largement suffisant. Sam et Merry. Deux moitiés formant un tout. Deux moitiés et rien d'autre. Personne d'autre pour compliquer les choses.

Pour le dessert on nous a servi de petites portions rondes de mousse au chocolat accompagnées de glace au basilic et de gaufres au miel. J'ai fait tomber ma fourchette par terre et Sam l'a remplacée par son doigt, mais il peinait quand même un peu à glisser le chocolat dans ma bouche de cette façon. Nous avons ri en nous cachant derrière nos serviettes. J'ai maquillé mes lèvres de mousse et lui ai lancé un sourire tout chocolat.

Nous avons terminé le dîner par un double espresso et l'addition ; Sam a laissé un généreux pourboire et le serveur nous a souhaité bonne nuit.

Il y avait un bar à quelques pas de l'hôtel, au bas d'un escalier en colimaçon, dans un sous-sol exigu. Le barman portait un costume et servait derrière un comptoir en bois des gimlets dans des verres en cristal. Nous avons commandé deux cocktails et sommes allés nous installer dans le canapé en velours ; mains sur les cuisses, langue déliée, sourires spontanés. La liberté était entêtante ; je crois que je me sentais heureuse. Le soulagement à l'idée du départ de Frank, le soulagement de savoir que les choses se passaient bien lorsque nous étions juste tous les deux. Tout allait rentrer dans l'ordre. J'allais m'en assurer.

Les mots de l'e-mail se sont mélangés au léger brouillard de fumée de cigarettes et à la lueur des bougies, puis se sont évanouis. Oui, j'allais veiller à ce que tout rentre dans l'ordre.

Dans la chambre d'hôtel, Sam et moi sommes tombés sur le lit et nous sommes tripotés, embrassés, à moitié déshabillés, puis nous avons fait l'amour, du moins nous avons essayé. Nous avons rapidement sombré dans un sommeil profond, imbriqués comme deux bols de soupe sur une étagère.

Tu me pardonnes ? a-t-il murmuré à mon oreille, la voix pâteuse.

Hein ?

Tu me pardonnes de t'avoir amenée ici ? Nous sommes heureux. Tous les trois. Heureux.

Hum, ai-je dit ou grogné. Un son acceptable en tout cas et il a serré les jambes plus fort autour de moi, me faisant prisonnière.

J'essaie, a-t-il murmuré. Je vais être quelqu'un de meilleur, je te le promets.

Nous sommes rentrés à la maison le lendemain, tout sourire.

Tout allait bien se passer. Je savais quoi faire. Balayer le passé. Tout recommencer. Pas de secrets. Pas de mystères. Pas de doutes.

J'ai regardé la maison sur fond d'arbres alors que nous garions la voiture. Magnifique. Merveilleuse. Le temps était nuageux, mais la pluie ne tomberait pas avant quelques heures. J'ai inspiré plusieurs fois profondément, l'odeur de mousse des bois humides. La pourriture de la fin de l'été, quand les feuilles commencent à chuter et que les dernières baies de la saison deviennent rondes et sucrées. J'ai pensé qu'il fallait que j'en ramasse une dernière fois, faire le plein de mûres et préparer les confitures que Sam aime étaler sur son pain grillé le matin.

J'ai pensé au départ de Frank.

J'ai souri.

MERRY

Le bébé était couché. J'avais ouvert les fenêtres, le jour affichait des tons pastel, une lumière vaporeuse. On aurait dit une aquarelle. John Coltrane en musique de fond ; le musicien préféré de Sam. Plus tôt, j'avais fait pocher des œufs, concocté une sauce hollandaise maison et beurré deux épaisses tranches de pain au levain grillées. Frank restait invisible. Elle sentait peut-être qu'elle avait abusé de notre hospitalité.

J'ai regardé le bébé, examiné son visage et sa silhouette. Je traçais du doigt le contour de ses traits et il me fixait, suivant chacun de mes mouvements de ses gros yeux. Méfiant. Comme toujours.

J'imagine qu'il avait raison de l'être.

J'ai posé les mains sur son ventre, respiré l'odeur de l'enfant fraîchement changé, le talc, le savon et l'innocence mêlés.

Une vague d'effroi, un soupçon de doute.

Je suis désolée.

Je suis désolée. Il n'avait rien demandé, ce bébé.

Dans la cuisine, Frank faisait du café en robe de chambre.

C'est ton jour de repos ? l'ai-je taquinée.

Elle m'a regardée. S'est frotté la tête. Je n'ai pas réussi à dormir hier soir. Je suis assez préoccupée, je crois.

Elle avait une sale mine. J'ai repensé au malaise que j'avais ressenti quand elle et Sam étaient restés dans la même pièce, l'autre soir, et j'ai secoué la tête. Ça n'a pas d'importance. Elle va bientôt s'en aller.

Je me suis raclé la gorge. Frank, ai-je commencé, Sam et moi avons discuté.

Elle a posé sa tasse, ses yeux ont cherché les miens.

C'est super que tu sois venue, mais on aimerait bien être de nouveau en famille. Retrouver notre petite routine. On pense que ce serait mieux pour tout le monde.

On pense que le moment est venu.

On pense que tu devrais t'en aller.

Elle m'a regardée, la douleur perçait dans ses yeux.

Je vois, a-t-elle dit. Tu veux que je m'en aille.

Non, c'est Sam et moi. Tous les deux. Nous voulons tous les deux que tu t'en ailles.

Son expression. Ce regard. Envieux. Oui, c'est exactement ce qui devait se passer. Frank, envieuse.

J'ai gonflé la poitrine, levé le menton.

Je me sentais bien. Forte, comme j'y arrive seulement auprès de Frank. Quoi qu'il ait pu se passer, j'avais gagné.

Elle tripotait ses doigts, fronçait les sourcils. Elle a secoué la tête. Je sais ce que tu es en train de faire, Merry. Je sais…

Ça me faisait trop plaisir. J'étais cruelle. En souvenir du bon vieux temps, je le lui ai dit. Ce n'était pas la première fois que je prononçais ces mots.

Tu n'es pas à ta place ici, Frank.

Tu n'es nulle part à ta place, ai-je failli ajouter. Son visage se tordait, la douleur se répandait comme une éruption cutanée, rouge et intense. Une femme en flammes. *Brûle*, ai-je pensé, *brûle !*

Je me sentais vivante.

FRANK

Il était sur moi, grognant de plaisir, essayant de se maîtriser pour ne pas jouir. Nous étions dans la grange, l'odeur du pin non traité dans l'air, le contact du bois froid contre la peau. *Des animaux*, ai-je pensé. Et pourquoi pas ? Pourquoi ne pas aller jusqu'au bout ? Ajouter une dose de sordide et d'avilissement. Des corps nus enlacés, un secret honteux dans le noir.

C'est le remède que j'ai toujours utilisé dans ces moments-là. Quand je me sens vraiment mal, j'aime m'enfoncer encore plus bas. Ensevelir la douleur sous la honte. J'aime cette sensation dérangeante. Me dégoûter est mon seul réconfort.

Mais tu es marié, avais-je protesté, comme si c'était le genre de choses susceptibles de me choquer.

Oui, avait-il soufflé à mon oreille, pressant et excité, et depuis quand ça a arrêté qui que ce soit ?

Ses mains se promenaient sur moi, il m'agrippait, enfonçait ses doigts et sa langue. Oui, oh oui.

Au fil du temps, je me suis aperçue que le désir sexuel rendait les hommes horriblement repoussants. Inlassable répétition des pulsions les plus primaires. S'introduire ici, appuyer là-dessus, pilonner ça. Tous les chemins mènent à Rome. Nous nous sommes rencontrés dehors, devant les bacs de recyclage ; il était en train de jeter les déchets plastiques de la semaine.

Suis-moi, a-t-il déclaré.

Je n'ai pas été trop difficile à convaincre.

J'ai fermé les yeux. Je ne ressentais ni plaisir ni douleur. Je ne voulais pas ressentir grand-chose.

Ça a toujours été mon problème. L'intensité de mes émotions.

Ressentir trop fortement les choses.

Trop aimer.

Merry veut que je parte. Non, je rectifie : Sam et Merry. Nous, s'est-elle empressée de préciser. Nous.

Il fallait sans doute s'y attendre. En plus, elle a raison. Je n'ai rien à faire ici. Elle non plus, d'ailleurs, mais ça ne me regarde pas. Tout le monde me l'a bien fait comprendre.

Quant à Sam, eh bien, je ne peux pas lui reprocher de vouloir garder sa petite famille intacte. Si j'en avais une, c'est ce que je voudrais moi aussi. Il s'ennuyait juste un peu. Ou alors, je suis aussi irrésistible qu'on le prétend. Les hommes qui m'ont dit ça n'entendaient pas me faire un compliment. Ils m'accusaient. De les avoir dévoyés. De les avoir volés à leur femme.

Bandante. C'est le mot. Le genre de femme que les hommes ont envie de sauter. Pas d'épouser, entendez-moi bien. Simplement de baiser.

Oui. Je sais être sexy, je sais comment ça marche. Faire la moue, poser, leur en mettre plein la vue. Les aguicher en leur faisant miroiter le plaisir à venir.

Ses mouvements sont devenus plus rudes, il me faisait mal. Il aimait faire ça brutalement. Sans surprise. C'est souvent le cas avec les hommes mariés. Gentlemen avec l'épouse sous les draps en coton égyptien et sadiques avec la maîtresse.

Combien d'hommes mariés au total ? Ça n'a pas vraiment d'importance. Avant, ça me dérangeait. Je m'inquiétais du retour de bâton du karma : devenir une femme trompée ou abandonnée par son mari. Mais je n'ai pas de mari. Et les hommes finissent toujours par partir.

Ils resteraient si tu ne leur en demandais pas tant, Frank. C'est ce que Merry m'a dit, il y a quelques années.

Tu les étouffes avec ton besoin d'affection. Pas étonnant qu'ils partent en courant.

Je pense qu'elle essayait de m'aider. Ou peut-être qu'elle était simplement méchante. Elle a toujours été forte pour ça. Elle me rappelait tout ce que je n'aurais jamais, qu'il me manquerait toujours quelque chose. C'est peut-être ça, une meilleure amie, quelqu'un qui vous dit ce que vous ne voulez pas entendre.

Il faisait froid dans la grange. L'obscurité était totale. Je ne discernais que ses dents et le blanc de ses yeux. Il avait l'air d'un vampire.

J'ai pensé aux araignées. Aux nids de guêpes sous la charpente. Aux rats dans les coins. J'ai frémi contre lui. Il a probablement pensé que c'était un orgasme.

Oui, oh oui. Il tenait mes cheveux dans son poing, tirait ma tête en arrière et accélérait ; ce serait bientôt fini.

Pendant les cours d'éducation sexuelle au lycée, les schémas du corps féminin nous ont beaucoup fait rire, Merry et moi. Regarde, voilà où se trouvent les ovules ; regarde, voilà où le bébé se développe.

Éjaculations, érections ; nous rougissions à l'évocation de ces mots, en imaginant les garçons que nous connaissions, essayant tant bien que mal de ne pas visualiser leur sexe. On ne nous apprenait même pas, à nous les filles, que nous pouvions nous aussi avoir du plaisir. Que nous pouvions baiser pour d'autres raisons que procréer ou contenter un homme.

Regarde, m'avait dit Merry en ricanant devant un tronc de femme, sans jambes ni tête, simple trou rouge et béant. On dirait une bouche ouverte. Comme quelqu'un qui appelle à l'aide.

Mme Foster nous a demandé de nous taire, puis elle a sorti un bébé de la femme en plastique posée sur son bureau.

C'est décidé : je vais laisser Merry et Sam à leur île paradisiaque. Je vais retourner à la vie qui m'attend, celle que j'ai construite et rendue magnifique à force de volonté. J'ai réalisé tant de choses. Plus que le commun des mortels. L'université Brown, Harvard, une place de choix après l'autre. Membre du conseil d'administration de mon entreprise, propriétaire d'un appartement à Londres… Eh bien, peut-on vraiment faire mieux ? C'est la vie rêvée.

Qu'est-ce que Merry a fait de sa vie ? Elle a trouvé un mari et enfanté. Et il faudrait voir là des réussites !

Je ne suis pas Merry. Ce n'est pas ma vie. Et après cette nuit-là, cet affreux moment à tout jamais gravé dans ma mémoire, lorsque j'ai senti ce qu'elle doit ressentir, ce qui la grise quand elle maltraite son fils, je remercie le ciel de ne pas être Merry Hurley, ni de jamais le devenir.

Son corps a convulsé contre le mien. Il s'est retiré et a rapidement joui sur ma poitrine, en rafales épaisses. J'entendais son cœur battre intensément, l'effort physique que lui demandait son plaisir.

Je parie que ta femme ne te laisse pas faire ça, ai-je dit froidement.

Il a trouvé ses vêtements dans le noir. J'ai entendu la fermeture Éclair de son jean.

Tu as raison, a-t-il répondu.

Il s'est baissé pour m'embrasser sur la bouche. Voilà pourquoi on va devoir remettre ça.

Il a attrapé sa veste par terre et il est parti. Je me suis essuyée avec mon chemisier. J'ai traversé le terrain, nue sous mon manteau, le doux écho des oiseaux au lever du soleil, le chatouillement de l'herbe sous mes pieds.

Oui, je vais m'en aller. Mais avant, je m'assurerai qu'elle ne fera plus jamais de mal à Conor.

SAM

En Italie, finissait de dire Frank. Nous étions assis dans la cuisine, chacun devant sa tasse de café. Elle souriait, plus joyeuse que ces derniers jours. Comme si rien n'était arrivé, comme si nous étions simplement deux vieux copains en train de discuter.

Bien, bien.

Et donc, je pars vendredi. L'avion m'amène directement à Florence où je vais récupérer une voiture. Il paraît que c'est le meilleur moment pour éviter la foule des touristes.

Merry a opiné du chef.

Bref, a continué Frank, j'ai passé un merveilleux moment ici et j'espère que je n'ai pas abusé de votre hospitalité. Je ne voulais pas vous causer de souci.

Merry n'a rien dit.

Je suis intervenu : On a été très contents de t'avoir parmi nous.

J'ai laissé les femmes ensemble et pris la direction de la remise au prétexte d'aller chercher des outils, alors qu'en fait j'avais besoin d'un verre. Quelque chose me tracassait. Une idée était en train de germer dans mon esprit.

Le médecin m'avait appelé quelques jours plus tôt.

Ce n'est rien du tout, avait-il dit. Assez facile à régler avec des médicaments. Ça devrait résoudre le problème.

Rien de grave, avait-il répété pour me rassurer.

J'ai avalé une grande rasade et quitté la remise. Dans la maison, les deux femmes, debout, tête contre tête, comme si elles conspiraient.

Oligospermie. Déficit de spermatozoïdes.

Pas grave. Pas grave du tout.

De l'autre côté de la rue, la porte d'entrée de Karl s'est ouverte brusquement. Freja est sortie en courant, comme si elle était poursuivie.

Qu'est-ce qui se passe ? ai-je crié.

Elle a couru jusqu'à moi, hors d'haleine, rayonnante d'enthousiasme.

Ebba ! Ebba accouche.

Elle m'a pris par la main pour m'entraîner à sa suite. Nous avons couru à travers champs jusque chez M. Nilssen. Viens, m'a-t-elle demandé.

Je l'ai suivie dans les écuries, où Nilssen était accroupi près d'une de ses juments. Celle-ci était au sol, calme et immobile, alors qu'une membrane blanche et glissante sortait doucement de son corps.

Ebba, ai-je soufflé. Je comprenais à présent.

Karl est arrivé avec Elsa, il a dit quelque chose en suédois à Nilssen qui acquiesçait.

Elle voulait à tout prix assister à une mise bas, m'a expliqué Elsa en désignant Freja de la tête.

Les écuries sentaient la rouille, le foin et le sang, des odeurs d'animaux et d'humains. Ça m'a rappelé un souvenir d'enfance que j'ai aussitôt chassé.

La jument s'est soudain cabrée sur ses jambes. Elle est restée comme ça un moment, puis elle s'est recouchée doucement, cette fois-ci en roulant sur le dos. Elle grognait à présent, un faible gémissement de douleur. Dans la membrane, du sang, du liquide et l'ombre noire d'un sabot de poulain.

Freja était captivée, ni particulièrement effrayée ni dégoûtée. J'avais l'estomac retourné. Ebba attendait, raide. Du lait coulait tout doucement de ses mamelles. La membrane continuait à sortir, on voyait à présent deux pattes avant, dont une avait percé l'enveloppe blanche.

Nilssen avait déjà souvent fait cela. Il s'est posté derrière Ebba et a délicatement posé les mains sur le poulain encore enchâssé pour tirer sur ses pattes. Sa salopette était déjà gluante des sécrétions de la naissance et de la souffrance.

Il sortait peu à peu. Humain ou animal, de près c'est la même chose. Quand Merry avait accouché, c'était à la fois primitif et monstrueux ; elle criait et grognait. Mais d'elle avait jailli la vie. Mon fils. Mon enfant, qui avait grandi à l'abri comme un secret vivant jusqu'au moment de venir au monde.

Freja a poussé un petit cri qui s'est répercuté contre les murs en béton des écuries. Le poulain était né. Flasque et sombre, un tas d'os et de peau couvert des restes de la membrane blanche.

Nilssen l'observait, attendant une respiration ou un signe de vie. Il a touché le corps du poulain de la main, tâtonnant, puis il a murmuré quelque chose en suédois, avant de recommencer.

Elsa avait les larmes aux yeux. Karl a pris la main de Freja. Tout était silencieux.

Ebba a tourné la tête pour donner un coup de museau à son poulain.

Une question lancinante m'est venue à l'esprit au moment où Nilssen prenait la parole.

Le poulain était mort-né.

FRANK

J'ai plié la lettre que j'avais écrite à Sam et l'ai glissée dans une enveloppe que j'ai coincée entre les pages d'un livre posé à côté de mon lit. Voilà, quelque chose pour le dernier jour. J'ai écrit tout ce que je sais. Que Merry fait délibérément souffrir Conor. Qu'elle le laisse tout seul au milieu des bois pendant qu'elle court. Je le préviens du mieux que je peux. Ce qui se passera ensuite dépend de lui, pas de moi.

Je suis contente de partir bientôt. Nous sommes tous soulagés, et moi la première. Je me suis laissé emporter. Je me suis égarée un moment, éblouie par des mirages idiots. De loin, ils prennent l'apparence de ce qu'on veut, mais à y regarder de plus près, il s'agit seulement d'une illusion d'optique. Rien n'est réel.

Merry arrive peut-être à y croire, à sa vie, mais je connais la vérité. Et c'est sans doute suffisant. C'est peut-être tout ce dont j'ai besoin. Je vais lui souhaiter bonne chance. Je vais lui souhaiter plein de bonheur. Mais je pars.

Plus tôt, j'ai parlé à mon père au téléphone. J'attendais son coup de fil depuis plusieurs jours ; il a dépensé tout l'argent que je lui ai envoyé il y a quelques mois.

Tu es une bonne fille, Frances. Ta mère aurait été fière.

Il dit ça seulement pour que je transfère des sommes plus généreuses sur son compte en banque. Dans les faits, je n'ai jamais attendu grand-chose de lui. Même pas qu'il soit la figure paternelle qu'une enfant espère. Mais il m'a appris quelques combines.

Merry laçait ses chaussures dans le couloir, prête pour sa randonnée. Ça fait plusieurs jours qu'elle ne quitte plus Conor, qu'elle le garde pour elle. Qu'elle joue la comédie. Chaque fois que je m'approche de lui, elle le prend dans ses bras et dit : Non, non, maman veut son câlin. Parfois, elle est vraiment pénible. Je me languis de lui, de sa peau épaisse, lisse et douce, de son odeur, de la façon dont il sourit et me fait fondre à l'intérieur.

Bon. Je vais m'y habituer. Remplir l'espace vacant avec d'autres choses. L'Italie pour commencer. Merveilleux. Et ensuite… le monde entier m'attend. Que demander de plus ?

J'y vais, a dit Merry.

Elle était d'une drôle d'humeur tout à coup, bien distraite.

Ou nerveuse. C'était peut-être ça.

Sam semblait lui aussi préoccupé avant son départ pour Stockholm où il doit passer la journée. Je ne lui ai pas demandé pourquoi. Non.

Je dois arrêter d'essayer de les comprendre. Les laisser à leur monde précaire de faux-semblants et trouver ma voie ailleurs.

Quelques heures plus tard, alors que je rangeais mes dernières affaires dans ma valise, un cri a déchiré le silence et fait s'envoler les oiseaux dans toutes les directions. Un cri de désespoir inimaginable. Ininterrompu, ne cessant de résonner, encore et toujours. L'écho de l'horreur, un cri sans fin.

J'ai couru à la porte d'entrée. Merry sortait des bois comme une furie.

Frank, criait-elle, Frank, mon Dieu, Frank, il est arrivé quelque chose !

Il était arrivé quelque chose de terrible.

SAM

Mon rendez-vous terminé, j'ai foncé dans le bar le plus proche.

Un double, ai-je commandé.

Je tenais dans les mains la page imprimée qu'on m'avait remise. On aurait dit qu'une imprimante défectueuse avait craché des taches d'encre.

C'est exact ?

Oui, monsieur. Je suis catégorique.

La même chose, ai-je demandé au barman.

C'est à peine si ça me calmait. Je continuais de fulminer.

J'ai menti et prétendu me rendre à Stockholm pour présenter un projet. J'ai embrassé Merry et lui ai dit : Je t'aime.

En la regardant dans les yeux, en essayant de voir ce qu'il y avait derrière.

Je t'aime, Sam. Je t'aime plus que tout.

L'amour. Qu'est-ce que l'amour sinon le prélude à la trahison ?

Je te l'avais dit, sifflera ma mère. Et c'est bien elle la pire de toutes.

Mon fils, mon fils, tu es tout ce que j'ai. Tu es le seul homme dont j'ai besoin.

Allongée en nuisette sur son lit. Tu peux tout voir, tout est exposé dans la lumière douce, les courbes et les crêtes, ces parties mystérieuses que tu n'as vues qu'en deux dimensions, sur des écrans et dans des magazines, maintenant devant tes yeux. Un adolescent, troublé et perdu.

Viens ici. Elle tapotait la couverture. Viens réconforter maman.

Un goût de bile dans ma bouche ; l'odeur et la sensation. De la bile. Du dégoût. J'avais empoché la prescription, ces morceaux de papier qui vous promettent le bonheur. Et c'est tout.

Puis j'y avais pensé pendant des jours et j'avais rappelé le médecin.

Comment c'est arrivé la première fois, dans ce cas ? lui avais-je demandé.

Vous n'étiez pas sous traitement à ce moment-là ?

Silence gêné à l'autre bout du fil.

Je suis certain qu'il y a une explication, avait-il repris pour combler le vide.

Soudain, ça m'avait paru évident. Logique.

J'ai roulé en boule la page imprimée donnée par le médecin.

J'ai couru aux toilettes et j'ai vomi mes tripes ; la pisse d'autres hommes me mouillait les genoux. Mon téléphone est tombé de ma poche sur le carrelage. Je l'ai essuyé. Seize appels manqués. Tous de Merry.

J'ai vomi encore deux fois et je suis rentré à la maison. Alors que je m'approchais, j'ai vu les gyrophares. Une ambulance. Deux voitures de police.

La porte d'entrée était ouverte. Merry sur le canapé, une femme policier qui prenait des notes en face d'elle. Frank dans la cuisine, préparant du café pour les agents de police.

Merry a mis la main devant sa bouche quand elle m'a vu. Elle s'est levée pour venir à ma rencontre, le visage blême et marqué. Elle s'est rendu compte de mon état, a senti mon odeur, vomi et alcool, mais elle s'est contentée de secouer la tête.

Il est mort, Sam, il est mort.

Dans la chambre, Conor était sur le lit. Pâle et minuscule.

Bleu. Froid. Mort.

La mort rend les hommes petits, les bébés encore plus. Des poupées d'un autre monde, sans plus aucune trace d'humanité. Ça m'a fait penser aux masques mortuaires du Moyen Âge que j'avais vus dans la vitrine des têtes réduites du British Museum quand j'étais étudiant, curiosités morbides et grotesques du monde entier issues de la collection personnelle de Henry Wellcome. Je visitais le musée avec une fille. Elle s'appelait Sinéad, venait de Cork et jouait du bodhrán.

Nom de Dieu. Nom de Dieu de nom de Dieu.

Conor, ai-je dit, comme s'il allait se réveiller. Conor.

Merry était sonnée, incapable de se concentrer, les yeux vitreux. Ses paroles n'avaient aucun sens.

Elle l'avait emmené en promenade, racontait-elle. Comme d'habitude. Sur le chemin du retour, elle avait dû s'arrêter car Nounours était tombé. Elle l'avait ramassé. Puis elle avait regardé Conor dans la poussette. C'est à ce moment-là qu'elle s'était aperçue que quelque chose n'allait pas, qu'il ne respirait pas, ne bougeait pas.

Mais, mais…, bégayait-elle. J'ai essayé de le réanimer, j'ai essayé… J'ai essayé de lui faire reprendre connaissance, mais…

Je pense qu'il était déjà mort, a-t-elle poursuivi. Mort. Il était froid. Il était… Sa peau était étrange, comme de la cire. J'ai… j'ai couru à la maison et appelé l'ambulance, mais… Je ne sais pas, je n'y comprends rien.

J'ai regardé le bébé sur le lit et la nausée est revenue. J'ai plaqué la main sur ma bouche.

Dans le salon, la police ou les ambulanciers. Frederick et Linda, à en croire les petits badges accrochés à leur uniforme rouge. Linda sentait l'eucalyptus et le vieux café. Ses cheveux cuivrés étaient attachés en deux nattes.

Nos sincères condoléances, a-t-elle dit.

Nos condoléances, a repris Frederick. C'est difficile à comprendre. Comme nous le disions à votre femme, il est très probable qu'il s'agisse de la mort subite du nourrisson. C'est malheureusement quelque chose de commun. Ou un virus quelconque, même une fièvre peut être grave pour un bébé. Ce sont les scénarios les plus probables, mais bien sûr, nous allons devoir vérifier tout ça.

Linda hochait la tête. Pour éliminer toutes les possibilités.

Elle nous a regardés tous les trois et elle a rangé son calepin dans la poche de sa veste.

J'étais encore soûl ou alors plus du tout, impossible de savoir. Toutes les voix étaient brouillées, toutes les actions floues, des éléments en mouvement qui ne signifiaient pas grand-chose.

Mon fils, mon petit.

J'étais hébété.

FRANK

Je suis abattue.

Nous le sommes tous. Je m'efforce de me rendre invisible ; offrir du thé, à manger et des mouchoirs, autrement je reste discrète. J'ai peur de faire trop de bruit, peur de prendre trop de place dans la maison qui déborde déjà de souffrance. Une souffrance terrible et inimaginable.

Je suis inconsolable. Je ne peux pas m'empêcher de pleurer.

Conor n'est plus. Conor est mort.

Merry est étonnamment silencieuse. Hébétée, évidemment. Et pourtant… eh bien, elle est comme ça. Elle a toujours été bizarre avec ses émotions. Déconnectée. À présent, elle paraît en transe. La plupart du temps assise, jambes croisées, sur le canapé ou sur son lit, immobile, contemplant l'abysse. Je lui ai apporté une tasse de thé à la menthe et l'ai posée à côté d'elle. Elle a à peine bougé.

Je suis désolée. Je suis tellement désolée, ai-je dit.

Rien.

Sam est dehors, il fait les cent pas, fume sans se cacher, avale des lampées de whisky directement à la bouteille. Il dévoile tous ses secrets. Quelle importance à présent ? Rien n'en a plus vraiment.

Je lui ai apporté un café noir, comme il l'aime. Je n'ai rien dit et lui non plus. Il en a bu un peu puis il a regardé par la fenêtre le lac où nous avons nagé il n'y a pas si longtemps. Il n'y a plus de soleil. Plus de chaleur.

Tous les autres ont quitté la maison. Les ambulanciers ont pris le bébé, le petit Conor. La pire chose que j'aie vue : ils l'ont enveloppé dans une couverture et l'ont emmené vers l'ambulance garée devant la maison. Ils ont ouvert les portières arrière, mais nous n'avons rien vu de plus. Soit ils l'ont attaché à quelque chose, soit installé sur un lit ou dans une boîte. Je frémis en y repensant, mais ils l'ont emmené très vite, ils l'ont fait disparaître sans laisser de traces, comme s'il n'avait été qu'un rêve.

Oh, ce beau et gentil petit garçon. Lumière et amour, l'incarnation de la joie la plus pure. Je l'aimais. Je l'aimais tellement.

Mes mains, mes mains ne cesseront jamais de trembler.

MERRY

La maison est silencieuse. Jour après jour, rien que le silence. Comme lorsqu'on fait la planche sur l'océan, les oreilles sous l'eau et les yeux ouverts, on n'entend plus que le son de sa propre respiration et les battements froids de son cœur. Tout est vide et endeuillé. Pendant quelques jours, une canicule inhabituelle nous fait cuire entre les murs, suant à grosses gouttes et pleurant toutes nos larmes. Le verre capture la chaleur, les rayons de soleil envahissent les pièces, mais on n'a aucune impression de lumière, il fait sombre. Encore plus sombre que ce qu'on peut imaginer.

Rien ne bouge plus. Tout est mort à l'intérieur, comme à l'extérieur.

C'est fait.

Le bébé est parti.

Comment est-ce possible ?

Non.

Qu'est-ce que j'ai fait ?

Qu'est-ce que j'ai fait à notre petit garçon ?

J'en ai assez. De la culpabilité. De l'horreur.

Je ne mérite pas de vivre.

Quand je l'ai tenu dans mes bras pour la première fois, j'ai pensé qu'il n'était pas humain. Petite chose brune, flétrie et frétillante, à la peau squameuse.

Il est magnifique, a dit Sam, mais ce n'était pas le cas. Les nouveau-nés sont terrifiants, des petites bêtes sauvages et sans yeux qui se tortillent à la recherche d'un bout de sein à téter. Il arrivait en avance, sortait de force de mon corps, déchirant tout sur son passage. C'est d'une violence incroyable, et pourtant les gens se refusent à considérer cela autrement que comme un miracle. La sage-femme l'a tiré par la tête en dehors de mon corps fendu et l'a placé sur mon sein. Il était minuscule, tenait dans le creux des mains ; la somme de nous deux. La vie, le miracle et puis la mort, la fin de tout.

Il a perdu la vie. Nous l'avons perdu.

Mes pensées flottent mais ne veulent pas se fixer. Pourquoi ça ? Pourquoi est-ce que je n'arrive pas à me rappeler ? Les derniers jours ne sont plus que formes et couleurs, sourires et clins d'œil ; sensation de bonheur et de certitude, un moyen d'avancer, un plan, mais à présent ? Ça. Et rien d'autre.

Mais c'est moi qui ai fait ça ? Est-ce que j'aurais pu le faire ? Est-ce seulement possible ? Le témoignage que j'ai donné à l'agent de police et qu'elle a griffonné sur son bloc-notes. Écrit avec le sang, les péchés de chair, les secrets et les mensonges. Les mensonges, si nombreux.

Je n'ai pas eu le choix. Je l'ai souhaité et ça s'est produit.

C'est bien ça ? Non ?

Le bébé, le bébé. Chaud et soudain froid. Ici et soudain plus là. Vivant et soudain disparu. Comme par magie, de la magie noire. Des sorcières dans la forêt, une malédiction au-dessus de la tête, un sort pour faire souffrir. Une fraction de seconde et le décor est changé, pour toujours et de manière irrévocable.

Moi aussi j'étais dehors.

Apparemment, je suis toujours là.

Les rôles ont changé. Une femme brisée.

Je suis à présent complètement brisée. Ni les chevaux du roi ni ses sujets ne purent recoller Merry.

Je l'ai fait. Je l'ai fait.

S'il te plaît, non, ai-je supplié devant le corps sans vie. J'ai crié mais les arbres sont restés raides et insensibles. Dans mon corps, une douleur profonde et sourde ; il me manque quelque chose. Je l'ai perdu. Je cours à ma perte. Tout va s'effondrer.

Sam ! Sam ! Tout ce qui me faisait tenir a disparu.

J'arrive à peine à respirer. Je n'arrête pas de vomir, rien que du jaune et de l'air, mais ça remonte chaque fois que j'y pense. Chaque fois que je revis cet instant.

Sam ne me touche plus. Il est en état de choc, comme si de l'électricité courait dans ses veines. C'est une bête. Qui tourne en rond, furieuse, attendant d'attaquer ; pour commencer à faire son deuil.

Je ne comprends pas, dit-il, je ne comprends pas.

La fièvre ? Est-ce qu'il aurait pu avoir un rhume que tu n'aurais pas remarqué ? De la température ? Il n'aurait certainement pas dû être dehors… Avait-il trop froid ? Trop chaud ? Est-ce que son… Est-ce qu'il aurait été trop secoué sur le chemin pendant que tu… Sa voix se brise et il secoue la tête. Il se mord le poing.

Moi, je me mords les lèvres. Je goûte le sang. Je le ravale.

On ne saura rien avant plusieurs jours, c'est tout ce qu'ils ont dit, tout ce que nous savons. Nous sommes condamnés à attendre. À exister dans cet espace vide.

Nous sommes coincés ici, en cet instant.

SAM

Karl nous a rendu visite aujourd'hui. Avec Elsa. Ils ont apporté un panier de provisions achetées au marché : un poulet rôti, une miche de pain frais, un sachet de raisin rouge. Ils ont vu l'ambulance, les voitures de police. Quelqu'un a dû leur annoncer la nouvelle.

M. Nilssen est passé apporter un petit épicéa dans un seau en plastique vert.

Vous pourriez le planter pour le bébé. C'est ce que j'ai fait pour ma femme, quand elle nous a quittés.

Je l'ai invité à prendre un café et nous nous sommes assis ensemble en silence, l'arbre sur mes genoux, à l'endroit ou Conor aurait pu s'installer.

Nous avons été mariés cinquante-deux ans, a-t-il dit avec tristesse.

La maison est un tombeau. Les portes sont fermées. Les rideaux tirés. La lumière n'entre ni ne sort. Je n'arrive pas à réfléchir. À ressentir quoi que ce soit. Il est parti, mais je ne sais pas si c'est un malheur. Une terrible perte. Ou autre chose.

Une perte. C'est une perte, car tout est perdu. Tout ce qui était bon et juste est devenu impensable et terrifiant.

On m'a trahi.

Frank a annoncé qu'elle prenait la voiture pour aller acheter des provisions.

À son retour, elle a posé une assiette devant moi, l'a ramassée quelques heures plus tard, pratiquement intacte. Elle a apporté le café. Elle a déposé des somnifères dans des petits plats dont j'ignorais l'existence et a tiré les rideaux quand la nuit est tombée.

Je n'arrive pas à manger. Je n'arrive pas à dormir. Je n'arrive pas à pleurer. Quelquefois, je reste allongé suffisamment longtemps pour que la fatigue m'envahisse, un état entre le sommeil et l'éveil. Dans ce brouillard, je vois Conor, Conor qui m'appelle : pa-pa, pa-pa, et moi qui cours puis qui découvre sa poussette vide, son corps raide sur l'étagère au-dessus du lit ; un bébé empaillé à côté de la girafe en peluche et d'un Nounours et d'un Biscuit malheureux.

Pire encore, le songe éveillé qui n'est pas du tout un rêve. Un berceau vide. Sur la table à langer, une pile de couches pliées qui resteront à jamais inutilisées. Mon fils. Mon enfant. Disparu.

Rien n'est plus.

J'ai l'impression d'avoir été dépossédé. De toutes les choses qui devaient arriver.

L'amour. Une famille. Une enfance suédoise idéale pour mon fils, radieuse et parfaite. Des tricycles puis des vélos et des parties de pêche au lac, les Lego, jouer au ballon et, sur les rives de la mer Baltique, grise et froide, manger des cornets de glace. Des promenades en bateau autour de l'archipel, l'exploration des îles et les plongeons dans l'eau fraîche depuis les rochers cuits par le soleil. Des feux de camp et des week-ends de ski, de la luge dans la neige hivernale, du pop-corn au cinéma et une collection de dinosaures alignés sur l'appui de fenêtre de sa chambre, et les pique-niques de Midsommar au parc, à danser autour d'un arbre de mai, des amis blonds et leurs sœurs dont il tombera amoureux plus tard. Trois chaussettes de Noël, ou peut-être quatre, remplies de babioles, brodées à nos initiales, identiques et bien alignées ; des chasses aux œufs de Pâques et la première dent rangée dans une petite boîte et échangée contre des pièces. Les genoux écorchés et les premières copines et les premiers baisers, des week-ends entre copains et des sorties de pêche et pour toujours la solidité de cette chose indestructible. Le père et le fils.

Ça me fend le cœur.

Merry, Merry. Je l'évite. Je ne peux me résoudre à la toucher. Je serre et desserre le poing.

Pas encore. Pas encore.

Je n'ai pas appelé ma mère. Je me suis assis, le téléphone en main, et j'ai cherché son numéro. Je l'ai regardé un moment, mais je n'ai pas appuyé sur le bouton d'appel.

Ton petit-fils est mort.

Conor nous a quittés.

J'ai une mauvaise nouvelle.

Je n'ai pas les idées claires. Trop de pièces en mouvement, trop de questions sans réponse.

Je l'aimais, c'était le mien et je l'aimais.

Fils. Mon fils. Mais plus maintenant.

Coup double. Qu'est-ce qui est le pire ?

Causes naturelles. La mort subite du nourrisson, ont dit les ambulanciers, mais qu'y a-t-il de naturel dans la mort d'un bébé ?

Tout est vraiment confus.

Et où étiez-vous, monsieur ?

J'ai menti sans hésitation ; ça a été facile. Cacher la vérité, par réflexe. Le refus de l'humiliation.

Il y a eu un bruit… le bruit déchirant de la sonnette. Un son frénétique et strident.

J'ai levé les yeux. À travers la vitre, j'ai vu deux policiers devant la porte d'entrée.

FRANK

Ils sont venus chercher Merry. Ils l'ont emmenée. Ils ne lui ont pas passé les menottes pour la conduire jusqu'à la banquette arrière de la voiture. Elle n'a ni crié ni résisté.

Qu'est-ce qui se passe ? a demandé Sam. Qu'est-ce qui se passe ?

Il faut qu'on parle à votre femme, ont-ils dit. Au sujet de la mort de votre fils.

Mais pourquoi est-ce que vous…

Monsieur. Vous pouvez nous suivre au commissariat.

Nous y voilà à présent. Ma main sur le bras de Sam, douce et réconfortante.

On va tirer ça au clair. Comprendre ce qui se passe.

Il est encore sous le choc, évidemment. Nous le sommes tous.

Comme si ce qui est arrivé à Conor n'était pas assez triste. Maintenant ça. C'est bouleversant. Invraisemblable. La plus inconcevable des informations à digérer. Non, c'est au-delà de toute compréhension. Au-delà.

Je regarde la main de Sam s'ouvrir et se refermer, les articulations blanches, les veines palpitantes. Elle attend de démolir quelque chose. Ou quelqu'un.

Je vais aller te chercher un café.

Je ne veux pas de putain de café. Il dégage son bras, se lève et fait les cent pas, le *clac clac* des tongs sur le lino ; il a pris la première paire de chaussures qu'il a trouvée dans l'entrée quand la police a frappé à la porte.

Ce n'est pas aussi désagréable que ce qu'on s'imagine, le commissariat. Bien éclairé et récemment rénové. Propre. Moderne. Sans prostituées qui hurlent ou toxicos amochés. Une affiche exhorte de nouveaux membres à rejoindre le chœur de la police suédoise.

J'observe les autres personnes dans la zone d'attente. Une dame âgée qui rit dans son téléphone. Un jeune couple qui chuchote en remplissant un document officiel.

Une autre affiche, *La Suède accueille les réfugiés*. Plus tôt, un policier a fait entrer un homme ivre, habillé tout en cuir. Il avait une croix gammée tatouée dans le cou et portait des lunettes noires, comme un aveugle.

Sam se rassoit. Bordel, ces derniers jours j'ai l'impression d'être dans la quatrième dimension.

Je crois que je connais un avocat, lui dis-je.

Il secoue la tête. Je n'ai pas besoin d'avocat. Ce dont j'ai besoin, c'est de réponses.

Ils refusent de nous dire quoi que ce soit. Ils retiennent Merry quelque part, enfermée dans une salle. Sam n'a pas le droit de la voir. C'est peut-être mieux comme ça.

Un policier passe par la zone d'attente et Sam l'interpelle.

Monsieur, s'il vous plaît. Est-ce que quelqu'un pourrait m'expliquer…

Je suis désolé, monsieur. Ils viendront vous voir dès qu'ils auront plus d'informations.

Il s'assoit. Il empeste l'alcool, la cigarette. Ses vêtements dégagent une forte odeur de transpiration, son haleine est infecte. Même après la façon dont il m'a traitée, je le plains.

Son univers a volé en éclats.

Sa bulle a explosé.

MERRY

L'inspectrice a demandé à un de ses collègues d'aller chercher une bouteille d'eau et l'a posée devant moi. Elle m'a souri avec bienveillance. Elle avait les ongles très courts, ne portait pas d'alliance, ni aucun bijou.

Ça peut être très dur, vous ne trouvez pas ?

Quoi ?

La maternité.

Je l'ai observée.

Toute seule, isolée à Sigtuna, avec un nouveau-né. Oui. Vraiment très dur.

J'ai avalé une gorgée d'eau et levé les yeux vers les néons au plafond.

Le cancer. Ces néons vont vous donner le cancer.

L'inspectrice a ouvert un dossier. New York, a-t-elle dit. C'est bien là que vous viviez, vous et votre mari, avant de venir en Suède ?

Oui.

C'est une ville merveilleuse, New York. Très animée. Il y a toujours quelque chose à faire. La ville qui ne dort jamais, c'est ça ?

J'ai acquiescé.

Eh bien, c'est sûr que Sigtuna représente un gros changement. Pas forcément le meilleur choix.

Elle a soupiré. Il n'y a pas beaucoup d'Américains qui viennent s'installer ici. Pratiquement aucun, en fait. Culturellement, j'imagine que ce doit être bizarre. Les Suédois et les Américains sont bien différents. Opposés. Le jour et la nuit.

Elle a légèrement frissonné. Je ne pourrais pas vivre aux États-Unis, a-t-elle poursuivi. Je sais que je détesterais ça. J'aurais envie de rentrer chez moi à la première occasion.

Elle m'a regardée, puis elle a lu quelque chose dans son dossier.

Vous vous sentez mal ici, Merry ? Seule ? Déprimée ? Désespérée ?

Ce serait parfaitement compréhensible. Complètement normal.

La pièce était silencieuse, pas la moindre interférence avec le monde extérieur. Je me demandais si Sam se trouvait derrière ces murs. À attendre. À s'inquiéter. À fulminer. Que lui avaient-ils dit ? Que savait-il ?

La vérité vous libérera. C'est ce qu'on dit. Mais qu'est-ce que la vérité ? J'ai oublié.

Je ne veux pas d'avocat, ai-je répondu à l'inspectrice quand elle m'a posé la question. Elle a eu l'air surprise, mais pas mécontente.

Ensuite, elle a soupiré. Madame Hurley. Il serait vraiment dans votre intérêt de me parler.

Vous pouvez me répéter votre nom ?

Inspectrice Bergström.

Oui, je m'en souviens maintenant. Inspectrice Bergström.

Merry, a-t-elle dit. Je veux vous aider. Vous comprenez ?

J'ai hoché la tête. J'avais froid. Je grelottais. Je voulais rentrer à la maison.

À la maison. Là où je vivais. Là où je me sentais bien.

Merry ?

J'ai levé les yeux. Je ne comprends pas. Mon fils vient de mourir. Je ne sais pas pourquoi je suis au commissariat.

Ma mère me giflait chaque fois qu'elle me surprenait à mentir.

Je déteste les menteurs, Merry.

Tu en as pourtant épousé un, répliquais-je, ou parfois, si je voulais vraiment être cruelle : Ton visage est le pire des mensonges.

Je ne le pensais pas. Je ne le pensais pas ! Non, pas vraiment.

L'inspectrice me regardait comme ils le font dans la police, en m'examinant sous toutes les coutures. Pour m'évaluer. Je doute qu'elle parvienne à deviner de quoi je suis capable ou non. C'est souvent impossible.

Le bébé, mort et froid dans mes bras, ne respire plus. Tout d'un coup, il n'existe plus. Problème réglé. Je crois que ça a été ma première réaction.

Fais attention à ce que tu souhaites, ton vœu pourrait se réaliser. Était-ce ma mère qui disait ça ?

Je tremblais.

J'étais partie faire une randonnée. Courir. J'étais heureuse. C'était une belle journée, dans mon souvenir. Je me sentais bien. Frank. Frank allait partir. J'allais rester. J'avais gagné. J'avais Sam. Moi et Sam. Tous les deux, rien que nous, c'est ce qu'il y a de mieux.

Faire table rase, tout recommencer. Plus de secrets.

C'était impossible. Ça ne marchait pas. Dans mon esprit, il y avait la clairière, mais c'était flou. Je courais vite. Je sentais mes muscles s'étirer et brûler, je m'enfuyais, je courais droit devant. Je regardais le lac en contrebas, miroir spectral reflétant le ciel couvert, sans démarcation entre l'eau et l'horizon, le début et la fin, le bien et le mal. Une illusion d'optique ; une ligne d'horizon scintillante si proche, pratiquement à portée de main, et pourtant incroyablement lointaine. S'éloignant sans arrêt.

Hiraeth, c'est le mot juste ; un mot d'origine galloise intraduisible. *Hiraeth*, un poème sur la langue, magnifique et très triste. Avoir la nostalgie d'un foyer à jamais perdu, ou qui n'a jamais existé. Oui, c'est ce sentiment. J'essayais de revenir à une précédente version de moi. De nous. Le vide allait disparaître.

J'allais exister de nouveau. Moi ! Moi !

Oui, c'était ça.

Non ?

L'inspectrice s'est penchée en avant. Merry, écoutez-moi très attentivement.

Pourquoi me parlait-elle encore ? Pourquoi avait-elle autant de questions ?

Merry, vous êtes ici parce que nous pensons que votre bébé a été assassiné.

SAM

La police m'a demandé des noms et des numéros de téléphone pour vérifier où j'étais au moment du décès. Je leur ai donné mes tickets de parking.

Monsieur, nous allons tout de même avoir besoin de noms.

Un meurtre. D'après l'autopsie, ça pourrait être un meurtre. *Autopsie*, *meurtre*. Les mots sont lâchés. Ils font maintenant partie de mon quotidien.

Strangulation criminelle. Mort par asphyxie. C'est ce qu'ils disent. Un oreiller, une main. Plus probablement, la couverture bleue dans la poussette de Conor, celle qui lui tenait chaud dans les bois.

Qu'est-ce que vous dites ?

Monsieur Hurley, lorsque nous avons affaire à des décès de ce type, il est très difficile de distinguer un cas de mort subite du nourrisson d'une asphyxie intentionnelle.

Une asphyxie intentionnelle, ai-je répété.

Le médecin légiste a décelé une hémorragie pétéchiale ; cet élément ne suffit pas à lui seul pour conclure qu'il s'agit d'un meurtre. Mais cela appelle une enquête plus approfondie.

Un meurtre, ai-je dit.

Nous pensons que quelqu'un pourrait avoir intentionnellement donné la mort à votre fils.

Combien d'heures s'étaient écoulées ? Était-ce le même jour ou le lendemain ? J'ai regardé mes chaussures. J'avais froid aux pieds. L'haleine chargée. Dans ma tête, les choses flottaient, se heurtaient les unes aux autres et explosaient en vol. Rien ne collait.

De l'autre côté de la table, les questions s'enchaînaient.

Monsieur, votre femme est-elle déprimée, selon vous ?

Prend-elle des médicaments ?

Est-ce qu'elle a souffert de problèmes psychologiques par le passé ? Des épisodes dépressifs ? Des crises psychotiques ? A-t-elle déjà eu un comportement violent ? Des antécédents psychiatriques ? Était-elle attachée au bébé ?

Était-ce inhabituel qu'elle l'emmène en forêt ?

Quelle était son attitude, les jours derniers ?

Qu'a-t-elle dit quand elle vous a appelé ?

Merry, Merry est suspectée. Elle était avec lui au moment du décès. Et puis : il y aurait des preuves de maltraitance. Merry. La maternité incarnée. Tout ce que je voulais. Tout ce que je croyais avoir.

Ces derniers jours se changent en une série de monstruosités, un kaléidoscope d'horreurs, toujours pires.

Le policier a quitté la pièce.

Bonjour, je suis l'inspectrice Bergström.

Une femme est entrée, elle m'a serré la main. Elle portait un tailleur gris. Elle ne souriait pas.

J'aimerais vous poser quelques questions, a-t-elle dit.

Mais on vient déjà de m'interroger, bordel.

Je n'en ai pas pour longtemps.

Elle s'est assise en face de moi. La chaise a craqué.

Vous comprenez ce qui se passe, monsieur Hurley ?

Non, ai-je répondu. Putain, non.

Très bien. D'accord. Eh bien, nous avons des raisons de croire que votre fils, Conor, ne serait pas mort de cause naturelle. Nous pensons qu'il a peut-être été assassiné.

Votre fils. Je grimace toujours en entendant ces mots.

Vous dites que vous étiez à Sigtuna au moment des faits, a-t-elle enchaîné. Que faisiez-vous ?

J'étais à un rendez-vous. Pour le boulot.

Elle m'a regardé. Elle a noté.

C'est votre femme qui s'occupait de votre fils. C'est ce qu'elle a affirmé.

Oui.

Dans ce cas, vous comprenez pourquoi nous l'interrogeons sur la mort de votre fils. La mort suspecte de votre fils.

J'ai attendu. Elle observait chaque mouvement de mon visage, chaque clignement d'œil, chaque tic nerveux. Les yeux orientés vers le haut et la gauche, un mensonge. En bas à gauche, un souvenir. La communication non verbale, il n'y a rien de plus sincère. Le corps ne ment pas. Même pas la peine d'essayer.

Monsieur Hurley, a-t-elle repris, pouvez-vous imaginer une raison qui aurait poussé Merry à faire du mal à votre fils ?

J'ai serré le poing, secoué la tête.

Avez-vous remarqué quelque chose de suspect dans son comportement ? Faisait-elle des choses étranges ou inhabituelles, quelque chose qui vous inquiétait ? Avez-vous remarqué qu'elle faisait délibérément mal à votre fils ?

J'ai secoué la tête. Je n'arrivais pas à parler.

Avez-vous déjà remarqué des bleus, des marques de blessure ?

Bon Dieu, ai-je lâché, je crois que je vais vomir.

Une dernière question, monsieur. Votre femme aurait-elle eu une raison quelconque de vouloir se débarrasser de votre fils ?

MERRY

Vous vous rendez compte que tout cela est confus, Merry ?

L'inspectrice est exaspérée. Elle veut que je parle. Elle veut rentrer chez elle.

Moi aussi. J'ai plein de choses à faire. Aujourd'hui, c'est le jour de la lessive. Il faut aussi planter les graines de navet et de radis. Et il me semble que Frank doit prendre son avion.

L'inspectrice Bergström fait glisser un dossier sur la table. Une radio.

On va parler de ça, si vous le voulez bien. C'est le bras de votre fils. Son bras droit.

Vous voyez, ici. Elle montre avec son crayon. C'est une légère fêlure du cubitus droit.

Je me sens mal. Je me détourne.

Non, je vous en prie, regardez, insiste l'inspectrice Bergström.

C'est ancien. Le médecin légiste juge que ça date de plusieurs mois. Vous pensez à une explication possible ? Une blessure ? Un jour où il aurait fait une chute. Il serait tombé de son lit. Ce sont des choses qui arrivent, bien sûr.

Je frémis ; je secoue la tête. Je sens ce truc qui me prend aux tripes. Pauvre bébé. Pauvre petit garçon.

Merry, dit l'inspectrice Bergström, le médecin légiste a fait d'autres découvertes.

Elle regarde la photo sur la table puis la retourne.

Je ne vais pas vous la montrer, dit-elle. Je ne pense pas que ce soit nécessaire.

Il a trouvé des ecchymoses, Merry. Des traces de coups. Eux aussi ont été donnés avant sa mort. Il semble que ce soit… intentionnel. Cela n'a rien à voir avec les égratignures ou les éraflures qu'on trouve habituellement chez un enfant. Ces choses-là ont été faites avec l'intention de blesser.

Elle se penche vers moi, trop près. Je peux sentir ce qu'elle a mangé. Des oignons et du poisson.

Merry. Je suis sûre que vous voyez où je veux en venir. L'impression que ça nous donne. Les conclusions que nous tirons. Je suis sûre que vous comprenez pourquoi j'ai besoin d'entendre la vérité de votre bouche.

Reste calme. Ne craque pas. Ne laisse rien paraître. Ne laisse personne te percer à jour.

Elle avale une gorgée de café et me propose de m'en faire apporter un.

Non, merci.

Les gens sont tellement courtois ici. Même au commissariat. La salle est petite et claire ; une table, des chaises, pas de fenêtres par lesquelles un désespéré pourrait se jeter, pas de crayons qui traînent prêts à se planter dans une jugulaire. C'est une boîte. Un cercueil dans lequel bourdonnent un bruit de fond et des questions.

Revenons en arrière, dit-elle. À votre arrivée. Vous vous êtes installés ici… C'était quand, déjà ? Il y a un an ?

Un petit peu plus longtemps.

Vous étiez enceinte.

Oui.

Vous vouliez vous installer ici ?

Je déglutis. Non.

C'était l'idée de votre mari.

Oui.

L'avait-il prévu de longue date ?

Non.

Alors cela s'explique par la perte de son travail à l'université ?

Non. Il voulait s'en aller. Faire autre chose.

Elle secoue la tête. Il a été renvoyé. Licencié pour… Qu'est-ce qui est écrit ici ? Comportements répréhensibles récurrents à l'égard des étudiantes… harcèlement sexuel, accusations de relations sexuelles inappropriées.

C'est bien ça ?

J'ouvre mes mains et je les scrute. Une ligne de cœur courte, m'a-t-on dit un jour. Je ne me rappelle plus ce que ça signifie. Je tire sur ma peau pour l'allonger ; elle raconte une autre histoire maintenant.

C'est la déclaration officielle de l'université Columbia, insiste-t-elle.

Je ne réponds rien.

Une épouse sait toujours ce qui se passe, pas vrai ? Une épouse possède ce sixième sens.

Je ne dis toujours rien.

Vous avez des amis ici ? Un emploi ?

Je secoue la tête.

Et votre mari ? Il travaille. Il voyage beaucoup, selon ses dires. Vous vous retrouviez souvent toute seule avec Conor, non ?

Je crois bien, oui.

Elle écrit.

Pourrait-il avoir une aventure ici ?

Je me mords la lèvre.

Alors, votre mari a une aventure, il perd son travail et part à l'autre bout du monde avec vous dans ses bagages. Vous n'avez pas d'amis, pas de travail, pas de famille à vos côtés… C'est ça ? Vous ne connaissez personne ici en Suède ?

Je n'ai besoin de personne. Je me contente de peu.

Elle ignore ma réponse.

Vous êtes donc seule. Coincée dans cette réserve qui est idéale en été mais l'hiver, mon Dieu, il faut bien l'avouer… Eh bien, même quelqu'un de très solide deviendrait fou là-bas, vous ne croyez pas ? C'est tellement isolé. Coupé de tout et de tout le monde.

Je ne réponds pas.

L'inspectrice Bergström secoue la tête.

Moi, en tout cas, je ne supporterais pas. Et je pense que c'est dur pour vous aussi.

Folle. Une malade mentale bonne à enfermer. Une femme qui blesse son enfant. Filicide. Infanticide. Comment dit-on ? Comment les gens vont parler de ça ? La Mère Monstrueuse ! Ça va sans aucun doute faire les gros titres. Les allitérations fonctionnent toujours bien pour ce genre d'affaires. Quelque chose d'accrocheur.

Vous l'aimiez, Merry ? Vous aimiez votre bébé ? Vous le vouliez, cet enfant ?

Ça me prend au ventre. Oui, oui, dis-je, j'aime mon fils. Je l'aime.

Menteuse, menteuse, dit une voix. *Tu n'es qu'une sale menteuse.*

Il fait trop chaud. Je retire mon pull. Mon ventre gronde. Il faut que je mange.

Bien sûr que vous l'aimiez, dit-elle. Évidemment.

Nous restons silencieuses un moment. Je bois une gorgée d'eau.

Mais il y a une chose étrange avec l'amour, reprend-elle, c'est que ça ne nous suffit pas toujours. Vous n'êtes pas d'accord ?

Elle m'observe, son regard scrute le tréfonds de mon être. Je me demande quel abysse elle contemple.

Quelquefois, on se sent piégé, non ? insiste-t-elle. L'amour. Le mariage. La maternité. Ça demande tellement. Il ne reste plus grand-chose pour soi.

Le visage de ma mère, figé en un masque plastique et grotesque. Celui de mon père, désespéré et suppliant. Laisse-moi partir, Maureen, laisse-moi m'en aller.

Parmi les choses les plus cruelles, il y a les sévices que les couples mariés s'infligent.

Je vous déteste, avais-je crié, je vous déteste tous les deux !

Sa cervelle avait éclaboussé la lampe du bureau… Pourquoi m'avait-elle montré ça ? Après trente ans, avait-elle dit. Voilà ce qu'on récolte après trente ans de mariage.

Comment dit-on déjà ? Le contraire de l'amour, ce n'est pas la haine, mais l'indifférence. La haine, c'est ce qu'on ressent quand l'amour nous trahit.

Je n'ai jamais voulu être mère, disait Maureen. C'est ton père qui voulait un enfant… mais il pensait qu'il allait avoir un garçon.

Oh, Conor, oh, Conor, qu'est-ce que j'ai fait ?

Arrêtez, je vous en prie, dis-je. S'il vous plaît.

Je ne peux pas m'arrêter maintenant, Merry, réplique l'inspectrice Bergström. Un enfant est mort. Votre enfant.

Tout mon corps se met à trembler, les larmes et la peur.

Certaines femmes ne sont pas faites pour être mère.

Ou ne le méritent pas.

En face de moi, l'inspectrice Bergström attend.

Il n'était pas malade, Merry. Sa mort n'est pas due à une cause naturelle. Mais vous le savez, n'est-ce pas ?

Oui, oui. La couverture sur sa tête. Nounours, Biscuit, un oreiller. Le poids de tout mon corps… Oui, oui, combien de fois y avais-je pensé sans jamais oser franchir le pas ? Toutes les choses que j'ai faites à ce garçon, à ce bébé.

Une idée, un souhait, une réalité. Depuis le départ, un enfant non désiré, à présent disparu comme par magie, un secret enveloppé dans une couverture. J'avais prévu de le tuer et maintenant il est mort.

Merry, répète l'inspectrice Bergström. Vous le savez.

Non.

Mais si, vous le savez. Vous le savez parce que vous étiez là.

Non.

Fais-le. Fais-le.

L'idée, puis le passage à l'acte. Le bébé dans les bras, une dernière fois. Débarrasse-t'en. Fais-le disparaître.

De cette manière, on pourra tout recommencer. Tout redeviendra comme avant. Avant Christopher. Avant les mensonges. « Je sais », avait-il écrit, mais que voulait-il dire ? Il fallait que je répare tout ça.

Nous deux.

Sam et Merry. Merry et Sam.

Merry, dit l'inspectrice Bergström. Nous savons toutes les deux que vous étiez là. Et nous savons toutes les deux que vous l'avez tué.

SAM

Frank nous a ramenés du commissariat. Je ne disais rien et elle non plus. Je serrais les poings. Les mâchoires, les dents. Je me suis pincé, j'ai senti la douleur. *Je suis encore là*, ai-je pensé. *Mais à peine.*

Arrivé à la maison, j'ai filé tout droit vers la remise où j'ai bu au goulot plusieurs gorgées de whisky ; j'ai senti la douce brûlure qui efface tout et réchauffe.

Le visage de Merry alors qu'ils l'embarquaient dans la voiture de police. Pour meurtre, disaient-ils. Nous pensons que votre fils a été assassiné.

Frank est apparue à la porte de la remise. Dis-moi si je peux faire quelque chose.

J'ai secoué la tête. Laisse-moi tranquille.

Je me suis recroquevillé, tenant ma bouteille contre moi. Sur mon téléphone, un message.

Tu étais où aujourd'hui ?

Malin.

Ma tête tournait ; le sol dansait sous mes pieds.

L'alcool a dû finir par avoir raison de moi. Je me suis réveillé ce matin sous une couverture, un oreiller derrière la tête. Frank. Je me suis levé – trop vite. Ça cognait dans mon crâne, dur et fort. J'avais les doigts raides de froid. Je suis rentré dans la maison. J'ai mis la cafetière en route. J'ai fait le tour de la maison. Un mausolée. Voilà ce qu'elle est devenue. La mort est entrée dans ses murs. C'est un monument à la mémoire de notre fils et de nos rêves. Cette maison ne veut plus rien dire à présent. Rien n'a de sens.

J'ai fait brûler le café, mais je l'ai bu quand même, puis je me suis assis pour regarder une photo accrochée au frigo par un aimant en forme de bretzel. Merry, Conor et moi, un cliché de l'été dernier. Une escapade dans l'archipel de Göteborg. Les ferries, les lacs et des glaces au soleil. Le bateau nous a conduits à Donsö où nous nous sommes promenés dans le petit village de pêcheurs et où nous avons bu un café et dévoré des gâteaux sur la jetée. À Styrsö, nous avons mangé des huîtres ; à Brännö, nous nous sommes baignés, nous avons plongé les orteils de Conor dans l'eau froide et nous avons ri devant sa grimace de plaisir.

Des visages heureux et souriants.

On dirait que tout est pur ici, ai-je dit un jour à Karl. Comme si rien de mal ne pouvait jamais arriver.

Il a éclaté de rire. Tu sais combien il y a de dépressifs et d'alcooliques ici ? m'a-t-il demandé. Ou d'alcooliques dépressifs ?

Arrête.

Et le temps, a-t-il renchéri. Rien que ça, ça peut te tuer.

Pour moi, c'était un rêve devenu réalité.

J'ai pris ma tasse de café vide et je l'ai lancée contre la fenêtre. La tasse s'est cassée, mais pas la vitre.

Frank s'est précipitée. Tu vas bien, Sam ?

Super. Super bien.

Elle a proposé de me préparer des œufs. Il faut que tu manges, a-t-elle dit. Il faut vraiment que tu manges quelque chose.

Elle a posé un plateau sur le comptoir, un couteau, une fourchette et une serviette. Elle m'a resservi du café puis elle l'a humé et l'a jeté.

Je vais en refaire.

Elle a trouvé un balai et a ramassé les morceaux de ma tasse.

Faut pas te sentir obligée. Laisse.

Elle a quand même balayé. Elle a vidé la pelle dans la poubelle et s'est lavé les mains.

Tu ne devais pas partir hier ? lui ai-je demandé. Elle a acquiescé.

Tu as raté ton vol.

Ce n'était pas vraiment le bon moment pour partir. Merry a besoin de moi.

J'ai reniflé.

Elle m'a servi des œufs, une tranche de pain de seigle grillée et beurrée. Elle a sorti un pot de confiture de myrtilles. J'ai vu l'écriture de Merry sur l'étiquette. Une autre de ses prouesses quotidiennes.

Une femme qui fait ses confitures elle-même, bordel, et on la soupçonne d'avoir tué son enfant.

J'ai regardé Frank évoluer dans la maison, ranger ici et là, essayer de rétablir un peu d'ordre. J'ai ressenti quelque chose de violent, du regret peut-être. Je l'entendais de l'autre côté de la porte de la salle de bains. Sangloter. Je pense à elle et à Conor, la façon dont elle se débrouillait avec lui. Comme si elle était née pour aimer et materner.

On a sonné à la porte. Karl.

Je peux repasser plus tard, a-t-il dit. Si ce n'est pas le bon moment.

Ce ne sera plus jamais le bon moment, ai-je rétorqué.

Il a soupiré. Je comprends. Je me suis dit que tu voudrais peut-être un peu de compagnie. Faire une promenade ou autre chose. Une distraction.

Attends, ai-je dit. Je suis sorti de la maison et j'ai filé à la remise.

Je suis revenu avec une bouteille de whisky.

Eh bien, c'est parfait, a-t-il dit.

Nous avons longé le chemin de terre qui relie nos propriétés, puis quitté la réserve et traversé la route pour rejoindre les sentiers forestiers.

Je connais un bon endroit. Elsa et moi, on y va souvent.

Nous marchions d'un bon pas, la bouteille à moitié vide tanguait au bout de mon bras.

Vraiment, il n'y a pas de mots, a-t-il dit.

Non.

Nous sommes désolés. Nos sincères condoléances.

Nous sommes arrivés au sommet d'une colline, dans une clairière qui donnait sur le lac. Protégée par un cercle d'arbres. Au sol : un doux tapis de mousse, des myrtilles qui éclataient sous nos pas.

Nous nous sommes assis sur un rondin de bois, une souche d'arbre mort, pourri ou abattu. J'ai passé la bouteille à Karl et il a avalé une gorgée. Il n'était pas rasé, ça lui donnait un air rude. Ça lui allait bien et je me suis demandé pourquoi je remarquais ça.

Il m'a rendu la bouteille et j'ai bu.

Ils sont venus chercher Merry hier.

Merry ?

Ils ont parlé de mort suspecte. Ils pensent que Conor pourrait avoir été assassiné. Étouffé.

C'est pas possible, Sam.

J'ai secoué la tête. Ils ont trouvé des traces de pétéchies… Mon Dieu ! Je n'arrive même pas à le dire. Ça me donne envie de vomir.

Mais… Merry, a-t-il dit, incrédule, parce qu'il l'avait vue lui aussi. La mère de l'année, merde !

C'est elle qui s'occupait de lui quand c'est arrivé, ai-je dit.

J'ai pris une autre rasade, plus longue. Il faisait froid ; un épais brouillard flottait sur le lac. J'ai frémi. J'ai pensé à lui faire part de l'autre nouvelle.

Non, pas encore.

Bois un autre coup, m'a dit Karl, et c'est ce que j'ai fait, content de lubrifier mon esprit, de voir mes pensées devenir troubles et confuses. J'ai vu Merry le jour de notre mariage, se promettant à moi. Merry à New York, rentrant chez nous à des heures impossibles. Gros tournage, expliquait-elle, le rouge aux joues. Puis enceinte, un rêve qui s'incarnait. Un enfant, quelle chance ! Une famille, le bonheur.

Tout. Elle m'a tout pris.

Qui ferait du mal à un enfant ? ai-je demandé. Qui serait assez malade pour ça ?

Je n'arrivais pas à l'imaginer.

Karl n'a rien dit.

J'ai pris une autre gorgée. J'ai toussé, ravalé ; la glaire et le whisky, tout descendait par le même trou.

Ils ont trouvé autre chose, ai-je poursuivi. Des traces de maltraitance antérieures, selon leur jargon. Des hématomes suspects, une fracture.

Des hématomes, ai-je pensé et soudain je me suis rappelé.

Karl a fait craquer ses jointures. Il s'est penché pour ramasser la bouteille et a descendu une goulée.

Sam. Cela ne me regarde pas. Mais Elsa m'en a parlé à plusieurs reprises. Elle m'a dit qu'elle entendait des pleurs en provenance de votre maison. Les après-midi où elle rentrait tôt.

J'ai attendu.

Il a haussé les épaules. Je ne sais pas. Je te répète juste ce qu'elle m'a dit. Qu'il y a pleurer et pleurer. Que ça sonne différemment en fonction des... différentes causes. Elle m'a raconté plusieurs fois que Conor pleurait tout le temps. Elle avait l'impression... que ce n'était pas seulement à cause de ses dents. Que c'était comme s'il se passait quelque chose d'affreux.

J'ai regardé mes mains. Je serrais et desserrais les poings.

Doucement, ça commence à faire son chemin. Et ça me bouffe le ventre. À tel point que j'ai envie de plonger les mains dans mon abdomen comme ces guérisseurs philippins que je suis allé observer dans la province de Laguna. Oui, j'ai envie d'enfoncer mes doigts dans la peau et de retirer tous les morceaux pourris, la douleur et le chagrin, et la colère noire qui, profondément enfouie dans mes tripes, couve en se nourrissant de la trahison de Merry.

Qu'est-ce qui est pire, le meurtre ou le mensonge ? Pour moi, ils ne font qu'un.

Karl et moi sommes revenus à la maison juste après l'arrivée de la police.

Ils ont un mandat de perquisition, a dit Frank. Ils n'ont pas attendu.

Ça courait dans tous les sens là-dedans, des agents de police avec des appareils photo et des sachets de prélèvement, des couvre-chaussures en plastique aux pieds pour éviter d'altérer des preuves. *Clic-clac*. Des appareils photo et des flashs ; notre vie mise sous sachet et envoyée pour analyse.

Dans la salle de bains, un type retirait quelque chose d'un tiroir de Merry.

Qu'est-ce que c'est ? ai-je demandé.

On dirait des pilules contraceptives, a-t-il répondu. Il a ouvert un sachet et laissé tomber la petite plaquette ronde dedans.

Des contraceptifs. Toutes ces journées rouges, ces discussions naïves à propos de notre grande famille… Oh, Sam, j'ai tellement hâte : plus on est de fous, plus on rit.

Ce n'était qu'un jeu pour elle. Tout. Elle faisait semblant pour tout. Elle jouait la comédie. Et je croyais que c'était la réalité.

FRANK

Je fais tout ce que je peux pour me rendre utile. J'évite de traîner dans ses pattes, mais je ne suis jamais loin s'il a besoin de moi. Pauvre Sam. Il est doublement affligé. D'abord par la mort de son enfant, puis maintenant par le crime de sa femme. Quel coup de théâtre, quelle révélation terrible et tragique ! Une femme qui maltraite un enfant. Ça va à l'encontre des lois de la nature. C'est une aberration.

Je n'arrive toujours pas à croire qu'il n'est plus là, cet enfant. Il était beau. Magique.

Il est partout dans la maison. Son odeur, ses vêtements, ses petits cubes de bois colorés. Dans le frigo, de belles rangées de petits pots, verts et oranges, des purées toutes prêtes à être données à la cuillère. *Vroum-vroum*, *tchou-tchou*. Ses préférés, c'étaient le train et l'avion à réaction ; il ouvrait toujours la bouche pour ceux-là.

Dans la salle de bains, des jouets en plastique attendent patiemment sur le bord de la baignoire, trois canards couineurs avec de grands yeux et un éléphant blanc qui crache de l'eau savonneuse avec sa trompe quand on appuie dessus. *Coin coin. Plouf plouf.*

Ses petites chaussettes sous les coussins du canapé. Ses biberons, stérilisés et alignés dans le placard, les tétines marron si mâchonnées qu'il aurait fallu les remplacer. Les livres cartonnés, les livres de bain, les accessoires pour la poussette et le siège auto, le tapis d'éveil par terre, l'odeur douceâtre d'un biscuit recraché dans un coin où personne ne le retrouvera. Sur la porte vitrée, des traces de doigts qui captent la lumière du soleil, ainsi que des bisous baveux pas encore nettoyés. Il n'y a pas un endroit de la maison qui ne contienne un peu de lui. Oh, c'est si douloureux, si cruel qu'il ait quitté ce monde.

Ce soir, pour le dîner, j'ai préparé un rôti et un accompagnement (les derniers légumes verts et carottes du jardin). Une grande salade avec une vinaigrette maison.

Alors que j'attachais le tablier rouge de Merry autour de ma taille, j'ai frissonné.

Où était-elle en ce moment ? Enfermée, toujours interrogée ? Je sais de quoi on l'accuse, de quels crimes elle est coupable, et pourtant je la plains. Ma meilleure amie. Une femme désespérée. Une femme prisonnière de ses propres mensonges.

Un mensonge, c'est comme une boule de neige, m'avait toujours prévenue ma mère. Plus tu le pousses loin, plus il grossit.

Je ne pense pas que Carol ait menti une seule fois dans sa vie.

Sam est entré dans la cuisine. Qu'est-ce que c'est ?

Un bon repas, parfois, ça peut faire du bien, ai-je dit. Même si c'est pas grand-chose.

J'ai allumé des bougies, je lui ai tendu un verre de whisky.

Il s'est assis et je lui ai servi une assiette. Il a pris une bouchée. Il a mâché et avalé, bruyamment.

Au bout d'un moment, il s'est mis à parler. Tu la connais.

J'ai soupiré. C'est ce que je croyais.

Il m'a regardée durement. Tu connais ses secrets, a-t-il insisté. Il a pointé son couteau vers moi. Tu sais ce qu'elle faisait.

J'ai dû paraître au moins aussi surprise que je l'étais vraiment.

Oui, a-t-il ajouté sèchement, tu savais ce qu'elle faisait.

J'ai dégluti, secoué la tête. Je suis désolée, Sam. Vraiment désolée. Je ne voulais pas me mêler de vos affaires. Je ne voulais pas…

C'est ma meilleure amie.

Dis-moi tout, a-t-il exigé. Tout.

J'ai pris une grande respiration.

D'accord. C'était peu après mon arrivée. Un jour, je suis passée devant la chambre alors qu'elle changeait Conor. Elle est restée au-dessus de lui un moment puis elle a pris ses jambes et elle a serré, elle le pinçait. Il était clair qu'elle lui faisait mal ; elle le faisait délibérément souffrir.

Sam n'a rien dit et j'ai continué.

Conor pleurait, elle a retiré ses mains et je suis partie parce que je n'arrivais pas à croire ce que j'avais vu.

J'allais te le dire, Sam… J'allais tout te raconter, je le jure. Je t'ai écrit une lettre ; j'avais prévu de te la donner avant de partir. Pour que tu saches. Que tu sois au courant de tout.

Il a baissé les yeux sur ses poings en secouant la tête. Non, non, a-t-il murmuré, tu ne comprends pas. Je ne te parle pas de…

Je suis désolée, ai-je repris. Pour tout ce qui s'est passé. Je n'arrête pas de me dire que si je t'en avais parlé, on n'en serait peut-être pas là. Conor serait peut-être encore parmi nous. Tout ça se serait peut-être terminé différemment.

Il a eu un rire glacial. Il a repoussé son assiette. Ta meilleure amie, a-t-il lancé. Votre amitié est bien la plus tordue que j'aie jamais vue.

Il s'est levé pour attraper le whisky. Merci pour le super dîner, a-t-il ricané. Il a pris la bouteille et il est sorti dans la nuit, furieux, pour retourner dans la remise comme un ours dans sa tanière.

J'ai jeté les restes à la poubelle et je me suis glissée dans ma chambre. J'ai sorti la lettre cachée entre les pages de mon livre. Je l'ai ouverte et j'ai survolé ce que j'avais écrit.

Les sévices corporels. Les courses en forêt.

Je suis retournée à la cuisine. La table était encombrée, vestiges d'un dîner à deux, les bougies brûlaient encore. J'ai tenu la lettre au-dessus de la flamme et attendu qu'elle s'enflamme.

SAM

Je ne sais pas comment arrêter ça. Ça me consume. Sans relâche.

Je me mords le poing jusqu'à ce que mes dents déchirent la peau ; je mords et je mords, mes dents sur l'os blanc. Oui. La douleur, un réconfort bien particulier. Lorsque ça me fait trop de bien, j'arrête.

Quand j'étais petit, Ida m'offrait des livres d'images qu'elle rapportait de ses voyages avec mon grand-père dans son pays natal, des traductions anglaises des classiques suédois. *Les Aventures de Peter au pays des myrtilles*, *Les Elfes de la forêt*, *100 contes suédois*. C'était des aventures extraordinaires dans la neige et les forêts de pins ; des illustrations chargées, très colorées, d'enfants souriants et d'animaux des bois. Parfois, il y avait une histoire qui faisait un peu peur : les méchants trolls ou une Huldra, mystérieuse femme de la forêt. Mais, la plupart du temps, les contes s'achevaient sur une note heureuse et rassurante. Le roi des myrtilles et ses garçons, serviables, joueurs et gentils.

Oh, tu aimes la Suède, avait l'habitude de dire Ida, dans son staccato bien à elle. C'est très beau ; c'est un endroit magnifique.

Je pourrais y aller un jour ? lui demandais-je, et elle m'embrassait et tapotait ma main.

Bien sûr, mon chéri, bien sûr.

J'aimais Ida. Elle était tellement différente de ma mère, si affectueuse, douce et gentille. Elle donnait son amour sans arrière-pensées.

En Suède, ai-je dit à Merry. Allons en Suède.

Nous venions d'apprendre pour le bébé. Une maison nous attendait, un pays où personne ne nous connaissait. Le meilleur des mondes ; nous allions nous y réinventer.

J'étais terriblement conscient de son corps, de la délicatesse de ses os et des parties les plus molles, les plus vulnérables. Voilà, laisse-moi faire ; non, ne soulève pas ça. Une chorégraphie de rôles et d'occupations. Mari, femme, futurs parents. Je lui ai acheté les vitamines et les livres, j'ai cherché sur Internet et imprimé les listes de ce qu'il fallait éviter : le thon, le saumon, les détergents toxiques.

Comme dans les histoires d'Ida, je nous ai construit une maison en bois et en pierre, j'ai planté un jardin de fleurs et de plantes grimpantes. Nous avons couvé notre enfant oracle et imaginé la vie qui nous attendait. Nous allions faire en sorte qu'il ne subisse aucun des torts qu'on nous avait causés.

Ma mère me disait tout le temps que mon père me battait. Je ne m'en souvenais pas, mais elle répétait que c'était vrai. C'est pour ça que je lui ai demandé de partir, disait-elle.

Elle a fini par m'apprendre son nom, le matin de mon vingt-quatrième anniversaire, tandis que ma main enfonçait sa tête dans les oreillers. Je l'ai retrouvé dans un resto-grill non loin de Michigan Avenue. Il n'y avait aucun doute : nous étions père et fils.

Elle m'a piégé, m'a-t-il expliqué. Elle est tombée enceinte pour que je quitte Beth.

Il n'a pas quitté Beth ni ses trois fils. Et il ne voulait pas me connaître.

Je n'ai rien contre toi, a-t-il précisé alors que nous nous serrions la main avant de partir chacun de son côté sur le pont DuSable.

Il n'avait jamais été là pour moi, mais moi, je serais toujours là pour mon fils. Voilà comment je serais un meilleur homme que mon père.

Je voulais croire que les Suédois allaient déteindre sur nous. Des gens sains. Chez qui tout est en ordre, agréable et raffiné. Le pays de la modération. *Lagom*, comme ils disent, « juste ce qu'il faut ». Même quand, un petit matin à l'aéroport, j'ai surpris un couple de vieux Suédois en train de transvaser des bouteilles d'alcool fort dans leurs flasques, ou lorsque j'ai entendu les chants de manifestants néo-nazis devant le Parlement, ou encore lorsque j'ai lu un article sur un homme qui avait enchaîné sa fille dans son sous-sol, j'ai refusé de voir le mal. Je nous ai fait venir ici pour que nous puissions être qui nous voulions, loin de la ville et de ses tentations, de ses souvenirs et du besoin implacable qu'elle a de vous engloutir.

Elle serait l'épouse qu'il me fallait. La mère que mon fils méritait. Recommencer de zéro. Voilà ce que nous faisions.

Non, ce n'était pas que ça. C'était aussi une façon de la contenir. La garder focalisée sur ce qui avait de l'importance.

Toute seule. Sans amis. Sans travail. Rien que moi. Nous deux seulement. C'était mieux comme ça.

J'ai fait le tour de la maison, pièce par pièce, comme un hamster dans un labyrinthe. À la porte de la chambre de Conor, je suis resté immobile. Je n'arrivais pas à entrer. Alors je me suis enfermé dans le studio et j'ai visionné des heures et des heures de vieilles vidéos brutes. Des documents où apparaît la date, certains simplement nommés *Conor*, d'autres remontant à son arrivée au monde.

Conor à un jour, Conor à une semaine, Conor souriant, pleurant, dormant. Conor plus âgé en train de rire et de frapper dans ses mains, allongé sur la pelouse à côté de Merry, niché au creux de son corps moelleux. Dans une des vidéos, elle le chatouille sous le menton pour le faire rire devant la caméra. C'est bien, mon bébé, dit-elle, c'est bien.

Dans une autre, je lui donne la cuillère : ses premiers repas solides, une étape importante. Puis mon anniversaire, Conor sur mes genoux, devant le gâteau au chocolat préparé par Merry, avec une bougie qui attend d'être transformée en vœu.

Je souffle ; Conor pleure parce que la flamme a disparu.

Il y a des kilomètres de film. Conor vieillit sous mes yeux à l'écran, sa vie évolue rapidement. Il a l'air content, la plupart du temps, un bébé comme tant d'autres, pas encore corrompu par le monde. Nous aussi, nous avons l'air heureux. Elle me faisait croire que nous l'étions.

La dernière vidéo que je regarde s'appelle « Le lac » et elle date des premiers jours du printemps dernier. Merry porte un maillot de bain une pièce à motif floral. Conor, qui a environ quatre mois, sourit dans ses bras, chapeau sur la tête ; son gros ventre à l'air, il agite les bras.

Ça, c'est la vie, hein ? m'entends-je dire et Merry ne cherche pas à répondre, son sourire est figé, sa tête toute raide. Mais tiens, là. On le voit très bien, je le repère maintenant. Sur un film, il est difficile de ne pas voir. Les muscles de ses bras qui se tendent, ses doigts qui se resserrent autour des grosses cuisses blanches de Conor. Il pousse un cri furieux puis la caméra s'éteint.

Je repasse la séquence. Puis une troisième fois. Je zoome. Je regarde ses doigts sur la peau, qui s'enfoncent, appuient, lui font mal.

Elle m'a pris pour un imbécile. Elle s'est moquée de tout ce que je nous avais construit. De mes rêves.

Elle n'a fait que me mentir et me tromper.

La traîtresse.

Une traîtresse depuis le début.

J'ai repensé à la petite plaquette ronde de pilules. Pourquoi, si elle savait…

Peut-être qu'elle ne savait pas ? Peut-être qu'elle pouvait seulement deviner ?

C'est pour ça qu'elle l'a fait ? Le visage de Conor, immobile à l'écran, me sourit. J'arrive à peine à le regarder. Je ne supporte plus de le voir. Son visage est celui d'un inconnu.

Je ne suis pas triste qu'il soit mort.

MERRY

Depuis combien de jours n'avais-je pas vu la lumière ? Ou dormi, ou encore pris une douche ? Je pouvais à peine tenir ma tête droite. Mon crâne me démangeait. J'ai plongé les ongles dans mes cheveux, gratté jusqu'au sang.

Je vous dis la vérité, ai-je déclaré.

Je pense que vous n'avez rien dit de vrai, Merry. Vous n'avez fait que mentir.

J'ai secoué la tête. Non, vous ne comprenez pas. Ce n'était pas moi. Je suis sûre que ce n'était pas moi. Frank, ai-je failli dire, peut-être qu'elle… Mais à quoi bon ? Elle s'était montrée exemplaire au cours des dernières semaines, pleine de bienveillance et de sagesse maternelle. Ça n'aurait fait qu'aggraver mon cas.

Vous voulez vous faire passer pour la victime, a-t-elle dit. La mère éplorée.

Je suis la mère éplorée.

Non. Vous êtes une femme qui a tué son enfant.

Quel jour sommes-nous ?

Jeudi.

Quand suis-je arrivée ici ?

Mardi matin.

Où est mon mari ?

Il est rentré chez vous.

Quand pourrai-je le voir ?

Il ne souhaite pas vous voir.

On m'a apporté un café chaud et un roulé à la cannelle. J'étais affamée. J'avais les dents couvertes de tartre.

L'inspectrice Bergström est revenue. Elle s'était changée. Un chemisier propre, un pantalon de tailleur bleu marine. Elle portait des tennis blanches. Elle a posé une nouvelle bouteille d'eau devant moi. C'est de l'eau plate, a-t-elle dit. Il n'y a plus d'eau pétillante.

Elle s'est assise.

Merry, vous êtes loin de chez vous. Mais dans votre cas, c'est une bonne chose.

La justice suédoise n'est pas la justice américaine. Nous ne cherchons pas à punir mais à réhabiliter.

Elle a étiré ses bras au-dessus de sa tête. J'imagine qu'elle est douée pour le yoga. Souple. J'ai enseigné cette discipline pendant quelques mois, je dirigeais un studio dans le Colorado quand je vivais avec Matt, un professeur de snowboard.

Pourquoi est-ce que je vous dis ça ? a-t-elle poursuivi. Parce que je souhaite vraiment vous aider. Vous permettre d'obtenir l'aide dont vous avez certainement besoin depuis des années. Vous comprenez ?

Je ne la regardais pas.

Je suis inspectrice depuis longtemps. Tellement longtemps que j'ai déjà traité plusieurs affaires comme celle-ci. Une mère déprimée, au bout du rouleau, incapable de faire face. Un père absent. Un enfant au milieu. Le résultat est tragique, mais nous essayons d'aider ces femmes parce que… Merry, regardez-moi.

J'ai laissé nos regards se croiser.

Parce que nous savons qu'elles ne sont pas toutes mauvaises. Ces femmes ont été poussées dans leurs derniers retranchements. Elles ont fait quelque chose de très, très mal. Mais nous pouvons les aider. Leur pardonner. Le préalable, c'est de dire la vérité.

Elle avait encore d'autres documents dans son dossier. Elle l'a ouvert et trouvé ce qu'elle voulait.

Votre père. Il s'est suicidé.

Pourquoi est-ce que vous me parlez de mon père ?

Nous parlons de votre état d'esprit. Votre mère est morte en 2014. C'est bien ça ?

Oui.

Comment est-elle morte ?

Les seins coupés et les tétons posés sur un plateau chirurgical à côté d'elle. Est-ce ironique ou cynique ? Je me souviens du coup de téléphone que m'a passé Esmeralda, sa femme de ménage, pour m'annoncer la nouvelle.

Elle est morte pendant une opération de chirurgie esthétique, ai-je répondu à l'inspectrice.

Elle avait subi de nombreuses interventions ?

Oui.

Suivait-elle un traitement contre la dépression ?

Je ne sais pas. Elle prenait beaucoup de calmants.

Vous aviez de bonnes relations avec elle ?

J'ai haussé les épaules. C'était ma mère.

On a frappé à la porte, et l'inspectrice Bergström s'est empressée d'ouvrir. Elle a dit quelque chose en suédois puis elle a prestement refermé derrière l'homme qui nous avait interrompues.

Incroyable, a-t-elle commenté. Il y a une pancarte *Ne pas déranger* sur la porte, et pourtant on vient frapper.

Et Sam, alors ? Vous êtes heureuse en ménage ? C'est un bon mari ?

Je suis très fatiguée, ai-je dit.

Nous en avons presque fini. Sam. Quel genre d'homme est-il ?

C'est un bon mari.

Violent ?

Non.

Possessif ?

Non.

Vous êtes sûre ? Il ne vous a pas emmenée ici pour vous garder enfermée toute seule ?

Non.

On dirait bien que c'est lui qui commande. Emménage ici, fais un bébé, reste à la maison. C'est lui qui prend toutes les décisions. Qui décide de ce que sera votre vie.

Non, ai-je dit, non.

Elle a cherché mon regard.

Elle a écrit quelque chose. Bu à sa bouteille.

Merry, vous savez comment je vois les choses ? Je vais vous le dire. Sam a une aventure, il perd son travail. Il fait ses bagages et vous embarque avec lui vers le fin fond de la Suède. Là, il vous laisse seule tous les jours avec votre bébé. Sans amis, sans moyen de subsistance. Dans un monde inconnu et hostile.

Vous êtes coincée à cause du bébé. Vous ne pouvez pas partir. Sam vous en empêcherait de toute façon.

Ses yeux brillaient. Sous les aisselles, sa veste était tachée d'auréoles humides. Elle avait transpiré dans sa chemise propre.

Vous savez ce que vous avez ? a-t-elle demandé.

Elle s'est penchée vers moi, tout près.

Vous avez un mobile.

SAM

Je veux qu'elle souffre. Je veux qu'elle paye.

J'ai réalisé un montage vidéo de la scène où Merry malmène Conor, en boucle. Toutes les preuves étaient là.

J'ai attrapé mes clefs sur le comptoir de la cuisine. Frank venait de se réveiller.

Je vais au commissariat, ai-je dit.

J'ai donné le DVD à l'inspectrice, je me suis assis derrière elle pendant qu'elle le regardait. Elle a soupiré.

Vous l'avez maintenant, ai-je déclaré. La preuve qu'elle l'a fait.

Elle a secoué la tête.

Non. Votre femme n'est pas passée aux aveux. Elle affirme ne pas avoir tué votre fils.

C'est une putain d'actrice, ai-je dit. Ça, je lui accorde.

L'inspectrice s'est levée et a commencé à arpenter la pièce. Je me demande si elle vous parlerait. Peut-être que vous arriveriez à tirer quelque chose d'elle.

Je ne peux pas. Je pourrais la tuer.

Non, a rétorqué l'inspectrice Bergström. Mais vous pourriez l'obliger à dire la vérité.

Dans la salle d'interrogatoire, Merry a levé les yeux et elle m'a vu. Son visage s'est décomposé.

Sam, je suis innocente. Il faut que tu me croies.

Je ne crois rien de ce que tu dis, Merry. Tu me mens depuis le début.

Elle a secoué la tête. Non, non. S'il te plaît.

Ils m'ont prêté un ordinateur portable. Je l'ai allumé et tourné vers Merry. J'ai lancé la vidéo. Elle voyait son visage à l'écran, son sourire qui n'en était pas un. Son étreinte qui n'en était pas une.

Regarde, ai-je dit.

Elle a enroulé les bras autour de sa taille et s'est mise à gémir. Pauvre malade. Je voulais la cogner, la gifler, la faire saigner. *Bam !* Sa tête viendrait frapper le coin de la table et son crâne s'ouvrirait en deux. Son cerveau s'échapperait d'elle en s'écoulant doucement par le nez. Elle aurait les yeux révulsés, blancs, vides et aveugles.

C'est ta femme. Pour le meilleur et pour le pire. La situation ne pourrait pas vraiment être pire. Le dégoût, une aigreur ressentie dans tout le corps. *Fais-le*, ai-je pensé, *qu'est-ce qui t'en empêche ? Tu n'as rien à perdre, tu as déjà tout perdu*. Je me suis penché en avant et elle a sursauté.

Je vais tout te dire, Sam. Tout !

Je me suis renfoncé dans ma chaise.

Elle a séché ses larmes. Elle était hideuse. Inhumaine.

J'ai attendu.

Tu as raison, Sam, a-t-elle dit.

Je suis coupable.

MERRY

Je l'ai fait, Sam.

Tu as raison. Je lui ai fait du mal. Je suis coupable de maltraitance. Je le pinçais, ou je le serrais trop fort. Je… Je le faisais pleurer. Je ne sais pas pourquoi. Je ne peux pas l'expliquer. Je ne comprends pas moi-même. Je me sentais, je ne sais pas… Tellement en colère. Prise au piège. J'avais l'impression d'étouffer. Comme si ce n'était plus ma vie.

Comme si ça ne l'avait jamais été.

Il me regardait, le visage déformé, prêt à mordre. Il y avait tant de haine dans ses yeux.

Je ne sais pas pourquoi je m'en prenais au bébé. J'avais juste… Il était là. Si pur et innocent, et moi, je me sentais tellement mal. Vide. Tu ne peux pas comprendre.

Tu m'as menti, Merry. Tu m'as menti sur tout. Tu jouais la comédie.

Non.

Si.

Je suis désolée, Sam. Je suis terriblement désolée.

Tu veux mon pardon ?

Non.

Tu voudrais que je te comprenne ?

Tu m'as menti toi aussi, Sam.

Tu te fous de moi ?

Si, tu m'as menti. Tu m'as dit qu'on déménageait en Suède pour changer de vie. Tu pensais que je ne découvrirais pas que tu avais été renvoyé. Que tu avais encore eu une aventure avec une étudiante.

La belle affaire ! Comme si ça changeait quelque chose.

Il a eu un rire glacial. Encore une aventure, a-t-il dit avec mépris. Tu veux vraiment qu'on parle de mes aventures ?

J'ai caché mon visage entre mes mains. C'est pas moi, Sam. Il faut que tu me croies.

Tu étais là, Merry. Il a été étouffé.

J'ai secoué la tête.

Non. Je suis coupable, mais d'autre chose. Je le laissais, tu vois ? Je l'emmenais dans les bois puis je le laissais là-bas pour aller courir. Je voulais simplement…

Mais merde, Merry, t'es pas croyable !

J'avais besoin de courir, Sam. J'avais besoin d'être seule. De bouger. De sentir que quelque chose existait juste pour moi. De me sentir vivante. Tu n'étais jamais là ; je restais toujours seule. Tu sais pourtant que je déteste me retrouver toute seule.

Tu l'aimais trop ! ai-je eu envie de crier. *Je n'avais plus de place.*

Sam m'a regardée comme on regarde une bête enragée. Avec horreur et dégoût. Qui aurait pu le lui reprocher ?

Tu le maltraitais. Tu l'abandonnais. Tu voulais qu'il meure.

Non, Sam, non. Je l'aimais. J'aimais notre fils.

Tout à coup, ses mains ont agrippé ma gorge, elles ont serré fort, j'avais le souffle coupé, le sang ne circulait plus. Je suffoquais.

Notre fils ! m'a-t-il hurlé au visage. Ne t'avise pas de prononcer ces mots devant moi, bordel.

SAM

Après m'avoir fait lâcher Merry et avant de me renvoyer à la maison, l'inspectrice Bergström m'a fait patienter sur une chaise en plastique gris dans la salle d'attente du commissariat. Sur ses ordres, quelqu'un était allé me chercher un gobelet d'eau à la fontaine.

Votre déposition indique que vous aviez un rendez-vous professionnel le jour du meurtre, a-t-elle commencé. Vous avez menti.

J'ai tiré sur la barbe hirsute qui commençait à me manger le visage. Je n'ai rien dit.

Où étiez-vous ? m'a demandé l'inspectrice Bergström.

J'ai terminé mon gobelet et je l'ai écrasé dans ma main.

Chez le médecin. Vous pouvez vérifier.

C'est ce que nous allons faire. Mais pourquoi nous avoir menti, monsieur Hurley ?

J'ai haussé les épaules. Je consultais pour un problème personnel, lui ai-je répondu.

À cause du secret médical, ils ne pourront rien révéler. Je n'arrive pas à savoir pourquoi c'est important, mais j'ai l'impression qu'il faut que Merry apprenne la vérité de ma bouche. Pour la blesser vraiment. La regarder droit dans les yeux et lui dire : La partie est terminée, tu es morte !

En sortant du commissariat, je me suis rendu directement chez Malin. J'ai appuyé sur sa sonnette jusqu'à ce qu'elle m'ouvre.

Sam, non, va-t'en.

S'il te plaît, ai-je supplié. J'avais besoin d'elle. J'avais besoin de sa présence, de sentir la chaleur d'une autre personne. De me raccrocher à quelque chose d'autre qu'à la douleur.

Elle m'a laissé entrer et elle a préparé deux espressos à la machine rouge de sa cuisine. Dans ma tasse, elle a mis deux morceaux de sucre.

Je lui ai tout raconté.

Je suis rentré chez nous, mais la maison me pesait, elle pompait toute mon énergie, m'empêchait de penser, de respirer. J'ai traversé le terrain pour aller frapper chez Karl.

Elsa a ouvert. Karl est de l'autre côté, a-t-elle dit. Il va chasser aujourd'hui.

Je l'ai rejoint dans la grange.

Je peux venir avec toi ? ai-je demandé.

Tu as bu ?

Non, ai-je menti.

Il a empaqueté le reste du matériel et nous sommes montés dans sa voiture. Nous avons roulé une heure ou deux vers l'ouest, en nous enfonçant dans les montagnes.

Merci, ai-je dit. C'est exactement ce dont j'avais besoin.

En Suède, on chasse d'une manière moralement acceptable ; les animaux sont tués d'une seule balle, leur mort est rapide. Ils ne souffrent pas. Toute la viande est mangée. Infliger un minimum de cruauté, j'imagine que c'est la meilleure façon de faire.

Nous avons passé presque toute la journée dans les bois : le bon air vif de la montagne, les arbres centenaires, le silence et le ciel infini au-dessus des pins. À croupetons, nous pistions deux élans femelles adultes. Les animaux broutaient lentement, avec méthode. De temps en temps, leurs corps se contractaient et leurs poils se hérissaient : ils sentaient notre odeur ou entendaient l'herbe crisser sous nos chaussures.

Karl m'avait prêté un fusil. Il ne quittait pas les élans des yeux. Il m'a fait signe : un animal était dans ma ligne de mire. J'ai contemplé la bête, l'épaisse masse noueuse de muscles et de peau, son regard fixe, son souffle visible dans le froid. Le silence rendait tout plus intense, le bruit des ailes des oiseaux en vol, le crépitement endiablé des coléoptères sur l'écorce.

Le coup de feu a retenti, la balle a atteint sa cible. On n'a plus entendu que l'écho de l'explosion entre les arbres. Puis la cavalcade, les cœurs affolés, le claquement des sabots ; les autres animaux fuyaient, couraient pour sauver leur vie. La vie. La vie puis la mort. Cela tient à si peu.

De près, l'animal était énorme. Encore vivant quelques minutes plus tôt, il gisait devant moi, les pattes arrière affaissées. Sa langue pendait, ses yeux me fixaient, accusateurs. Pourquoi moi ? semblaient-ils demander.

Il faut le ramener maintenant, a dit Karl.

Nous avons attaché les pattes avec de la ficelle et porté l'animal mort sur nos épaules, Karl devant et moi derrière. L'élan pesait son poids. J'ai dû m'arrêter et ajuster la position de son corps sur mon épaule.

Une belle mise à mort, a dit Karl.

Vraiment ?

Nous sommes rentrés à Sigtuna avec l'élan attaché sur le toit de la voiture grâce à la grosse corde apportée par Karl.

Ça t'a plu ?

Je n'en suis pas sûr, ai-je dit.

Il m'a demandé des nouvelles de Merry.

Je la déteste. Je la déteste tellement que je veux la tuer.

Il a grimacé, la bouche en cul de poule, et il a secoué la tête. Réprobation ou empathie.

Je ne plaisante pas, ai-je continué. Les femmes. Elles mentent tellement bien. On n'a aucune chance.

Il m'a regardé. Les hommes mentent aussi.

Peut-être.

Arrête. On l'a tous fait. Pas forcément mentir ouvertement, mais au moins ne pas dire toute la vérité. Des omissions. Des arrangements.

Toi ?! Le mâle dominant suédois par excellence !

Il a eu un rire glacial. Les apparences sont parfois trompeuses, Sam. Même ici.

Surtout ici, ai-je pensé.

Il faisait nuit noire quand nous sommes rentrés. Karl a garé la voiture devant le plus grand de ses deux hangars. Il a laissé ses phares allumés pour éclairer le chemin et il est allé bloquer la porte de la grange avec une bûche.

Maintenant, on va s'occuper de la découpe, a-t-il annoncé.

Nous avons descendu l'élan du toit et l'avons transporté dans la grange. Il a fallu faire pivoter la carcasse sur le côté pour qu'elle passe la porte. Il était complètement gelé. À cause du froid ou bien simplement parce qu'il était mort, que son organisme s'était lentement et soigneusement arrêté de fonctionner. Le cœur de battre, le sang de circuler ; tout ce qui sépare les vivants des morts.

Je n'ai pas pu m'empêcher de revoir Conor sur son lit, allongé sur le dos comme pour une banale petite sieste. Son cadavre raidi, son regard vide, son visage blanc et sans expression, figé à jamais par la mort. Comment pouvait-on assister à autant d'atrocités en un seul jour ?

Quelques mèches de cheveux dorés dérobées sur la brosse de Conor pour être glissées dans une pochette plastique. Un médecin de Stockholm qui proposait des tests de paternité et garantissait les résultats pour le jour même. Précisément ce jour-là. La confirmation qu'il n'était pas de moi.

Et puis d'un seul coup : il était mort. Plus d'enfant. J'étais en mesure de comprendre pourquoi Merry voulait qu'il disparaisse. Ce jour-là, j'avais moi aussi souhaité qu'il meure.

Dans sa grange, Karl entreposait des crochets de boucher, des scies, un immense congélateur, une table recouverte d'une bâche en plastique pour débiter l'animal.

C'est l'endroit rêvé pour un tueur en série, ai-je plaisanté.

Karl m'a lancé un sourire. Le secret, m'a-t-il confié, c'est d'enlever les entrailles en premier. Ça limite la quantité de sang. Et puis, c'est meilleur pour la viande.

Il s'est attelé à la tâche, a découpé, raclé, un chirurgien au travail. Une fois les boyaux retirés, il m'a tendu le couteau. Tiens.

J'ai hésité. Le couteau pesait dans ma main, plein de sang et de mort.

Commence par là, m'a indiqué Karl, puis suis cette direction. Il faisait des gestes pour me montrer.

J'ai plongé la lame dans le corps, éprouvé la résistance de la peau, le claquement du métal sur les os. J'ai découpé lentement, morceau par morceau, tranchant le gras, les tendons et les muscles, réduisant l'élan à un amas de lambeaux sanguinolents. Karl a utilisé une scie pour découper la cage thoracique, débitant la carcasse en steaks à griller au barbecue.

À la fin, la machine à emballer sous vide a servi à composer des lots de viande, assez pour tout l'hiver. Alors que nous nettoyions les dernières traces de sang, Freja s'est présentée à la porte pour voir ce qui se passait. Elle n'a pas sourcillé devant les entrailles et les os. Karl lui a dit quelque chose en suédois, elle a souri et acquiescé.

Elle veut un hamburger d'élan pour le dîner, m'a-t-il expliqué.

Il a rempli un sac et me l'a donné.

Si tu en veux plus, tu sais où frapper.

J'étais sale. Épuisé. J'avais un goût de sang dans la bouche. Je sentais l'abattoir.

Dans la cuisine, Frank buvait une tasse de thé à la lueur du four. Elle a sursauté en me voyant.

J'ai baissé les yeux. J'étais maculé de rouge.

Laisse-moi t'aider, a-t-elle proposé.

Elle a levé mes bras pour retirer mon T-shirt, ouvert le robinet de l'évier et pris le savon pour laver mes mains. Elle les a frottées sous l'eau, glissant les doigts autour des miens. Je sentais son odeur si particulière et ses cheveux longs qui m'effleuraient dans un mouvement de va-et-vient.

Elle portait une nuisette qui la couvrait à peine. Je pouvais tout voir à travers le satin. Encore plus quand elle se penchait en avant.

Toutes les mêmes. Toutes sans exception. On se tourne vers elles pour combler un manque, et on les quitte plus vides qu'on ne l'était au départ.

L'odeur de l'élan mort imprégnait toujours ma peau. Il y avait de l'électricité dans l'air, on se jetait des regards lourds de sens. Je me rappelais ces nuits sous les étoiles. Frank et son désir. Que voulait-elle ? Et moi, je voulais quoi ?

Je l'ai attirée contre moi, j'ai collé ma bouche contre la sienne. Ses yeux étaient deux trous noirs, insondables. Mes mains sur sa peau, la chaleur et la douceur. J'en voulais plus. Je voulais que tout redevienne comme avant.

Sans un mot, Frank s'est libérée de mon étreinte. Elle s'est essuyé la bouche du dos de la main et s'est lentement repliée dans l'obscurité de la maison.

MERRY

Lior de Tel-Aviv, la puéricultrice qui laisse son bébé sans surveillance dans son bain. Verity de Perth qui s'arrange pour que la porte du balcon reste toujours légèrement entrouverte.

Si ce n'est pas vous, qui est-ce alors ? a tenté l'inspectrice. Peut-être qu'elle ne voulait pas croire aux mères meurtrières, en fin de compte.

Je ne sais pas, ai-je dit. Je n'en sais rien.

Réfléchissez, m'a demandé l'inspectrice Bergström. Qui fréquentez-vous ?

J'ai secoué la tête. Les gens proches du bébé n'étaient qu'amour, câlins et bisous. Papa et tatie Frankie, les gentils voisins, Karl, Elsa et leur petite Freja. De la dévotion à l'état pur. Il n'y avait que moi qui ne tournais pas rond.

Je ne sais pas, ai-je répété.

Je ne vois personne d'autre que moi qui aurait pu vouloir qu'il meure.

L'inspectrice Bergström ne prenait pas de notes. Mais elle semblait écouter.

J'avais tout avoué à Sam. Enfin. Pas tout. Seulement ce que je devais lui dire. Je me répétais à présent pour l'inspectrice.

Je lui ai dit que je me sentais parfois seule, frustrée et isolée, comme si j'étais prisonnière à Sigtuna, comme si vivre ici était une forme de punition. Je lui ai dit que j'avais parfois des pensées suicidaires (il faut bien lâcher quelque chose à un moment pour être crédible) et que, de temps en temps, je m'imaginais quitter Sam et le bébé. Je lui ai dit qu'une ou deux fois, j'étais tellement frustrée que j'avais serré le bébé un peu trop fort pour essayer de le faire taire et que je m'étais sentie tellement mal après que j'en avais conclu qu'il serait mieux sans moi.

Je parlais et elle acquiesçait. C'était ce qu'elle voulait entendre. Je sais toujours ce que les gens veulent entendre.

Elle a fait allusion au forum. Ils avaient fouillé l'historique de mon portable.

Oui, ai-je avoué. Je me sentais si seule. Comme si j'étais défaillante.

Il y avait quelque chose comme de la compassion dans son regard.

Je lui ai raconté que je laissais le bébé tout seul dans la clairière pendant que je courais. C'est ce qui s'est passé le jour de sa mort, lui ai-je dit. Après mon jogging, je l'ai retrouvé froid, inerte, déjà mort. J'ai ajouté que je l'avais pris dans mes bras pour essayer de le réanimer, mais que ça n'avait servi à rien.

Ça a été le pire moment de ma vie, ai-je continué. Le pire de tous.

C'était en partie vrai.

Oui, c'était plus net à présent. Je me rappelais ; des événements distincts reprenaient leur place.

J'ai d'abord cru que c'était ma faute, ai-je raconté, qu'il avait été malade, fiévreux, qu'il avait attrapé froid. Je ne voulais pas que Sam sache que je l'avais laissé tout seul ; je ne voulais pas non plus que la police soit au courant.

Alors j'ai menti, ai-je dit. J'ai menti parce que je ne savais pas quoi faire d'autre.

Merry, vous êtes en train de me dire que quelqu'un d'autre a assassiné votre fils.

Oui.

Que ce n'est pas vous ?

Oui.

C'est la vérité, alors ? C'est comme ça que ça s'est passé. Vous avez menti. Mais vous n'avez pas commis de meurtre.

Peut-être.

Vous ne l'avez pas fait, a-t-elle répété.

Non.

Malgré toutes les preuves et tout ce dont nous avons parlé, vous refusez d'admettre que c'était vous.

Ce n'était pas moi, ai-je chuchoté. Non.

Elle a soupiré. Je veux vous croire, mais vous ne me facilitez pas la tâche. Vous avez déjà menti à la police. Vous avez menti à votre mari. Comment savoir si vous dites la vérité maintenant ?

Parce que je n'ai pas le choix. J'ai été une mère affreuse et négligente. Oui. Oui. J'en conviens. C'est mérité. Je brûlerai en enfer pour ça. Mais je n'ai pas tué mon fils.

Elle m'a regardée un bon moment, sans rien dire. J'avais l'air folle d'inquiétude. *Oui*, ai-je pensé, *mon interprétation est extraordinaire*. Mais n'était-ce pas le cas chaque fois ? Avec Christopher, j'avais peut-être un peu trop forcé le trait. Ça l'avait poussé à bout.

L'inspectrice Bergström a hoché la tête. Elle a quitté la pièce. Quand elle est revenue, elle avait une carte de Sigtuna.

Montrez-moi où vous couriez. Où est-ce que vous étiez ? Montrez-moi aussi l'endroit où vous l'avez retrouvé.

J'ai fixé la carte. C'est pas vraiment mon truc.

Essayez.

J'ai pris un stylo. Ici, en partant de la maison. Jusqu'à cet endroit, à peu près. Peut-être là. Il y a une cabane aux fenêtres condamnées.

L'heure. À quelle heure avez-vous quitté votre domicile ? À quelle heure avez-vous retrouvé Conor ?

Quoi d'autre ? Est-ce que quelqu'un vous a vue ? Vous avez parlé à quelqu'un ?

J'ai secoué la tête. Non, personne.

Elle a feuilleté son dossier.

Cela pourrait nous aider. On connaît l'heure du décès. Une petite fenêtre. Si on arrive à prouver que vous n'étiez pas auprès de lui à ce moment-là, on pourrait tenir quelque chose.

Réfléchissez. Quelque chose, n'importe quoi qui pourrait nous être utile.

Elle a claqué des doigts. Un appareil de mesure du rythme cardiaque, a-t-elle dit, ces petits capteurs qui enregistrent votre pouls pendant que vous courez.

J'ai secoué la tête.

Un téléphone ? Muni d'un traqueur ?

Je ne sais pas, ai-je dit. J'avais mon téléphone avec moi.

Bon. C'est bien. On va vérifier ça.

Merry, les chances sont minimes. Mais je suis disposée à tenter le coup. Vous comprenez ?

J'ai acquiescé. Elle était gentille avec moi. Indulgente. Elle avait tout gobé : la mère brisée, la cruauté qui suinte des femmes seules et désespérées. Ça ne semblait pas juste d'être comprise ou pardonnée. D'échapper à la sanction.

Qui ferait du mal à un enfant ?

Moi.

La réponse était : moi.

J'espère que, cette fois, vous ne mentez pas, a-t-elle dit. Vous m'entendez ? Parce que si c'est le cas, je vais vous tomber dessus à bras raccourcis. Et ce ne sera pas joli. Pas joli du tout.

FRANK

Je commence à me lasser de nos rendez-vous – Karl et moi dans sa grange froide et poussiéreuse. Il me besogne vigoureusement, un petit peu distrait ce soir ; le connaissant, il ne s'arrêtera pas avant d'avoir fini.

C'est fâcheux, mais à la longue ces rencontres nocturnes sont devenues une liaison à part entière. La première fois a servi à quelque chose, et maintenant, c'est simplement agaçant.

Je crie, oui, oui, pour que ça aille plus vite. Je lui colle un doigt là où il aime. J'écrase son visage entre mes seins et me mets dans une position moins inconfortable.

J'essaie d'imaginer Merry sous les verrous. Une criminelle. Inculpée par la justice. Comme la vie est curieuse, on peut vraiment se retrouver dans de drôles d'endroits. Sam l'autre soir, qui me pelotait avec ses mains couvertes de sang en me soufflant son haleine fétide dans le nez. Je n'avais pas remarqué son côté brut de décoffrage. Combien il peut être désagréablement rustre et vulgaire. Je suis habituée à des hommes d'un tout autre calibre.

À quoi est-ce que je pensais ? Franchement, parfois, je perds tout discernement. Bon, c'est vrai que j'ai eu mon lot de traumatismes et de coups durs, ces derniers mois. Certains soirs, lorsque je ne trouve pas le sommeil, je déambule dans la chambre de Conor, je renifle ses couvertures, passe la main sur son matelas. Je laisse le chagrin me serrer le cœur.

Je me souviens d'un soir où Sam est rentré tard. Je berçais Conor pour le rendormir, dans le vieux fauteuil de sa chambre. Tatie Frank, a chuchoté Sam, la fée marraine. L'idée m'a fait sourire à ce moment-là. Maintenant je ne pense plus qu'aux méchantes fées qui jettent des sorts et des malédictions. Celles qui plongent les enfants dans un sommeil de cent ans, ou qui les font carrément disparaître.

Karl m'attrape par le cou, tire, maintient la position. J'ai mal aux cuisses, mais je n'ose pas m'arrêter. Oui, oui, oui. Il finit par jouir, dans moi cette fois-ci.

Ça va, je prends la pilule, dis-je. C'est un mensonge.

Elsa vient de faire une fausse couche, a-t-il soupiré. Elle est désemparée.

Il faut que je me retienne pour ne pas lui coller une gifle.

Il remonte la braguette de son pantalon et me laisse sur le sol en ciment froid.

MERRY

Merry. Merry, vous m'entendez ?

J'avais très envie de fermer les yeux. De disparaître, molécule après molécule, sombrer dans le néant, lâcher prise et m'effacer.

À New York, j'y avais déjà pensé une fois ou deux. M'allonger tout simplement dans la rue ou sur une voie de métro, m'allonger et fermer les yeux en attendant que ça se passe. Capituler. Ni mourir ni me suicider. Simplement arrêter de me battre, mettre un terme à l'épuisante entreprise qu'est la vie.

J'ai levé les yeux et j'ai essayé de me concentrer.

Merry.

C'était l'inspectrice Bergström, très apprêtée comme toujours. Ses cheveux courts teints en blond platine intense. Étaient-ils déjà comme ça quand je suis arrivée ? Elle mâchait un chewing-gum. Odeur de menthe. Elle devait avoir mauvaise haleine. J'ai soufflé dans mes mains pour vérifier la mienne. Terrible.

Merry, a-t-elle dit. Nous abandonnons les poursuites à votre encontre.

Hein ?

Vous êtes libre de vous en aller.

Je ne comprends pas.

Nous avons trouvé un témoin. Quelqu'un qui confirme votre histoire.

Comment ? Il n'y avait personne… Je n'ai vu personne.

Et pourtant si, a-t-elle continué. Il y avait quelqu'un. Dans la cabane dont vous avez parlé. Nous avons retrouvé le propriétaire et nous sommes allés l'interroger. Il se trouve qu'il a un fils, un ado qui utilise la cabane pour y retrouver sa copine. Ils avaient rendez-vous le jour de la mort de Conor. Il avait de l'herbe avec lui, et de l'alcool volé dans le bar de son père – c'est pourquoi il ne s'est pas manifesté. Mais il a vu ce qui s'est passé. Du moins, assez pour vous faire sortir d'ici.

Est-ce que… Est-ce qu'il a vu qui a tué le bébé ? Il était là ?

Elle a secoué la tête. Non, malheureusement (ou peut-être heureusement pour lui), il n'a pas vu l'assassin.

D'après son témoignage, il était déjà dans la cabane quand vous êtes passée devant. Il vous a vue arriver avec la poussette et vous arrêter pour ramasser la peluche, comme vous l'avez indiqué. Il vous a vue crier, soulever le bébé, essayer de pratiquer le bouche-à-bouche. Il vous a vue pleurer, hystérique, en état de choc. Il aurait voulu vous aider, mais il avait trop peur que son père apprenne qu'il venait à la cabane.

L'inspectrice Bergström me regardait sans sourire, mais sans non plus avoir l'air renfrognée.

C'est une bonne nouvelle pour vous, a-t-elle annoncé.

Pour moi, c'était le contraire. Une injustice. Ça ne pouvait pas être autre chose.

Est-ce qu'il a vu quelqu'un d'autre dans les bois ? ai-je demandé.

Non. Il venait d'arriver, par un autre chemin, tout comme sa copine. Ils n'ont rien vu.

Elle a de nouveau étiré ses bras au-dessus de sa tête. J'ai entendu ses épaules craquer.

L'équipe a aussi inspecté votre téléphone. Ils ont pu retracer votre parcours grâce aux photos que vous avez prises ; les heures et les lieux correspondent à tout ce que vous m'avez dit. Étant donné l'heure estimée de la mort, on peut facilement conclure que vous n'étiez pas en mesure de commettre le crime.

Les photos, ai-je dit. J'avais oublié. La lumière et les couleurs du lac, les mystères envoûtants d'un monde chatoyant sous la surface. J'étais restée longtemps sur place, comme en transe.

Merry, a dit l'inspectrice Bergström. Je vous crois. Je pense que vous n'avez pas tué votre fils.

J'ai acquiescé. J'ai frissonné. Je suis libre de partir, ai-je répété.

Oui.

Mais ça ne règle rien, non ?

Pour vous, ça règle pas mal de choses. En ce qui concerne l'enquête, nous étudions d'autres scénarios possibles. L'équipe médico-légale inspecte toute la zone autour de la clairière et de la cabane. Ils trouveront. Des indices, des fibres par exemple. Ils mettront la main sur quelque chose. Et on saura si quelqu'un a tué votre fils.

Alors je rentre chez moi ?

Oui, vous êtes libre.

Chez moi. Sam. Sam allait déchaîner sa colère monstrueuse contre moi. L'épouse qui l'a dupé. L'épouse qui a maltraité son fils. Il serait dans son droit. Il prendrait sa revanche. Rien ne pourrait l'arrêter.

Vous allez certainement finir par trouver une solution avec votre mari, a dit l'inspectrice Bergström, comme si elle devinait mon hésitation. Ensemble, ou pas.

Elle a empilé ses dossiers et passé la bandoulière de son sac sur son épaule. Elle semblait pressée de partir, ou du moins pressée de se débarrasser de moi.

J'étais épuisée. Je me sentais minable et immonde, un machin collé sous une semelle.

Je suis un monstre, ai-je dit, n'est-ce pas ? Même si je ne l'ai pas tué.

Elle a ouvert la porte. Non, Merry. Je crois que vous êtes une femme comme beaucoup d'autres.

FRANK

Merry est revenue. Quand je me suis levée, je l'ai trouvée dans la cuisine en train de faire couler le café du matin comme si de rien n'était. Comme si les derniers jours n'avaient jamais existé.

Tu es là, ai-je dit.

Je n'étais pas sûre de savoir s'il fallait que je la prenne dans mes bras ou que je parte en courant.

Bonjour, Frank.

Qu'est-ce qui s'est passé ? Comment se fait-il que tu sois rentrée ?

Tu as l'air déçue, m'a-t-elle fait remarquer. Ses cheveux étaient mouillés ; de petites flaques d'eau se formaient au sol.

Bon sang, non, ai-je répliqué. C'est formidable. Ce que je voulais dire, c'est : qu'est-ce qui s'est passé pour qu'ils te laissent partir ? On ne nous a rien dit, alors on pensait qu'ils étaient encore en train de t'interroger pour savoir, eh bien… essayer de savoir ce qui s'est passé…

Je suis innocente, ai-je dit. Voilà ce qui s'est passé. Tu me crois, Frank ? Tu me crois si je te dis que ce n'était pas moi ?

Bien sûr, bien sûr. J'ai toujours été persuadée que tu n'aurais pas pu faire une chose pareille. Oh, Merry, quelle horreur, c'est inconcevable. Tout bonnement insensé. Le choc de la mort de Conor, et puis ça. Apprendre que c'était…

Je n'arrivais même pas à prononcer le mot. *Un meurtre. Une meurtrière.*

Elle a bu son café lentement, à petites gorgées. Elle s'est resservie. Elle avait l'air trop mince, trop pâle. Exténuée, bien entendu. Elle m'a semblé se perdre dans ses pensées pendant un instant, puis elle m'a regardée de nouveau. Elle a servi une tasse de café et me l'a tendue. En m'approchant, j'ai marché dans l'eau qui avait coulé de ses cheveux, le froid a pénétré mes chaussettes.

Il y avait un témoin. Un homme s'est manifesté. Il a vu ce qui s'est passé.

Un témoin ! Où ça ? Qu'est-ce qu'il a dit ? Qu'est-ce qu'il a vu ?

Mes pieds encore un peu plus mouillés. Le café. J'en avais renversé.

Merry m'observait. Attention, a-t-elle dit.

Je me brûlais les mains. J'ai posé la tasse.

Tu dois être épuisée, ai-je dit. Je me suis accroupie devant elle pour essuyer le carrelage.

Où est Sam ? a-t-elle demandé au-dessus de ma tête.

Certainement dans la remise. Il dort là-bas, maintenant. Il fait un froid de canard, mais je crois que c'est ce qu'il veut. Avoir froid. Dormir par terre.

J'ai levé les yeux, elle me considérait avec attention.

Tu es encore là, Frank, a-t-elle fini par déclarer.

MERRY

Dans la remise, Sam était pelotonné sous plusieurs couvertures, son oreiller coincé entre deux cartons. Il y avait une bouteille à côté de lui, un paquet de cigarettes. C'en était terminé de notre vie saine en Suède. C'en était terminé de tout.

Je me suis accroupie. Il sentait mauvais. La salive avait formé des croûtes sèches aux commissures de ses lèvres, son visage était couvert d'une pellicule de graisse. Il a ouvert un œil.

Qu'est-ce que tu fous là ?

Sam, ce n'était pas moi. Ils m'ont laissée partir.

Il s'est détourné. Il puait l'alcool, et la saleté de plusieurs jours.

Menteuse ! a-t-il craché. Putain de menteuse !

Non. Il y a un témoin. Ils ont la preuve que je suis innocente.

Menteuse, a-t-il répété.

J'ai quitté la remise et fermé la porte derrière moi. Je suis retournée dans la maison.

Dans la chambre du bébé, j'ai enfoui mon visage dans ses couvertures et j'ai respiré, j'ai humé les peluches qui portaient encore les traces de ses bisous baveux. Nounours et Biscuit, dans un triste état, les oreilles mâchonnées et la fourrure tout emmêlée. J'ai respiré son odeur ; j'ai sucé les coins des couvertures en coton pour retrouver son goût et l'ai imaginé dans mes bras.

J'ai ouvert le frigo. Les rangées de pots pour bébé se trouvaient encore sur la tablette du haut. Brocolis et carottes. Courgettes et poivrons rouges. Pommes de terre et petits pois, son préféré. J'ai senti le coup de poignard dans mes tripes. Il était mort. Parti à jamais. À cause de toi. Tu mérites ce qui t'arrive. Un jour, Merry, ça va finir par te retomber dessus, tous ces mensonges.

Qui a dit ça ? Je n'en ai aucun souvenir.

J'ai pris un sac-poubelle et jeté les petits pots, un par un, des déjeuners et des dîners qui ne seront jamais mangés. J'ai pensé aux jours où je l'avais laissé pleurer de faim. Les jours où j'avais arrêté de le nourrir après deux ou trois bouchées. J'ai vu son visage, sa petite bouille franche et confiante, le regard curieux qu'il portait sur le monde, sollicitant les sourires, n'attendant de moi rien d'autre que la chose la plus instinctive : l'amour maternel.

L'amour maternel. L'amour inconditionnel d'une mère. Où était-il ? Où était-il passé ? Je suis désolée ; je suis vraiment désolée, Conor. Pardonne-moi, mon fils. J'avais envie de vomir. J'avais envie de crier.

J'ai porté les ordures jusqu'aux bacs de recyclage, au bout du chemin.

Elsa refermait le couvercle d'un conteneur à ordures ménagères marron, son manteau d'hiver serrant étroitement sa frêle silhouette.

Bonjour, ai-je dit.

Elle a secoué la tête en me voyant, un oiseau nerveux et tremblant. Merry, je ne peux pas te parler.

J'ai acquiescé. Je me suis écartée pour la laisser passer.

Je suis retournée lentement vers la maison. Marcher, mettre un pied devant l'autre, représentait un gros effort. J'étais épuisée, éreintée ; la moindre particule de mon être aspirait à se rendre. Capituler devant la fatigue, le chagrin, le gouffre noir qui attendait de m'avaler dans ses profondeurs.

Tout a disparu. Tout ce que tu avais s'est envolé. Le vide, comme avant, mais en pire. Plus profond, plus sombre.

Je ne mérite pas de compassion. Ni aucune pitié.

De l'extérieur, j'ai jeté un coup d'œil dans la maison, pour voir si Sam était là. Frank faisait la vaisselle dans la cuisine, remuait quelque chose sur le feu. *Voilà à quoi je ressemblais il y a quelques semaines*, ai-je pensé. Oui, c'était tout moi. J'aimais la scène, la gentille vie de famille, le plaisir des occupations simples. Bien tenir sa maison. La rendre chaleureuse.

Qui aurait pu souhaiter la mort de votre fils, Merry ? Qui aurait pu en tirer profit ?

J'avais passé en revue la liste de toutes les personnes que je connais en Suède : à peine une poignée. L'inspectrice Bergström a noté leurs noms.

Mais ils l'aimaient tous. Tout le monde l'aimait.

Un pincement au cœur, un coup de poing au ventre.

Tout le monde l'aimait, sauf moi.

Frank, si maternelle et tendre. J'ai gardé en mémoire la photo, avec Sam et le bébé : un joyeux petit trio. Je me demande si c'est cette photo qu'elle a envoyée à Christopher.

À regarder les choses attentivement depuis l'extérieur, on n'a pas la même perspective, comme lorsqu'on tient des jumelles à l'envers.

Frank dans ma maison, encadrée par les vitres. Frank dans ma maison, ayant l'air terriblement chez elle. Comment se fait-il qu'elle me donne toujours l'impression de s'immiscer dans ma vie ?

Frank. Frank et sa façon de faire. Ses blessures qui se transforment en colère. Les petits copains qui l'ont rejetée, les hommes qui l'ont repoussée, les maris qui n'ont finalement pas quitté leur femme, malgré toutes leurs promesses. Les collègues qui ont été promus avant elle. J'avais vu quel carnage ça pouvait provoquer. Elle pouvait vraiment se montrer impitoyable. Des coups de fil aux épouses à l'heure du dîner, des sous-vêtements abandonnés pour que la petite copine les découvre, des enveloppes kraft contenant des photos compromettantes envoyées aux conseils d'administration. Elle parvenait toujours à ses fins.

Je n'ai pas le choix, m'avait-elle dit un jour. C'est le seul moyen d'avancer.

Voilà peut-être ce qui motive les gens qui ont manqué de tout en grandissant.

Mais un enfant ?

Mon enfant.

Je continuais de l'observer à travers la vitre. Splendide. Elle avait toujours été belle. Mais seulement en surface. Parce que, au fond, tout ça, c'est de la poudre aux yeux.

Je t'aime, Merry-Chérie.

Je t'aime, Frankie-d'Amour.

Nous sommes si douées pour faire semblant, n'est-ce pas ?

Tout ton monde est imbriqué dans celui d'une autre ; le câble qui vous relie, épais et torsadé, ne craint pas les orages. Moi, toi, nous, on. Deux vies, deux femmes, liées en un poing serré comme les racines d'arbres centenaires, si profondes et emmêlées qu'on ne peut les distinguer – impossible de se débarrasser de l'une sans tuer aussi l'autre. Un peu de toi, un peu de moi. Meilleures amies.

Les choses qu'on s'est volées l'une à l'autre au fil du temps, non pas pour les posséder mais seulement pour faire mal. Les mecs que j'ai réussi à retourner contre elle. Je n'étais pas très sympa. Mario, l'Italien, son grand amour à la fac. Il ne m'a pas fallu grand-chose pour mettre en scène ce petit drame. Il a simplement arrêté de répondre à ses appels. Avec Simon, pareil, alors qu'ils étaient à deux doigts de se marier. J'ai veillé à rapidement mettre un terme aux fiançailles. Je ne sais pas pourquoi. J'imagine qu'elle était simplement trop heureuse. Trop contente d'elle pour avoir besoin de moi. Et ça, ça ne m'a jamais semblé juste.

Fais attention, ai-je prévenu Simon. Elle a tendance à devenir excessivement possessive avec les gens qu'elle aime.

Frank m'avait confié qu'il supportait mal ce genre d'attitude. Je n'ai eu qu'à attiser le feu. Inventer des histoires : des tentatives de suicide après des séparations (simplement pour attirer l'attention, ai-je expliqué), une injonction d'éloignement, la lente exclusion des familles et des amis, afin de devenir le centre d'intérêt unique.

Comme ça, tu es au courant, ai-je dit, comme si j'étais une bonne amie.

Mais elle ne savait rien de ces actes de cruauté. Il faut croire que certains autres ne lui avaient pas échappé.

Vengeance.

Réparation.

Nos sempiternelles histoires.

Il est à moi.

Non, à moi.

Va-t'en, lui avais-je dit et je m'étais délectée de la voir se décomposer. Le frisson toujours très satisfaisant, le plaisir singulier de remuer le couteau dans la plaie. Trahie, rejetée. Tout ce que Frank ne peut pas supporter.

Mais ça. Un enfant.

Soudain, elle a levé les yeux et a porté la main à son cœur.

Elle m'avait vue. Et ça lui avait fait peur.

SAM

J'ai regardé Merry qui se tenait face à moi. Elle ne parlait pas. Elle ne bougeait pas. Elle attendait que je fasse ce que je voulais. Je le mérite. C'est ce qu'elle disait. Ce qu'elle aurait dit si elle avait pu parler. Vraiment, Sam, je veux que tu me punisses. Je veux que ça fasse mal.

Allez, vas-y. Ne te retiens pas. Fais-moi souffrir.

Je ressentais de la colère, une rage ardente et explosive qui me consumait, comme si on tisonnait du charbon dans mes tripes ; la chaleur montait dans mon ventre, ma poitrine, elle montait inexorablement jusque dans ma gorge et là, elle m'empêchait de respirer et m'obligeait à tout garder en moi.

Je tremblais. Mes poings, ces poings serrés, rouges et chauds, palpitaient, impatients de passer à l'acte, impatients d'expulser la haine, de cogner ma femme, de la frapper, de lui assener un coup puissant.

Oui, a dit la voix.

Fais-le.

Les poings. Les poings.

Vas-y, Sam. Fais-le. Pour toutes les peines que tu as endurées. Toutes les souffrances. Toutes les femmes qui t'ont fait du mal.

Tellement de femmes. Manipulatrices. Cruelles.

Menteuses.

Ce sont toutes de bonnes menteuses.

J'ai concentré toute ma force dans ma main et j'ai décoché le premier coup. Il s'est enfoncé en elle ; elle s'est effondrée.

Encore, a dit la voix. Ne te retiens pas cette fois. Vas-y franchement.

J'ai pris de l'élan, j'ai foncé sur elle, je l'ai frappée. Encore et encore ; j'avais mal aux articulations à force de cogner. J'entendais des cris terrifiés, désespérés et insistants, mais je les ai ignorés et j'ai continué.

Prends ça, et ça, sale pute, sale grosse pute.

Encore, Sam, encore.

Menteuse ! Salope ! Pauvre connasse. Femme immonde. Mère atroce, cruelle, tu ne mérites pas de vivre.

J'avais du sang sur les mains. Je me suis arrêté pour essuyer les larmes et les postillons sur mon visage. J'étais essoufflé, l'effort me faisait transpirer. Trembler. C'est moi qui avais crié.

J'ai regardé Merry, ce n'était plus ma femme. Juste une misérable masse informe, maculée de sang et recroquevillée sur elle-même.

Bien, a dit la voix. Tu as bien fait, Sam. Bien joué.

Je me suis essuyé les yeux. J'ai pris une grande respiration. J'ai essayé de me concentrer. Calmer mon rythme cardiaque.

Merci, ai-je dit. Je crois que j'en ai fini avec ça maintenant.

Dans la voiture, sur le chemin de la maison, j'ai repensé à ma conversation avec Karl. À propos des secrets qu'on garde. Mais c'était sa faute à elle. Tout était sa faute.

Tu es tellement en colère, m'avait dit Malin, et tu l'étais déjà avant tout ça.

À quoi bon essayer de comprendre ? Mettre toute l'histoire à plat.

Tu remontes au tout début. Tu creuses profond. Tu ressens la douleur. C'est bien, dit le psy.

Habite ta propre vérité. Domine ta douleur.

C'est de la merde.

J'ai déjà essayé quand tout est parti en vrille à New York. Quand Tess est montée sur ses grands chevaux et a insisté pour que je paye pour ce que j'avais fait… J'ai pensé qu'il fallait que ça change. Laissez-moi changer. Laissez-moi essayer. Rien ne change.

Rien ne change jamais.

C'est impossible car les femmes sont toutes les mêmes. C'est dans leur ADN.

FRANK

C'est vraiment moche ici en ce moment. Sam et Merry traînent leurs guêtres dans la maison, lui à moitié abruti par l'alcool, elle dans un état second.

Hier après-midi, il a pris la voiture et il est parti, nous laissant seules à la maison, Merry et moi. Elle n'a pas décroché un mot, a dormi pratiquement dix-huit heures d'affilée. À un moment, je suis allée voir dans sa chambre si elle allait bien. Elle était sous les couvertures, impossible de la réveiller.

Il y avait un truc qu'elle ne m'avait pas dit. Le témoin. Je n'arrivais pas à imaginer qui ça pouvait être.

Je me suis préparé à manger et j'ai regardé les vols disponibles. Il ne fait aucun doute que le moment de partir est venu. Maintenant que Merry a été innocentée, libérée. Honnêtement, j'ai hâte de m'en aller. De ne plus être témoin de toute cette tristesse, ni de la grande perversité de leur vie. Tout me semble différent à présent que le rideau est levé, que les masques sont tombés.

J'imagine que je vais aller en Italie, comme prévu. Mais, en fait, je pourrais choisir n'importe quelle destination.

J'ai des amis partout dans le monde, plein. Ils me disent toujours : Viens-nous voir. Vraiment, Frank. Alors je vais le faire.

Il y a Alain à Paris, Oren à Bruxelles, Nicolai dans son gratte-ciel hongkongais, tout nouvellement divorcé.

Oui, ce sera un nouveau chapitre, tout un nouveau monde de possibilités qui s'offre à moi. Je suis vraiment très excitée.

Prends une pelle et creuse ton trou. C'était une des maximes de ma mère. Pas moyen d'oublier ses origines campagnardes. Mais elle avait raison. Et je me suis toujours bien débrouillée avec une pelle. Je me suis créé des occasions, j'ai engagé ma vie sur le bon chemin.

Tu pourrais être ma fille, Frances, avait dit Gerald, mais j'avais posé l'index sur ses lèvres et secoué la tête. J'avais seize ans.

Moi aussi, j'en ai envie, avais-je chuchoté, une tentative de séduction. Je portais de nouveaux sous-vêtements, rouges et bon marché. Tout le monde savait que le père de Merry les aimait jeunes. Je l'avais embrassé et j'avais touché son entrejambe à travers son pantalon, comme j'avais vu des femmes le faire dans les films. J'avais frotté jusqu'à ce qu'il bande contre ma paume. Il m'avait mordillé les seins et poussée pour m'allonger sur le comptoir de la cuisine.

Après coup, avec une mine sinistre, il était resté planté devant moi, pâle, nu, avec l'air d'un gamin ; il tremblait. Qu'est-ce que j'ai fait ?

Je n'en parlerai pas à Maureen ni à Merry. Loin de moi cette idée, lui avais-je assuré.

Je voulais seulement entrer à l'université. Le lendemain matin, le premier d'une série de généreux versements était déposé sur mon compte.

Résolue. Oui, j'ai toujours été comme ça.

Mon téléphone a sonné. Elias, un vieux copain de l'école de commerce maintenant installé à Shanghai. Il a lu un livre sur l'honnêteté radicale il y a deux ans, et depuis il s'y tient.

Je ne t'aime plus, a-t-il dit à sa femme. Je te trouve repoussante. Elle a demandé le divorce et il s'est installé en Chine.

Qu'est-ce que tu fais dans le trou du cul du monde ? m'a-t-il demandé.

Je rends visite à une vieille amie.

Et alors, ça te plaît ?

Pour être honnête, c'est un peu ennuyeux. J'ai grimacé. C'était bien vrai. Et dire que tout ça m'avait fait envie !

J'ai passé le reste de la journée à me reposer et à lire. J'ai fait du yoga. J'ai fini un paquet de crackers au seigle avec du fromage à tartiner. La chambre d'amis m'a paru bien vide, froide et inhospitalière à présent.

Tu as aimé la Suède ? me demanderont les Londoniens et les New-Yorkais autour d'un dîner ou d'un brunch au champagne. Je m'y vois déjà, répondant d'un geste dédaigneux de la main et levant malicieusement les yeux au ciel.

Oh, vous savez comment c'est, pittoresque mais terriblement assommant. Nous rirons, soulagés de ne pas mener une vie morne et ennuyeuse.

Aux alentours de 19 heures, j'ai entendu la porte de devant s'ouvrir. C'était Sam qui rentrait. Je suis restée sans bouger, à écouter le bruit de ses chaussures. J'ai pensé qu'il irait droit à la remise, mais il a ouvert la porte de leur chambre.

Je me suis levée et suis allée dans l'entrée. Des voix. Je me suis discrètement approchée.

Je me suis déjà excusée, Sam. Je suis sur les rotules. Je n'en peux plus. Je ne peux pas être plus désolée.

Merry essayant un nouvel angle d'attaque.

Sam n'a rien dit.

Je ne l'ai pas fait, Sam. La police ne m'aurait pas laissée partir sinon. Alors, vas-y, déteste-moi. Fous-moi dehors, punis-moi ; fais ce que tu dois faire. Moi, tout ce que je veux, c'est trouver le responsable. Je pense que c'est ce que tu veux toi aussi.

Il a marmonné quelque chose en réponse, que je n'ai pas distingué.

Il y a eu un silence. Puis Merry s'est remise à parler.

Je pense que c'est Frank, a-t-elle dit. Je pense qu'elle a pu me suivre dans les bois. Je sais que ça paraît dingue, mais je crois bien que c'est elle.

Dans le noir, je suis restée figée, abasourdie. Je ne me sentais pas bien, j'avais la gorge serrée. Incroyable… Après tout ce que j'avais fait. Après tout le mal que je m'étais donné.

Très discrètement, je me suis éloignée et je suis sortie de la maison, en chaussettes. J'ai tiré la porte derrière moi et me suis assise dehors. J'ai fouiné dans le pot de fleurs où Sam cache toujours un paquet de cigarettes et j'ai soufflé des volutes de fumée blanche dans l'air froid de la nuit. Mes mains tremblaient, j'étais furieuse et choquée. Quelle injustice. Mais pourquoi étais-je surprise ?

Elle n'avait jamais hésité à me faire des crasses. Si seulement elle se rendait compte. Si seulement elle savait.

On est pareilles. On ne peut compter que sur nous-mêmes.

J'ai frissonné quand mon regard est tombé sur la porte d'entrée de Karl, éclairée par une applique rougeâtre. Une couronne de Noël était accrochée à la porte, certainement réalisée par Elsa et Freja ; la création artisanale d'un joyeux après-midi. Karl ne les mérite pas.

Elsa, avait-il dit. Une autre fausse couche.

Laissant entendre qu'il y en avait eu beaucoup d'autres avant.

Pauvre femme. C'est vraiment le genre de choses qui peut vous détruire. Cette sensation que, quoi que vous fassiez, la vie trouvera toujours le moyen de vous priver de ce que vous convoitez le plus.

J'ai levé les yeux vers le ciel. C'était une belle nuit. Fraîche mais claire. Les étoiles étaient lumineuses, la lune, un cercle de lumière parfait. La fin d'un cycle. Le moment idéal pour un grand changement, c'est ce qu'on dit, non ?

Je suis restée assise encore un moment, ombre solitaire dans la nuit. Une fille très loin de chez elle. Une fille qui n'a pas de chez-elle.

Pauvre Elsa, ai-je pensé encore une fois avant de retourner sans bruit dans la maison.

MERRY

La maison est glaciale. Les fenêtres restent ouvertes. Personne n'allume le chauffage. Il n'y a pas de bûches pour le feu. Le froid est vivifiant, une claque, une punition. Dans peu de temps, cela aura empiré, on aura du mal à respirer, à se déplacer. Chaque jour est plus froid et sombre que le précédent, la lumière baisse ; dans un mois environ, il n'y en aura plus du tout, à peine quelques heures de clarté pour rompre la noirceur du ciel.

J'ai pris mon premier café dehors, en contemplant le jardin. Il dépérit à cause de notre négligence. Les légumes meurent sur leur tige, des branches sont à terre, la pelouse est en friche, les mauvaises herbes s'immiscent un peu partout.

Tout tombe en déliquescence.

Les insectes et les petites taches blanches sur les feuilles grappillent du terrain. Les escargots, leur maison trempée, se cachent sous les feuilles. Les fruits et les légumes gisant au sol perdent espoir en la vie. La plupart ont déjà abandonné le combat contre le froid.

C'est le temps du déclin.

Pourtant les oiseaux partent vers le sud. Les animaux restants se préparent à passer des mois sous terre. Rien ne s'arrête : ni le temps ni les saisons, ni le développement ni le dépérissement. Il n'y a que nous qui, telle une horloge cassée, restons figés à l'heure fatidique de notre malheur.

J'ai senti combien mon corps était raide. Sur ma chaise, je me suis penchée en avant et j'ai étiré mes bras. J'ai perçu la résistance et les craquements dans les zones ankylosées. J'ai regardé vers la forêt. Le sentier familier. Je n'y étais pas retournée depuis ce jour. J'ai fini mon café et me suis glissée dans la maison pour enfiler ma tenue de jogging.

J'ai commencé par marcher en direction des bois, sans trop savoir pourquoi. Je marchais et je m'arrêtais. Je marchais et je m'arrêtais.

Je suis une femme libre, me suis-je dit, mais je ne ressentais que de la culpabilité.

Au départ du sentier, je me suis retournée vers les maisons.

Elsa et Karl sur la gauche. Sam et moi à droite. Deux maisons en bois, dans la ligne de mire. Deux positions stratégiques depuis lesquelles on peut observer tout ce qui se passe dans la réserve.

J'ai repris mon chemin. Je n'arrivais pas à m'empêcher de penser que c'était étrange d'être ici sans la poussette. Ni le bébé. Plus jamais avec le bébé.

Alors que je m'approchais de la clairière, tout m'est revenu. La terreur. La terrible prise de conscience qu'il était mort. L'idée que j'allais me faire prendre.

C'est arrivé, bien sûr. J'imagine que je l'avais bien cherché.

Mais ce n'est peut-être pas tout. Peut-être que ce n'est que le début.

Le ruban de police bleu et blanc qui boucle le périmètre avait été déchiré. Il en restait quelques lambeaux à l'entrée de la cabane. La porte n'était pas fermée. Je suis entrée. L'espace était minuscule, poussiéreux et pratiquement vide. Sur un banc en bois qui servait probablement de lit, de table et d'étagère, se trouvaient des conserves, ainsi qu'une assiette et un bol en émail. Pas vraiment un nid d'amour pour un couple d'adolescents.

Je suis allée à la fenêtre et j'ai regardé dehors. La clairière, les arbres. Le rocher sur le côté droit, le gros arbre à gauche ; parfait pour se cacher. Pour observer, attendre. Quelqu'un s'était trouvé là. Quelqu'un m'avait suivie. J'ai senti mon estomac se nouer. *Et tu l'as laissé tout seul.*

Les crimes comme celui-ci sont généralement commis par un proche, avait dit l'inspectrice Bergström. Un ami intime. Un membre de la famille. Quelqu'un qui voulait me piéger.

Pour me prendre ce qui m'appartenait.

Pour me punir.

Des amies. Des sœurs. Deux parties d'un seul grand ensemble.

J'ai observé l'endroit où le bébé a apparemment trouvé la mort. Étouffé. Sa propre couverture tenue contre sa bouche, jusqu'à ce qu'il ne puisse plus respirer. Bleu, c'est la couleur des petits poissons imprimés sur le tissu. La couleur de son visage quand je l'ai retrouvé.

Sa tête dans la couverture. Comme emmaillotée. C'est ce que les infirmières de la maternité vous apprennent à faire. Pour que l'enfant se sente en sécurité. Qu'il sache qu'il n'y a rien à craindre dans l'univers postnatal. Il n'y a que de l'amour. Rien que de l'amour.

Mais tu voulais qu'il meure. Tu souhaitais qu'il n'ait jamais existé.

Son visage qui regardait toujours le tien, menaçait toujours de révéler un autre secret. Il fallait arranger les choses.

Je sais, avait écrit Christopher. Non pas *J'ai besoin de toi*, comme toutes les fois précédentes. C'est pour ça qu'il voulait que Frank lui envoie une photo. Il a vu ce que je n'avais pas fait. Ce que je n'avais jamais voulu envisager.

Mais j'avais un plan. Je prévoyais de lui répondre, juste cette fois-ci. *Ce n'est pas le tien*. Et feindre d'en avoir la certitude, en lui laissant entendre que j'avais réalisé des tests, que la preuve était irréfutable.

Peut-être le menacer de l'humilier s'il essayait encore de me contacter.

Qui est Christopher ? avait demandé l'inspectrice. Nous avons retrouvé deux cents e-mails effacés sur votre ordinateur.

J'avais dégluti. Un vieil ami. Il ne va pas très bien. Il est instable.

Vous semblez l'obséder. Pourquoi ?

J'ai secoué la tête. Il ne va pas très bien.

C'était déjà le cas au moment de notre rencontre et je n'ai fait qu'aggraver les choses. Je lui ai fait croire que l'amour enivrant qu'il ressentait pour moi était réciproque. Je lui ai fait croire que moi aussi, je l'aimais.

C'est comme si on est les deux seules personnes sur la planète à vraiment savoir ce que ça signifie, avait-il déclaré.

Oui, m'étais-je réjouie, toi et moi et personne d'autre.

Il était ingénieur le jour, plongé dans les chiffres et les mesures ; la nuit, poète fou se languissant d'une muse. J'aimais sa façon de me regarder. Ses yeux me donnaient la sensation d'être vivante.

J'ai besoin de toi, disais-je. Je t'aime, lui promettais-je.

Ce n'était pas le cas. Peut-être que ça ne l'avait jamais été.

Ces aventures n'avaient toujours été qu'un baume pour apaiser quelque chose d'autre. Me donner le goût d'une vie moins étriquée. Me permettre d'être quelqu'un d'autre.

Et puis c'est devenu une malédiction.

Un bruissement a soudain interrompu le silence, le martèlement de chaussures contre le sol. Une femme a surgi des arbres, dos à la cabane. Elle portait une casquette qui lui recouvrait les cheveux. Elle s'est arrêtée, le souffle court, au milieu de la clairière. Exactement là où ça s'est passé. Elle a regardé en l'air, le ciel, le sommet invisible des pins, puis tout autour d'elle. Elle a mis ses mains en porte-voix et lancé un cri – fort, brusque et aigu.

Le son de la douleur, grave et obscure, avec une tonalité gutturale qui ne m'était pas inconnue.

Elle s'est mise à tourner. Elle tournait sur elle-même et son cri changeait à mesure, devenait un mugissement sourd. Soudain, elle a passé les bras autour de sa taille et elle a vomi par terre. Puis elle s'est effondrée, amas chiffonné, la tête sur les genoux.

Quand elle a levé la tête, je l'ai reconnue.

Elsa.

C'était Elsa.

SAM

Je garde Biscuit dans la remise avec moi. Biscuit et du whisky. Ils ne sont d'aucun secours.

Le brouillard dans ma tête s'assombrit, s'épaissit. Je sens que je suis en train de craquer. Tout s'effondre sur mon passage. Je n'arrive pas à me résoudre à regarder Merry, et pourtant il le faut. J'ai besoin de savoir qu'elle va payer pour ce qu'elle a fait. Je ne sais pas encore comment.

Il y a eu un crissement de pneus sur le gravier de l'allée. J'ai ouvert la porte et j'ai vu deux voitures de police se garer et deux agents sortir de chaque véhicule. L'inspectrice Bergström était parmi eux.

Qu'est-ce qui se passe encore ? ai-je pensé, mais elle ne s'est pas dirigée vers notre maison. Elle est allée sonner chez Karl.

Quelqu'un a ouvert et a laissé entrer l'inspectrice et un autre agent. Les deux autres policiers ont commencé à faire le tour de la propriété, à examiner le garage et les granges. Ils sont revenus avec un objet enveloppé dans du plastique.

La porte d'entrée s'est rouverte et Elsa est apparue, l'air paniqué, ses chaussons marron aux pieds. L'inspectrice Bergström l'a conduite jusqu'à une des voitures et ils sont partis.

Freja, debout sur le pas de la porte, observait. Je lui ai fait signe de la main, mais elle a détourné le regard et refermé derrière elle.

Un policier a traversé le terrain dans ma direction. Il a levé le sachet plastique devant moi.

Est-ce que ceci appartenait à votre fils ? a-t-il demandé.

C'était une des couvertures de Conor. La bleue. Elles étaient vendues par lot de deux, avec des motifs identiques mais aux couleurs inversées.

J'ai acquiescé. Pourquoi est-ce que… Où est-ce que vous avez trouvé ça ?

Merci, monsieur, a-t-il dit, et il est parti.

La voilà, la réalité. Tout le monde autour de moi devient une version déformée de lui-même. Mon enfant, mort. Ma femme, une sadique. Mes voisins… quoi ? Des tueurs de bébés.

On dit que les êtres humains ne perçoivent qu'une infime partie de leur environnement, que notre vue et notre ouïe sont bien inférieures à celles de la plupart des autres espèces : les abeilles avec leur vision infrarouge, les dauphins et les chauves-souris avec leur sonar, les chevaux et les chiens avec leur odorat si développé qu'ils détectent les émotions. La peur, la joie, ils peuvent tout ressentir.

Mais nous, nous ne percevons pas la moitié de ce qui se passe, de grosses bribes d'informations nous échappent, des choses qui se déroulent juste sous nos yeux. On se laisse facilement berner. Avec nos œillères.

Je suis rentré à la maison. Ça sentait les ordures en putréfaction. J'ai entendu que quelqu'un se douchait. Merry, ou peut-être Frank. Je suis ressorti pour aller dans le studio, j'ai examiné mon nouveau matériel. L'outillage indispensable. J'ai songé à des jours meilleurs.

Professeur des universités. Reconnu pour mon travail. Admiré, même.

Ça aussi, on me l'a pris. Trahi, encore une fois. Par une autre salope.

Un coup à la porte. Merry.

Qu'est-ce que tu veux ?

Sam. L'inspectrice Bergström a appelé. Ils ont arrêté Elsa et ils l'interrogent.

Je sais. Je les ai vus l'emmener.

Elle a secoué la tête. Apparemment, ils ont des raisons de croire qu'elle est instable. De nouveaux éléments ont été portés à leur attention. C'est ce que l'inspectrice a dit. Elsa pourrait avoir eu une sorte de crise de nerfs. Elle était enceinte et elle a fait une fausse couche un jour ou deux avant que Conor…

Elle s'est arrêtée.

Mon Dieu, ai-je dit. Elsa.

Ça dépasse l'entendement.

Elle croit que ça m'intéresse. Elle pense que ça change quelque chose. Mais que puis-je éprouver envers un enfant mort qui n'est pas le mien ?

Je l'ai vue, a-t-elle repris. Dans la clairière. À l'endroit où il… juste là où ça s'est passé. Elle pleurait. Elle était hystérique, complètement… Comment dire… dérangée. Comme si elle était coupable. Honteuse.

Je me suis frotté les yeux. Cette femme ne ferait pas de mal à une mouche.

Merry serrait fermement ses bras contre elle. Je sais. C'est ce que je pense moi aussi. Mais il y avait une des couvertures de Conor dans leur grange. Sa couverture bleue. Ils vont l'analyser pour voir s'ils retrouvent des indices qui pourraient la relier au…

Sa voix s'est éteinte. Elle a secoué la tête. Bref, je voulais juste te mettre au courant. Pour que tu saches ce qui se passe.

Je l'ai regardée, dans l'embrasure de la porte du studio. L'ombre d'une femme. L'ombre d'une épouse. Rien qu'une coquille vide. Elle semble usée et délavée comme un vieux T-shirt. Fatiguée, sale. Trop maigre. Les os qui pointent sous les vêtements, les yeux creusés comme ceux de mes masques africains ; rien à y voir si ce n'est du vide. Et puis, elle dégage une nouvelle odeur, humide et sucrée, comme un fruit trop mûr. À moitié femme, à moitié je ne sais quoi.

Je porte toujours mon alliance.

Amène-moi là-bas, ai-je dit tout à coup. Là où ça s'est passé. Je veux que tu m'y conduises. Je veux voir.

Elle a hésité un moment, puis elle a acquiescé d'un signe de tête.

FRANK

Par la fenêtre, je les ai regardés s'éloigner en direction des bois. Je me suis demandé s'ils allaient revenir tous les deux. Enfin, peut-être que les soupçons qui pèsent sur Elsa apaiseront un peu la colère de Sam envers Merry.

À vrai dire, ils sont tous les deux effrayants. Instables et hallucinés, comme des joueurs à une table de roulette.

Ils me font penser à mon père quand il traversait une longue période de malchance. Un homme qui n'a rien n'a plus rien à perdre. Je l'ai surpris un jour dans la salle de bains de l'appartement de ma grand-mère, le pantalon baissé, enfilant ce qui ressemblait à une couche géante. Des serviettes pour fuites urinaires. Il m'a fallu des années pour comprendre. Il était résolu à ne pas quitter sa machine à sous avant d'avoir obtenu ce pour quoi il était venu.

Un après-midi, alors que j'avais cinq ou six ans, il m'a emmenée au casino. Ma mère était partie en Arkansas pour aider ma grand-mère à vider sa ferme, qu'elle avait vendue à des promoteurs.

Mon père avait promis de me conduire à l'aquarium pour voir les manchots. Au lieu de quoi, nous avons roulé jusqu'au casino, nous nous sommes garés sur le parking terne en ciment gris et nous sommes entrés dans le bâtiment. Il y avait une aire de jeux pour les enfants près de l'entrée.

Attends-moi ici. Tu vas bien t'amuser, Frances.

On pouvait y trouver des jouets, des poupées démembrées et un seau plein de blocs de construction ; un écran de télé diffusait la chaîne des dessins animés, et il y avait une petite table en plastique recouverte de crayons de couleur et de grandes feuilles de papier vierges.

J'en ai pas pour longtemps, a dit mon père, puis de nouveau : Tu vas bien t'amuser.

Les quelques autres enfants étaient plus jeunes que moi. Un bébé dormait dans une poussette, avec un livre en plastique dans la main.

Dans un coin, il y avait une fille en fauteuil roulant. On aurait pu lui donner aussi bien huit que dix-huit ans, avec son petit corps maladroit et ses membres tordus qui partaient dans les mauvaises directions. Sa tête restait tournée sur le côté, sa bouche grande ouverte. Ses dents semblaient très grosses. L'employée qui surveillait les enfants avait essayé de la faire boire à la paille, mais le liquide coulait toujours sur son menton. Son chemisier était barbouillé de rouge, comme du sang.

J'ai pris un crayon et j'ai dessiné un oiseau.

C'est bien, mon trésor, a dit l'employée. Plus tard, elle m'a donné une pomme coupée en quartiers et un sachet de mini-crackers au cheddar.

Ils oublient toujours d'apporter le déjeuner, pas vrai ?

Il faisait nuit quand on est partis. Je m'étais endormie par terre. Mon père s'est agenouillé pour me réveiller. Il n'avait plus sa montre ni son alliance.

On y va ? ai-je demandé.

Oui.

Je ne reviendrai jamais ici, ai-je déclaré avec colère.

Moi non plus, a-t-il affirmé, mais déjà à l'époque je savais que c'était un mensonge.

J'ai vu ce matin par la fenêtre de la chambre d'amis qu'ils embarquaient Elsa.

Les gens désespérés font des choses désespérées.

Et ce n'est pas difficile à croire. Le désespoir : le sentiment que le monde entier conspire contre vous, que vous êtes seul à souffrir et misérable, soumis à une sanction injuste. Vous n'avez plus les idées claires. Tout s'embrouille. Il n'y a plus que la douleur qui vous consume.

Oh, je connais très bien cela. L'envie d'avoir quelque chose d'inaccessible.

Ma mère a essayé de m'en débarrasser. Nous avons plus que beaucoup de gens, ma chérie. Un toit sur notre tête, à manger à tous les repas.

Elle était assez étriquée, ma mère. Ses aspirations restaient si modestes. Je pense que l'idée qu'elle pouvait espérer mieux ne lui a jamais traversé l'esprit. Je la méprisais pour ça. Je détestais sa simplicité, sa façon d'accepter son sort, aveuglément.

Comment ne pas désirer davantage, avec tout ça sous le nez. Tout ce qu'avaient les autres enfants. Tout ce dont je devais me passer.

C'est grâce à Maureen que je suis entrée dans l'école privée de Merry. Ma mère a pleuré de gratitude, comme si Maureen avait fait ça pour elle. Il s'agissait en réalité de faire coïncider l'emploi du temps de Merry avec le mien et, ainsi, ma mère pouvait s'occuper de tout. Être une mère pour nous deux.

Il me semble que nous avons toujours été sœurs. Des parties interchangeables. Tu saignes, je saigne. Tu aimes ça, moi aussi. Tu as besoin de ça, je dois te le donner.

C'est de l'amour. C'est comme ça entre nous.

Seule dans la maison, je mesure l'immensité de mon désœuvrement. Les arbres, les murs, le ciel terne et humide. Il y a de quoi devenir folle ici, en quarantaine.

C'est peut-être ce qui est arrivé à Elsa. C'est peut-être ce qui arrive à toutes les femmes par ici.

SAM

Karl est venu tambouriner à la porte.

Sam ! Sam ! Ils ont emmené Elsa hier. Pourquoi ? Qu'est-ce que tu leur as dit pour qu'ils pensent qu'elle est impliquée dans la mort de Conor ?

Bon sang, Karl, ai-je répondu, je n'en sais rien. Je ne vois vraiment pas. Je ne leur ai rien dit.

Frank est entrée, et soudain Karl s'est jeté sur elle et l'a agrippée à la gorge. De l'autre main, il immobilisait ses poignets. Elle était ligotée, comme un animal.

Salope ! a-t-il crié. C'était toi, pas vrai ?

Il lui a craché au visage. Elle se tortillait, protestait. Je n'ai pas bougé d'un pouce pour l'aider. Je me suis contenté de regarder.

Tu es une femme dangereuse, hein ? Une menteuse, une fouteuse de merde.

C'est quoi, ton problème, Karl ? a-t-elle répliqué.

Tu étais la seule à savoir pour sa fausse couche. Personne d'autre n'était au courant.

Il a relâché son emprise puis l'a repoussée violemment avant de sortir de la maison en trombe.

Frank se tenait les poignets, frottait les marques rouges qu'il lui avait laissées.

Qu'est-ce que tu as fait ? Qu'est-ce qu'il raconte ?

Elle a secoué la tête. Elle ne pouvait pas parler. Pas étonnant. Karl est un géant. Une minute de plus et il aurait pu l'achever.

Et tout à coup, j'ai compris.

Tu te le tapais, c'est ça ?

Elle a pris son manteau sur la patère. Vous êtes affreux, a-t-elle dit. Tu le sais ? Affreux.

Elle a ouvert la porte et l'a claquée derrière elle. Du coin de l'œil, j'ai aperçu Merry qui s'avançait silencieusement dans l'ombre. Ces deux-là, alors. Une vraie bande de sauvages.

C'est un sacré numéro, ta copine, ai-je dit.

Merry a acquiescé. Oui. Je sais bien.

FRANK

Portée par la rage, j'ai marché jusqu'à Sigtuna. Une heure sous la pluie, une autre misérable journée dans la grisaille suédoise, coincée au beau milieu de nulle part, coupée de la vie, de l'effervescence du monde réel. Passer de la gestion de portefeuilles d'actions de millionnaires à ça ! Faire bouillir des légumes et s'occuper du ménage.

Ce trou perdu, les insipides Suédois et cette existence monotone au milieu des bois. Les arbres et le ciel, du vert et du bleu. Chaque jour semblable au précédent. C'est une bonne chose que je m'en aille. Très, très loin d'ici.

Au village, j'ai trouvé un petit café au bout de la triste succession de boutiques et de restaurants, cinq en tout et pour tout. Je me suis installée et j'ai cherché un vol sur mon téléphone. Réservé un aller simple pour dimanche. J'ai choisi l'Indonésie. Une semaine de retraite de yoga à Bali, puis direction Hong Kong. J'irai voir Nicolai. Je lui ai envoyé un e-mail et il m'a répondu presque immédiatement, débordant d'idées d'excursions à la journée et de week-ends coquins.

Frank, je te précise quand même que je vais continuer à voir d'autres femmes.

Bien sûr, ai-je pensé, *mais bien sûr.*

J'ai fait une réponse enjouée et spirituelle. À l'intérieur, j'ai senti un serrement, cette partie qui se contracte et durcit à chaque humiliation. Karl-le-Cruel, Sam-le-Couard, tous les deux aux abois, leurs tentatives désespérées de repousser l'ennui et la mort. Le mariage. Quelle arnaque. Et pourtant ils font comme s'ils avaient gagné le gros lot. Comme s'il y avait quelque chose qui clochait chez vous sous prétexte que personne n'a encore demandé votre main.

J'ai commandé un café et un *kanelbulle*. Ce sont peut-être les seules choses qui me manqueront.

Va-t'en, s'il te plaît. Va-t'en.

Des mots familiers.

Les mots de Thomas, il y a quelques mois. Ceux de Simon avant. C'est toujours aussi blessant. Un coup dans les tripes, un truc qui reste en travers de la gorge. Tout ce qu'on ne peut pas dire.

Tu n'es pas à ta place ici, Frank.

Non, je ne suis jamais à ma place, n'est-ce pas ?

Peut-être qu'ils se méritent les uns les autres. Tous autant qu'ils sont, sur cette île lugubre qu'ils voient comme un genre de paradis. Je les méprise. Ils me font pitié.

J'ai pensé à Elsa, toute seule dans sa cellule. Si fragile, une femme de verre. Pourtant, sous la surface, il y a ce qu'on ne voit jamais. La colère, un feu qui brûle lentement, invisible mais présent depuis toujours. Il flambait peut-être déjà quand on vous répétait de ne pas vous asseoir les jambes écartées, quand pour la première fois un garçon a tiré sur votre queue-de-cheval ou qu'un homme vous a pelotée sans permission, ou quand votre premier copain vous a listé toutes les raisons pour lesquelles vous ne serez jamais une vraie femme. Il est là, mais on essaie de l'ignorer, on tente de l'apaiser, chut, chut, souris et sois gentille. Mais il ne disparaît pas. Et parfois, la coupe déborde.

J'ai demandé l'addition. La jeune serveuse avait un visage resplendissant. Je l'ai payée et elle m'a vivement remerciée pour mon généreux pourboire.

L'éclat de sa jeunesse me donnait très envie de la gifler.

MERRY

Frank se débrouille toujours pour obtenir ce qu'elle veut. Pour le prendre. Elle trouve toujours un moyen d'arriver à ses fins.

Je le vois à présent, c'est très clair.

Elle voulait tout.

L'inspectrice Bergström a téléphoné.

Malheureusement, on n'a pas beaucoup avancé avec Elsa durant les dernières vingt-quatre heures, a-t-elle dit. Elle a soupiré. Elle est très fragile, au bord de la crise de nerfs, ou en pleine dépression. Elle a essayé d'avoir un enfant, elle a fait une fausse couche, et aussi… Eh bien, elle était vraiment très préoccupée par votre comportement.

Oui, ai-je répondu. Je n'en doute pas une seconde.

Elle est très fragile, a répété l'inspectrice. Mais elle n'a pas les tripes pour commettre un meurtre. Nous n'avons retrouvé aucune trace de son ADN sur la scène du crime. Son médecin lui ayant ordonné de se reposer après sa fausse couche, il est peu probable qu'elle ait pu emprunter ce sentier. Elle devait être trop faible à ce moment-là.

Mais… la clairière. Elle était là, comme je vous l'ai dit.

L'inspectrice Bergström semblait fatiguée. Non, elle connaît bien le coin ; elle a vécu ici toute sa vie.

Et la couverture dans sa grange, alors ?

Rien ne relie la couverture à Elsa. De plus, elle est très allergique à la poussière… elle ne va jamais dans la grange. Selon toute probabilité, quelqu'un d'autre l'a déposée là. Pour qu'on la trouve. Pour brouiller les pistes.

Je vois, ai-je dit. L'idée que ce soit elle me semblait invraisemblable, de toute façon.

L'inspectrice a de nouveau soupiré. Je suis désolée, Merry. Nous explorons toutes les possibilités.

Je sais.

Il y a eu un silence, puis :

Pouvez-vous imaginer une raison qui aurait poussé votre amie Frank à souhaiter la mort de votre fils ?

Je n'ai pas hésité. Oui, j'en vois même plusieurs.

MERRY

Elle est rentrée tard, tremblante de froid, rougeaude et trempée par le crachin qui n'avait pas cessé. Je ne lui ai pas demandé où elle était allée. Je me suis contentée de lui servir un verre de vin.

Tiens, on dirait que tu en as besoin.

Elle a fondu en larmes. Oh, Merry, c'est vraiment affreux. Tout le monde est tellement triste. Tellement en colère. Nous sommes tous si cruels les uns envers les autres.

Je l'ai regardée. J'ai bu une gorgée de vin.

Oui, ai-je confirmé. Nous apparaissons tous sous notre plus mauvais jour. Chacun d'entre nous. Nous avons tous fait des choses terribles, tu ne crois pas ? Des choses terribles et scandaleuses.

Elle ne me regardait pas. Elle a porté son verre à ses lèvres. Elle a essuyé ses larmes.

Tu as eu des nouvelles d'Elsa ? m'a-t-elle demandé.

Non, ai-je menti. Ils l'interrogent toujours.

Ils pensent vraiment que ça peut être elle ?

Eh bien, ils ont trouvé une des couvertures du bébé dans la grange de Karl.

Mon Dieu !

Oui. Je nous ai resservi du vin. C'est difficile à croire, hein ?

Elle a frémi.

Tu l'imagines en train de me suivre dans les bois, de se cacher, d'attendre le moment propice pour passer à l'action ?

Elle secouait la tête. Est-ce que c'est vraiment ça qu'elle voulait ? Je veux dire, le tuer ? a-t-elle demandé.

À toi de me le dire.

Quoi ?

À toi de me le dire, Frank, ai-je répété. J'étais si près d'elle que j'aurais pu lui mordre le nez. Je l'avais plaquée contre le comptoir, mais elle n'essayait pas de se dégager.

C'est toi qui l'as fait, hein ? ai-je craché.

Merry, s'il te plaît.

Avoue. J'ai attrapé une poignée de ses cheveux et tiré sa tête en arrière. C'était toi. C'était toi.

Un feu dans mon ventre et un calme mortel à l'extérieur. J'ai respiré son odeur et sa peur.

C'est ce que tu veux croire. Tu veux pouvoir me le reprocher, a-t-elle murmuré.

Comme elle commençait à se débattre, j'ai enfoncé un genou entre ses jambes pour l'immobiliser. En plein dans sa chatte.

Je n'y ai pas cru, au début, ai-je dit. Je n'ai pas cru que tu pouvais aller aussi loin. Faire quelque chose d'aussi horrible.

Merry, tu as toujours été douée pour faire de moi la méchante. Tout est toujours ma faute, hein ?

J'ai pris sa tête et je l'ai cognée contre le placard, j'ai entendu le choc de son crâne sur le bois.

Tu vas la fermer ! ai-je ordonné.

Elle m'a souri. Merry, la femme exemplaire à la vie parfaite. Tu es bidon. Tu as toujours été complètement bidon. C'est à cause de toi s'il est mort.

J'ai de nouveau empoigné sa tête mais elle a pivoté à la dernière seconde et c'est sa joue qui a heurté le bois. Le sang a rempli sa bouche.

Tu es jalouse. Tu as toujours été jalouse, malade à en crever parce que ta vie pathétique n'a jamais été à la hauteur. Pauvre petite Frank. Tellement jalouse qu'il a fallu que tu assassines un bébé.

Elle s'est débattue, tordue dans tous les sens ; elle était forte, mais pas autant que moi. Aussi féroce qu'un chat sauvage. La rage, la haine et le regret, le désespoir du regret. J'ai enfoncé mon genou encore plus loin, plus profondément. Je voulais lui faire mal. Je voulais qu'elle saigne. Encore plus.

Tu ne l'aimais même pas ! a-t-elle crié. Tu voulais qu'il disparaisse. Tu lui faisais mal… tu le…

Elle a réussi à me repousser et m'a lacéré le visage avec ses ongles. Quel spectacle on devait offrir, nous deux en train de nous griffer, de nous mordre et de nous frapper au beau milieu de la nuit. Réduites à nos instincts les plus primaires. Deux bêtes sauvages affolées qui s'entredéchirent.

Gagner pour survivre. Voilà à quoi ça se résumait.

J'ai trébuché et je suis tombée par terre. Elle m'a chevauchée, son visage tout près du mien, son sang qui perlait comme des larmes.

Je l'aimais ! a-t-elle crié. Je l'aimais.

Mais toi, tu ne mérites pas d'être aimée. Et tu ne méritais pas d'être mère.

Elle s'est penchée encore et elle m'a mordu la lèvre. Puis elle s'est redressée pour s'essuyer du revers de la main. Le sang barrait son visage comme des marques tribales.

Je connais tes secrets, a-t-elle éructé. Tous tes secrets, Merry.

Une montée de haine, une poussée d'adrénaline. J'ai libéré ma main droite et tiré d'un coup sec sur le col de son chemisier, puis j'ai serré.

Son visage est devenu rouge, violet, ses yeux se sont révulsés. J'ai continué. Elle s'est débattue et j'ai tiré plus fort. Elle se tortillait, s'étouffait, la bouche ouverte en quête d'un air qui ne lui arrivait plus. Je regardais.

Merry, a dit une voix.

J'ai levé les yeux pour voir d'où elle venait. Sam, debout dans le noir. L'homme dans l'ombre, qui profitait du spectacle.

Je me suis retournée vers Frank et j'ai été soudain choquée par la scène. Ma main s'est ouverte, et Frank est partie se cogner contre le mur. En s'écroulant, elle a fait tomber un des masques de son crochet. Il a percuté le sol. Le vieux bois s'est fendu en plein milieu, et le visage s'est brisé en deux morceaux noirâtres.

Sam s'est servi un autre verre de whisky, puis il a quitté la pièce.

FRANK

L'inspectrice Bergström est une personne pleine d'empathie. Elle a dû suivre un bon nombre de séminaires de psychologie. Peut-être même quelques-uns du type « new age ». La méthode Grinberg ou l'expérience somatique. Quelque chose qui aurait trait au corps.

Elle scrutait mes mains, ma gorge pendant que je parlais, pour repérer une gêne ou un tressaillement, détecter des signes de stress. Ou de culpabilité. Elle porte un tout petit tatouage sur le bras, au creux du coude. On dirait une plume.

Dites-moi, Frances, où étiez-vous le jour de la mort de Conor ?

C'est Frank, ai-je répondu.

Bien. Je suis désolée. Frank.

J'étais chez Merry.

Toute la journée ?

Toute la journée.

Vous n'êtes pas sortie vous promener ?

Non.

Vous saviez où elle allait ?

Oui.

Et qu'elle avait l'habitude de laisser le bébé dans la clairière ?

Je savais qu'elle était sortie faire un tour. Je savais qu'elle randonnait tous les jours. Avec le bébé.

L'aviez-vous déjà accompagnée ?

Non, elle refusait la compagnie. Je comprends pourquoi maintenant. C'est limpide.

Vous saviez quel chemin elle empruntait ?

Non.

Vous en êtes sûre ?

Oui.

Vous ne l'avez jamais suivie ?

Pourquoi est-ce que j'aurais fait ça ?

On a retrouvé votre ADN sur l'enfant. Sur la couverture avec laquelle il a été étouffé.

Évidemment, ai-je répondu calmement. Je m'occupais souvent de lui. Vous devez savoir que Merry n'était pas une très bonne mère.

Vous étiez avec lui plus tôt ce matin-là ? Vous l'avez pris dans vos bras ?

Oui.

Combien de temps ?

Je vous demande pardon ?

Combien de temps êtes-vous restée avec lui ? Combien de temps l'avez-vous tenu dans vos bras ?

J'ai haussé les épaules. Je me suis réveillée tôt et je suis allée le chercher tout de suite. J'ai joué avec lui, je lui ai donné son petit déjeuner. Comme d'habitude.

Elle a noté tout cela et dessiné un astérisque en haut de la page.

On m'a dit qu'Elsa avait été écartée de la liste des suspects. Nous nous sommes croisées devant le commissariat. Je l'ai saluée en souriant. Il ne faut pas oublier les bonnes manières, quelles que soient les circonstances.

Parlez-moi de votre relation avec Merry, a demandé l'inspectrice Bergström. Vous êtes amies de longue date. Depuis que vous êtes petites filles.

C'est exact.

Ce sont des relations qui peuvent s'avérer difficiles. Beaucoup de jalousie, beaucoup de vexations. Beaucoup de secrets.

Eh bien, présenté comme ça, on ne dirait plus vraiment de l'amitié.

Elle a examiné mon visage. Vous avez une sacrée entaille, là.

J'ai touché ma joue. Je n'avais même pas essayé de maquiller le sang séché et les bleus avant que la police vienne me chercher à la maison ce matin.

On dirait bien que vous vous êtes battue. Méchamment.

Je n'ai rien dit.

Vous voulez me raconter ? Qu'est-ce qui se passe dans cette maison ? Ça semble suffisamment moche pour justifier un dépôt de plainte.

Ce n'est pas dans mes intentions. C'était ma faute.

Je vois. Vous vous êtes cognée dans une porte ou une armoire ?

J'ai soutenu son regard. Une porte, ai-je dit.

Revenons à cette amitié. Merry et vous.

Nous sommes meilleures amies depuis trente ans. Meilleures amies. Comme des sœurs.

Les sœurs se disputent.

J'imagine.

Vous vous disputez souvent ?

Eh bien, quand on était petites, oui.

Vous vous disputiez à quel propos ?

Je n'en sais rien. Des choses bêtes. Des poupées cassées ou des jouets volés. Elle était toujours chez moi. Ma mère s'occupait d'elle les après-midi. Elle était vraiment souvent à la maison.

Ça ne vous embêtait pas ?

Parfois. Ma mère voulait que je lui laisse mon lit. Je devais dormir par terre. Je devais toujours être gentille avec elle.

Vous n'aimiez pas ça ?

Non.

Vous ne vouliez pas qu'elle soit là ?

Ma mère lui donnait toujours raison. Tout était toujours ma faute.

Elle a écrit quelque chose dans son dossier. Moi, je déteste ça, a-t-elle dit.

Quoi ?

Quand on essaye de rejeter la faute sur quelqu'un d'autre.

Quand vous étiez plus âgées, quels étaient vos sujets de discorde ?

J'ai haussé les épaules. Je n'aime pas me souvenir de ces années. Trop de frustration.

Des choses normales d'adolescentes, ai-je déclaré. Vous savez, avec la montée d'hormones…

Je me suis interrompue.

Dites-m'en plus.

Eh bien, on se battait à propos de garçons. D'autres filles. De vêtements.

Vous étiez jalouse d'elle ?

Peut-être.

Pourquoi ?

Ses parents étaient très riches. Une grande maison. Des vacances de rêve. Elle avait énormément d'argent de poche. Ça la dispensait de chercher du travail.

Ce qui n'était pas votre cas.

Non. Mon père était un joueur. Nous avons dû nous installer chez ma grand-mère.

Pas facile.

Je partageais un lit avec une femme de quatre-vingts ans, toutes les nuits.

Vous deviez être très en colère.

Pendant un moment.

Merry était-elle une bonne amie pour vous à ce moment-là ?

Je n'en sais rien. Je passais beaucoup de temps chez elle. J'y étais pratiquement tout le temps.

La situation s'était inversée, alors ?

Oui.

Est-ce que votre présence la dérangeait ?

Je ne sais pas. On traînait ensemble. On regardait la télé, on écoutait de la musique. Je passais beaucoup de temps avec sa mère.

Qu'est-ce que vous faisiez ?

Des trucs mère-fille, j'imagine. Shopping, manucures.

Avec Merry ?

Seulement avec Maureen.

Où était Merry ?

Elle ne voulait pas se joindre à nous. Elle n'aimait pas sa mère.

Et vous si ?

Je la comprenais.

L'inspectrice Bergström a étiré ses jambes sous la table. Elle a secoué la tête.

C'est assez déroutant, a-t-elle dit.

Comment ça ?
Cette amitié. La façon dont vous avez grandi.
Peut-être.
Vous en vouliez à Merry pour tout ce qu'elle avait ?
Non.
Pourquoi ?
Parce que ça ne lui suffisait jamais.
C'est-à-dire ?
Eh bien, Merry a toujours été… vide, d'une certaine manière. Indépendamment de tout ce qu'elle possédait.
« Vide. » C'est intéressant.
Ah bon ? Je trouve ça plutôt tragique, en fait.
L'inspectrice m'a adressé un sourire crispé.

Et plus tard encore, quand vous êtes devenues des femmes adultes ?
J'ai haussé les épaules. On est restées proches. Très proches.
Vous avez pris des chemins diamétralement opposés.
Oui.
Et vous êtes heureuse de votre vie ?
Oh, oui. J'ai tout ce que j'ai toujours voulu.
Une carrière.
C'est plus qu'une carrière.
Ah bon ?
Je suis très douée dans mon domaine.
Elle a acquiescé. C'est ce qu'on m'a dit.
Elle a encore souri. Je me suis demandé si elle les avait déjà appelés, si elle connaissait déjà la vérité à propos de mon travail. C'est-à-dire que je n'en ai plus.

Et Merry ?

Quoi, Merry ?

Sa vie est un succès, d'après vous ?

Son fils vient de se faire tuer.

Avant ça.

Difficile de savoir, en fait. Ce que les autres attendent de la vie. Ce qui les rend heureux. S'ils savent seulement ce que ça veut dire.

Mais vous, vous êtes heureuse. Célibataire. Libre. Sans enfant.

Elle m'a regardée et a répété. Sans enfant à vous.

C'est ça.

Vous voulez des enfants, Frank ? Vous pensez que vous aimeriez être mère ?

J'ai souri. J'ai essayé de me maîtriser. Un jour peut-être.

Et un mari ?

Peut-être.

Quelqu'un comme Sam ?

J'espère pas.

Vous ne l'aimez pas ?

Ce n'est pas le genre d'homme que je préfère.

Quel genre d'homme est-il ?

Le genre à tromper sa femme.

Ah. Oui.

Il a essayé de coucher avec moi, ai-je dit. Comme si je pouvais faire ça à mon amie.

Votre meilleure amie, a-t-elle corrigé. Ce n'est pas commun.

C'est amusant que vous parliez de tromper sa femme, a-t-elle enchaîné, parce que vous aviez justement une liaison avec M. Andersson.

Qui ?

Karl. Le voisin.

Eh bien, c'est le genre de choses qui arrivent.

C'est pour cela que vous avez essayé de faire accuser Elsa du meurtre de Conor ?

L'autosatisfaction faisait pétiller ses yeux bleu clair. Nous sommes très minutieux, a-t-elle précisé. Nous avons remonté la trace de l'appel qui nous alertait sur l'état de santé mental d'Elsa. Sa fausse couche.

J'ai bâillé. J'ai mal dormi ces dernières nuits.

Ce n'est pas tout, a ajouté l'inspectrice Bergström. Il y avait des traces de votre ADN partout sur la couverture que les policiers ont retrouvée dans la grange de M. Andersson.

Rien d'étonnant. Je vous l'ai dit : je m'occupais tout le temps de Conor. Je l'aimais vraiment beaucoup.

Mmm. L'amour.

Nous nous dévisagions, chacune de son côté de la table. Aucune entraide ici. Pas de solidarité féminine.

Je me demande si ça ne vous rendait pas jalouse. Que Merry ait tout. Le bébé, le mari. Vous ne vouliez pas… prendre sa place ? Ou gâcher son bonheur, d'une manière ou d'une autre ?

J'ai éclaté de rire.

L'idée vous amuse ?

Je me suis penchée en avant. Inspectrice, à vrai dire, c'est Merry qui a toujours été jalouse de moi.

Ah bon ?

Oui.

Pourquoi vous aurait-elle jalousée, Frank ?

J'ai levé les yeux au ciel. Allons, ai-je dit. Une grande école, une maîtrise en gestion à Harvard, une carrière fantastique. J'ai vécu un peu partout sur la planète, j'ai voyagé… j'ai des amis, une vie merveilleuse. Et j'ai réalisé ça toute seule.

L'inspectrice Bergström ne me lâchait pas des yeux. Vous pensez donc que, d'une certaine manière, Merry n'a pas accompli autant de choses que vous ?

Exactement. Elle ne sait même pas qui elle est.

Mais vous, vous savez qui vous êtes ?

Oh, oui.

Qui êtes-vous, Frank ?

Une femme qui sait ce qu'elle veut.

Et qu'est-ce que vous voulez ?

En ce moment, j'aimerais bien m'en aller. Ou appeler mon avocat.

L'inspectrice Bergström a refermé son dossier d'un coup sec.

Bien sûr, a-t-elle dit. Comme vous voulez.

Elle s'est levée et a ouvert la porte pour moi.

Merci, Frank. C'était très instructif.

Alors que je la frôlais en passant, elle a délicatement touché mon bras.

Merry vient demain, m'a-t-elle annoncé. Je suis certaine qu'elle aura beaucoup de choses à me dire à propos de notre discussion d'aujourd'hui.

MERRY

J'ai vu par la fenêtre la voiture de police se garer et Frank en sortir. Elle parlait au téléphone. Elle riait, ce devait être vraiment très amusant.

Elle n'était pas belle à voir. Moi non plus. J'ai passé les doigts sur les marques laissées par ses ongles sur mon visage.

L'inspectrice Bergström a appelé une fois l'interrogatoire terminé.

Je pense que nous la tenons. J'ai simplement besoin de clarifier un certain nombre de choses avec vous demain. Les dernières pièces du puzzle. Nous pourrons alors lancer la procédure d'inculpation.

Très bien, ai-je dit.

Je me sentais nauséeuse.

L'équipe médico-légale a téléphoné aussi. Ils avaient terminé l'autopsie et son rapport. Ils avaient réuni toutes les preuves qu'ils pouvaient espérer trouver.

Nous sommes en mesure de vous rendre le corps de votre fils, a annoncé la secrétaire.

Mais qu'est-ce qu'on va en faire ? ai-je demandé.

C'est à vous de décider, a-t-elle répondu avec douceur. D'habitude, le corps est confié aux pompes funèbres, que ce soit pour un enterrement ou une crémation.

Merci.

J'aimerais qu'on l'incinère, ai-je dit à Sam.

Comme tu veux.

Ça te convient ?

Tu étais sa mère, Merry. C'est à toi de décider.

J'ai eu envie de dire : Tu étais son père.

Mais je me suis ravisée. J'avais raconté assez de mensonges comme ça. Mais il ne faudra jamais qu'il l'apprenne. De toute façon, c'est impossible maintenant. Il n'y a aucune raison qu'il le sache.

J'ai eu envie de le toucher. Sentir la chaleur de sa peau. La fermeté de son corps sous mes doigts, la présence indubitable d'un autre être humain. Du Sam qui avait insufflé la vie en moi, fait de moi une personne à part entière.

Il dégageait une forte odeur de whisky et de sueur. Sa barbe était hirsute, son visage sale. Un sauvage, le bûcheron qui vit au cœur de la forêt dans les contes folkloriques. Celui qui vient vous sauver. Du danger, ou de vous-même.

Tu penses vraiment que c'est Frank ? m'a-t-il demandé.

J'ai approuvé d'un signe de tête.

Pourquoi ? Qu'est-ce qu'elle aurait à y gagner ?

Elle ne peut pas supporter que j'aie tout ce qu'elle désire.

Pour ça ? Elle tuerait pour ça ?

Je crois bien que c'est ce qu'elle a fait.

Il a tendu la main et passé un doigt sur le mince filet de sang séché sous mon œil.

Quel genre d'amitié est-ce donc ?

Du genre dangereux, ai-je répondu.

Il a retiré sa main et a serré le poing.

Mais Bergström touche au but, ai-je poursuivi. Elle va l'avoir. Ils vont l'enfermer. Elle paiera pour ce qu'elle a fait.

Il m'a regardée, une lueur menaçante dans les yeux. Et toi, Merry ? Et toi ?

Tu vas payer, toi aussi ?

FRANK

J'étais dehors sous un ciel froid, noir et sans étoiles. Dans les maisons obscures, tout le monde dormait à poings fermés, emmitouflé dans ses couvertures, épuisé.

Mes doigts glacés contre la fenêtre de la chambre ont frappé, *toc-toc-toc*, *toc-toc*, *toc-toc-toc*. Notre code, depuis toujours.

J'ai attendu.

J'ai frappé de nouveau.

La fenêtre s'est ouverte. Les yeux voilés, à cause des larmes ou du sommeil, Merry a grimacé.

Suis-moi, ai-je chuchoté. Je vais tout te raconter.

Elle est allée chercher son manteau et ses chaussures. Je l'ai aidée à descendre de sa fenêtre, à plonger dans la nuit. Nous avancions dans le froid en grelottant mais ne parlions pas. J'éclairais le chemin avec une lampe torche volée dans la grange de Karl, mais ce n'était pas vraiment nécessaire. Je crois que nous savions toutes les deux où nous nous rendions.

Le jour et la nuit appartiennent à deux mondes différents. La nuit, l'air est étrange, plus épais, plus moite ; les animaux qui poussent des cris dans l'obscurité sont mystérieux, sauvages et féroces. La lumière les tourmente. Le silence de cette nuit était inquiétant, notre respiration lourde et dense. On pouvait la voir se matérialiser devant nous : une preuve de vie dans l'air glacial.

Attention, ai-je dit alors que Merry trébuchait sur un caillou. J'ai pris son bras. Une odeur de sang. Elle s'était coupé la main en amortissant sa chute.

Nous avons traversé la route déserte et poursuivi vers la forêt. À un moment, Merry s'est arrêtée et a secoué la tête.

C'est dingue, Frank, a-t-elle dit.

Pourtant, emmitouflées dans nos vêtements, les poings serrés dans nos poches de manteau, nous avons repris notre marche en écoutant les feuilles et les branches craquer, les animaux nocturnes se frayer un chemin dans leurs galeries souterraines.

Dans la nuit, les odeurs paraissaient plus fortes, plus définies : la vie ou le lent pourrissement (parce que tout finit de la même façon), l'eau de pluie capturée entre les cailloux ou les feuilles mortes qui se décomposent, les touffes de mousse épaisse et les déjections des mammifères invisibles.

Je connaissais le chemin, tout comme Merry. À jamais il était gravé dans mon esprit, parmi les choses les pires et les plus sombres ; ce jour terrible et ceux qui l'ont précédé.

À la clairière, je me suis arrêtée.

Ici, ai-je dit. Je t'ai suivie jusqu'ici ce jour-là.

Merry était immobile, elle respirait à peine.

Et avant. Bien avant, ai-je poursuivi. Je t'ai suivie et j'ai vu ce que tu faisais. Tu laissais Conor tout seul pendant que tu courais.

J'ai braqué la torche sur les arbres. L'intensité était suffisante pour éclairer son visage, le contour de ses yeux et de son nez, sa bouche figée sur une grimace. On devait sûrement avoir l'air minuscules face à ces arbres, deux êtres miniatures et insignifiants en présence d'une force bien supérieure. Une noirceur et un mystère que nous ne pouvions affronter.

Tu l'as tué, a-t-elle chuchoté.

Je n'avais pas prévu de le faire, ai-je confessé.

Mais tu l'as fait.

Dans l'étrange pénombre, elle était quasiment spectrale, une chimère sortie de la nuit, dansant et brillant dans un éclat de lumière blanche. Angélique et pure. Elle pouvait aussi être comme ça. Parfois.

Oh, Frank, a gémi Merry. Elle s'est effondrée à genoux et son épais manteau vert s'est ouvert sur sa chemise de nuit. Un hurlement dans la nuit, l'écho d'un cœur vide.

Dis-moi. Dis-moi ce que tu as fait.

J'étais tellement en colère. Contre toi et Sam. Vous me demandiez de partir. Vous me traitiez comme une paria. Je savais ce que tu faisais, et que tu mentais en te présentant comme une épouse et une mère comblées. Alors je t'ai suivie. Je crois que j'allais… je ne sais pas. Prendre des photos. Pour avoir quelque chose de concret à montrer à Sam, pour te confronter. Oh, en fait, je n'en sais rien. Je n'avais pas vraiment de plan.

Elle m'écoutait, la tête dans les mains, les odeurs autour de nous soudain trop fortes, des odeurs de mousse, des odeurs qui rappelaient le corps humain. Le sang, le sexe et la mort. J'ai continué malgré la nausée.

Je t'ai suivie. J'ai attendu que tu le laisses. Puis je me suis approchée de lui. J'ai pris des photos qui prouveraient que tu le laissais tout seul au milieu des arbres. Je l'ai pris dans mes bras. Il somnolait, doux et chaud, dans ce délicieux état propre aux enfants.

Enfin. Je l'ai serré. Je voulais juste le tenir, tu vois ?

Merry reniflait, poussait des petits gémissements de désespoir, étrange animal chouineur.

Oh, Merry, je te voyais en lui. Il avait ta bouche. La même toute petite bouche. Je le regardais en pensant à ton comportement. À quel point tu étais malheureuse. À quel point tu étais prise au piège.

Non. Je l'aimais.

Oui, ai-je dit. Je n'en doute pas. Mais c'était une prison, non ? La maternité ?

Elle a geint ; dans un râle, l'air a quitté ses poumons.

Tu es ma meilleure amie, Merry, ai-je poursuivi. Je n'ai toujours voulu qu'une chose : ton bonheur. Et tu n'étais pas heureuse. Tu le sais bien.

C'était un soulagement de me confier à elle, d'entendre les mots prononcés. Lui dire combien je l'aimais. Jusqu'où j'irais pour elle.

Merry, il faut que tu comprennes, je l'ai fait pour toi.

Elle a hurlé. Non, Frank, non, ce n'est pas vrai. Ce n'est pas vrai. Je t'en prie, dis-moi que ce n'est pas vrai.

Elle s'agrippait à moi, tirait sur mon manteau. Je ne l'ai pas repoussée.

Merry, de tout mon cœur, je ne voulais pas te faire de mal. Je voulais seulement t'aider. Te rentre ta liberté.

J'ai pris son visage entre mes mains. J'ai dégagé les cheveux sur son front et je l'ai regardée, les yeux pleins de larmes et de vérité. Merry à genoux. Merry abattue.

Ce n'était pas un mensonge, Frank, a-t-elle gémi. J'étais heureuse. J'étais heureuse.

Pauvre Merry. Même à présent, elle ne savait pas ce qu'elle racontait.

Elle gémissait, se balançait. J'ai soupiré.

Elle ne s'arrêtait pas.

Elle ne voulait pas s'arrêter.

Allez, ai-je dit. Tu peux être toi-même avec moi. Arrête ton cinéma. Arrête ton cinéma cinq minutes.

Non, non, non, Frank. Elle essayait encore de m'attraper, ses mains s'agitaient violemment, agrippaient tout sur leur passage. Elle m'a tirée vers elle.

Tu es une psychopathe. Une folle furieuse ! a-t-elle crié.

Je l'ai repoussée et elle s'est recroquevillée, la tête entre les genoux. Elle m'avait toujours répugné quand elle était comme ça. Ces larmes de crocodile. Affreux. Je me suis détournée et relevée.

Ça va, Merry. Plus la peine de faire semblant.

Non, Frank. Arrête, s'il te plaît.

Elle était à mes genoux. Suppliante, implorante. Les rôles étaient inversés. Enfin.

J'ai posé la main sur sa tête, une bénédiction, un pardon.

Tu lui faisais du mal, Merry. Tu voulais qu'il disparaisse.

Elle s'étranglait dans ses sanglots, pitoyable.

J'ai attendu. Je l'ai laissée pleurer toutes les larmes de son corps. Elle finirait bien par s'arrêter. J'ai braqué la torche sur les arbres alentour, qui protégeaient nos secrets.

Tu étais prise au piège, ai-je dit doucement. Et je t'ai rendu ta liberté.

Ses pleurs avaient cessé. Debout à côté de moi, elle fixait le sol sans le voir. Elle digérait mes propos.

J'imagine qu'elle aurait pu se jeter sur moi, attraper un caillou par terre et me défoncer la tête avec. Ça n'avait aucune importance. Je m'en fichais.

Je connais tous tes secrets, Merry. Je suis ta meilleure amie. On ne peut pas tromper sa meilleure amie.

Elle a levé la tête. Les yeux secs ; de verre ou de glace. Froids. Insensibles. C'était ma Merry. Impassible. Indifférente. Une palette de rôles à sa disposition. Elle n'était pas une mère éplorée.

Je lui ai offert la liberté. Ce qu'elle avait toujours voulu.

Tu vois, ai-je dit. C'est pour toi que je l'ai fait.

MERRY

Le visage, tu le maquilles avec une couche de fond de teint pour l'uniformiser, cacher les défauts, recouvrir les pores, les marques de griffure. Les yeux, tu les agrandis, tu les rends plus larges, plus intenses. Oui, ce sont les miroirs de l'âme ; tu vois comme ils sont teintés de noir et de bleu. Si tu pleures, ils deviennent des ecchymoses, deux grands coquards. Comme si on t'avait violemment frappée.

Mais tu es peut-être mieux comme ça. C'est peut-être ce vrai visage que tu devrais montrer au monde.

Pour les lèvres, un soupçon de couleur, un ton plus foncé pour gagner en définition, pour que ta bouche ne ressemble pas à un morceau de chair tranché d'un coup de couteau.

Je ne peux pas sortir sans maquillage, disait toujours ma mère. C'était maquillée qu'elle voulait se montrer et se voir. Son masque reconstruit par les chirurgiens qui accomplissaient l'impossible pour que son vrai visage reste bien sous les agrafes et ne déborde pas.

Le reflet dans le miroir me montrait deux femmes. Frank et moi.

Elle souriait. Tu es prête, m'a-t-elle dit.

Merci, ai-je répondu.

C'est Frank qui m'a appris à me maquiller. On avait douze ans quand elle m'a emmenée pour la première fois dans la salle de bains et m'a fait découvrir toutes ces astuces : l'ombre à paupières, le fard à joues et le rouge à lèvres. Voilà comment les petites filles apprennent à jouer aux grandes.

Quand on sera adultes, avait-elle dit, on sera des femmes parfaites.

Dans la cuisine, j'ai essayé de manger quelques bouchées de pain grillé, juste pour ne pas avoir l'estomac vide. J'ai avalé ma tasse de café. La remise était encore fermée. Sam devait dormir, perdu dans les limbes du whisky. Inconscient des événements de la nuit précédente. Tout ce dont nous avons parlé, les accords que nous avons passés.

Je suis montée dans la voiture. J'ai allumé la ventilation pour essayer de me réchauffer. J'ai réglé la radio sur une émission de débat suédoise et j'ai pris le chemin du commissariat.

Le téléphone était rangé dans la poche de ma veste. Plus tôt, j'avais serré Frank dans mes bras puis trouvé une excuse pour aller dans la chambre d'amis, où j'avais volé son appareil.

C'est pour toi que je l'ai fait, Merry, avait-elle dit, et j'avais dû faire comme si je la croyais. Comme si je lui en étais reconnaissante, même.

Tu sais que je t'aime, Merry.

Oui, je le vois bien, Frank.

Sur le parking du commissariat, j'ai parcouru le contenu de son téléphone. Les photos du bébé dans les bois, avec la date et l'heure. Il ne dormait pas. Le voir ainsi, petit et seul dans sa poussette, enfant abandonné au milieu des arbres, faisait l'effet d'un coup de poignard en plein cœur.

Il ne connaissait pas encore les mots pour appeler au secours. Maman. Papa. Nous n'étions pas là. Il était à la merci de tous et de toutes les cruautés.

Frank, la plus cruelle de toutes.

J'étais en retard pour l'interrogatoire, pourtant je restais assise, dans l'espoir que le chauffage de la voiture parvienne à annihiler la froideur. La tristesse. La perte. Les remords. La terrible et irréversible vérité.

Un monstre. Un assassin.

Mais qui est la pire de nous deux ?

Sur le téléphone, une photo que je ne connaissais pas. Un rare cliché de Frank et moi, souriant à l'appareil. Sûrement pris par Sam. Son bras entoure mes épaules, me tient près d'elle, comme si elle protégeait ma frêle personne de tout son corps.

On a l'air heureuses, des têtes de gens heureux. Une belle journée, un moment hors du temps. Rien à prouver, rien à perdre, rien à prendre. Juste deux vieilles copines, profitant du soleil par un chaud après-midi d'août.

Je connais tous tes secrets, Merry.

J'ai glissé le téléphone dans ma poche.

FRANK

Ce n'était pas entièrement un mensonge. Ce n'était pas entièrement la vérité. Qu'est-ce que ça change, après tout ? La fusion des deux aboutit à une forme de réalité. Une version qui ressemble approximativement aux faits.

La voilà, la vérité. Les choses que tu fais ne sont pas toujours prévues. Parfois, la part cachée en toi prend le dessus, la part sombre est alors enfouie au plus profond de ton être. Tu sais qu'elle est là (depuis toujours), mais reléguée dans les tréfonds et enchaînée parce qu'elle est tellement effrayante, hideuse et ignoble que tu ne peux pas imaginer que quelqu'un d'autre la voie et comprenne qu'elle t'appartient. Comme tes membres, tes dents et ton cœur, elle fait partie de toi, même si tu tentes de la désavouer de toutes les manières possibles.

Non, dis-tu. Tu pleures, tu supplies. Va-t'en, laisse-moi tranquille. S'il te plaît, dis-tu, je ne veux pas de toi.

Elle se tait ; elle est maline. Elle sait attendre. Attendre patiemment le moment fatal où tu seras trop faible pour lui résister.

Alors c'est le monstre qui surgit des profondeurs, la bête qui se ronge un membre pour échapper à ses chaînes, le tigre de cirque qui fait volte-face en plein spectacle et coupe son dresseur en deux d'un coup de mâchoire.

Assez ! rugit-elle en se libérant de ses liens ; elle gronde, crache et hurle à la nuit. Tu m'as gardée enfermée trop longtemps.

Et une fois libre, elle déclenche le chaos.

Oui. C'était ça. J'étais en colère, blessée et bannie, écœurée par l'injustice. J'ai suivi Merry dans les bois. J'ai pris le bébé dans mes bras parce que c'était la meilleure sensation qui soit, le poids d'un petit être humain tout chaud.

Un bébé. Un bébé qui vous regarde avec ses grands yeux pleins d'espoir, un bébé qui vous dit sans un mot que vous êtes parfaite, qu'il vous aime, que vous êtes tout ce dont il a besoin pour se sentir heureux et en sécurité dans ce monde. J'ai caressé son dos, senti les protubérances de sa colonne, la fine échelle de ses côtes, le battement puissant de son cœur jeune et pur. Il sentait la lotion à la lavande et la crème, quelque chose de neuf et d'immaculé.

Oh, Conor, mon Conor. Quel adorable petit garçon ! Je le tenais dans mes bras et je l'aimais. Je l'aimais tellement fort. Je le tenais et je pleurais parce que je lui avais fait mal le soir de l'anniversaire. J'avais été incroyablement cruelle.

Non. C'est sa mère qui était cruelle. Qui ne l'aimerait jamais assez.

Je le tenais dans mes bras et j'ai regardé sa petite bouille. Sa bouche était ouverte, sa main s'étalait doucement sur mon cœur. Cette peau incroyablement douce, toute grasse et jeune, ces longs cils, ces yeux brillants… comme de l'or liquide.

Ces yeux ! Je l'ai regardé. Le bébé de Merry. Le bébé mal aimé de Merry. Dans son visage, j'ai vu la vie de Merry, un montage défilait sur l'écran de sa peau. Toute la vie de Merry, passée à prendre tout ce qu'elle voulait. Sans jamais se battre, sans jamais lutter. Insensible à la perte ou à l'attachement. Insensible aux personnes et à leurs émotions.

Des idées jusqu'alors inconnues ont commencé à s'imposer. Elles ont tout balayé sur leur passage pour prendre le contrôle de ton esprit. Elles t'ont secouée en criant : Merry ne mérite pas d'avoir un bébé. Merry ne veut pas de bébé. Merry ne veut pas de Sam.

Rien ne collait. Tout était faux. La situation, injuste.

Ce n'est pas juste, disais-je à ma mère pendant mon adolescence.

Et qui t'a dit que la vie devait être juste ? répondait-elle toujours. Elle était pragmatique, cette bonne vieille Carol, elle qui n'a pratiquement jamais eu ce qu'elle voulait.

Une idée subite, terrible et cruelle, la voix disait *oui*. Oui. Peut-être que je pourrais arranger les choses.

Tue-le.

Tue-le.

Regarde ce que tu as fait, Merry. Regarde ce que tu m'as obligée à faire.

J'ai embrassé Conor sur la bouche, le baiser empoisonné de sa fée marraine.

Conor. Mon petit Conor. Qu'est-ce qu'on va faire ?

J'ai posé un autre baiser sur sa bouche pleine de sommeil. Je l'ai enveloppé dans sa couverture. J'ai remonté lentement le tissu sur son visage. Le soleil filtrait à travers les arbres, perçait le brouillard matinal. La lumière tachetait la couverture. Elle était chaude. Il était immobile. Je le tenais et le berçais doucement, comme une mère berce un bébé pour qu'il s'endorme.

Dodo, l'enfant do, l'enfant dormira bien vite.

Doucement, tout doucement bercé, Conor s'en allait doucement, tout doucement dans la nuit.

J'ai senti son odeur. Je l'ai serré contre moi pendant qu'il aspirait les dernières goulées d'air dans ses tout petits poumons. Je l'aimais. Je l'aimais tellement.

Au bout de quelques minutes, je l'ai écarté de moi. J'ai retiré la couverture de son visage. C'était fait. Ce qui est fait ne peut être défait, mais je ne voulais pas qu'il en soit ainsi.

Oui. Il était parti. Je lui avais ôté la vie. Je lui avais pris ce que Merry ne méritait pas. Ce qu'elle ne voulait pas. Elle me remercierait, d'une manière ou d'une autre. C'était ce qu'elle voulait. Ce dont elle avait besoin.

J'ai toujours su avec précision ce qu'elle voulait.

J'ai délicatement remis Conor dans sa poussette. J'ai remonté la sangle par-dessus son corps inanimé pour le maintenir. J'ai tiré la couverture sur ses jambes, pour la replacer comme avant.

Allons, allons, Conor, ai-je gazouillé. Maman va bientôt revenir.

Je l'ai fait. Pour toi, Merry, pour toi. Parce que je te connais mieux que tu ne te connais toi-même.

D'accord, d'accord. Voilà une autre vérité.

La table d'opération, l'odeur stérile. L'anesthésiste qui dit : Comptez à rebours à partir de dix. Dix, neuf, huit, sept… Quand vous vous réveillerez, nous aurons retiré tous les organes mal formés.

C'est la meilleure solution, avait assuré le médecin.

Je n'envisage pas de futur avec toi, m'avait dit Thomas, et ce n'était pas le premier…

Pourquoi ? Parce que tu es brisée, parce que tu es loin d'être parfaite. Après quoi, je me retrouvais encore plus brisée qu'avant. De façon irréparable.

Ils t'ouvrent et ils retirent tout, en grattant, comme on va chercher à la cuillère la pulpe d'un melon. Les boules de chair et les cellules malignes. Gratte, gratte, coupe, coupe. Il n'y a plus rien. Tout ce qui était là en toi, qui attendait son heure depuis l'enfance jusqu'à l'âge adulte, qui connaissait tous les secrets, qui te promettait le meilleur.

Un jour, te chuchote ton corps, un jour tu feras des miracles de ta chair.

Les ovaires, l'utérus, disparus, éradiqués. Tu pleures sur ta perte mais les larmes n'y font rien, elles te vident juste encore un peu plus. Ce qui en toi donne la vie est cassé. Ce qui la reprend est très fort.

La ménopause, a dit le médecin en me décrivant les symptômes à venir. Des symptômes de femme âgée, ceux qui les font fulminer, transpirer et devenir toutes sèches. Ce n'est pas moi, ça ne peut pas être moi et pourtant si.

Tiens, voici une petite anecdote amusante : c'est seulement dans les pays occidentaux que les femmes qui traversent cette phase souffrent de bouffées de chaleur, de honte, de désespoir face à la perte de leur place dans la société. Partout ailleurs, la ménopause n'est qu'une passerelle vers une nouvelle et merveilleuse étape de la vie.

J'ai failli en parler à Sam, un soir. Je pensais que l'anthropologue qu'il était pourrait adorer ma clairvoyance sur le sujet.

Ma mère s'éteignait doucement, seule à l'hospice, pendant que je passais deux semaines à Ibiza avec un entrepreneur en technologie qui avait emmené trois femmes au cas où il s'ennuierait.

Il était trop tard pour qu'elle puisse bénéficier d'une opération. Avec toutes ces années à vivre auprès d'un gynécologue, elle avait décidé qu'elle n'avait pas besoin de consulter quelqu'un d'autre.

Son cancer était en phase trois quand ils l'ont détecté, une grosse boule de cellules malignes, leurs racines fermement implantées dans les parois de son utérus. Une maladie génétique, un petit cadeau dont j'hériterais plus tard.

J'étais à ses côtés quand elle est morte, a menti mon père. Je tenais sa main quand elle est partie.

Plus tard, l'infirmière de l'hospice m'a dit que mon père ne s'était pas montré depuis un moment. Heureusement, votre amie était là. Merry. Elle est venue lui rendre visite tous les jours.

Elle était avec elle à la toute fin.

Injuste. Complètement injuste. Tu te ronges les entrailles pour toutes ces choses perdues, mais ça ne les ramène pas pour autant.

Estimez-vous heureuse. C'étaient les mots de mon gynécologue. Oh, oui, elle a de la chance, cette bonne vieille Frank. J'ai toujours été tellement vernie.

On m'a donné deux semaines pour me remettre de mon opération. Mon patron m'a envoyé des fleurs et Jill, mon assistante personnelle, est venue me voir à l'hôpital avec une pile de magazines et une chemise pleine de documents à signer.

Dois-je venir vous chercher quand vous serez prête à sortir ? m'a-t-elle demandé.

Je prendrai un taxi.

Une fois de retour à mon appartement, j'ai tourné en rond en pressant mon bas-ventre, appuyant sur les cavités, attendant que les symptômes se manifestent. Trente-cinq ans ! J'avais trente-cinq ans.

Je n'en avais parlé à aucun de mes amis. Je n'ai pas reçu de visite ni de coup de fil. J'étais toute seule dans mon magnifique appartement londonien, entre les murs et le plafond, les vitres qui donnaient sur le jardin public plein de poussettes et d'enfants qui couraient après des petits chiens et des ballons en plastique colorés. Je me suis enfermée dans la salle de bains et j'ai hurlé jusqu'à ce que mes oreilles hurlent à leur tour. Tu n'as rien, tu as bâti tout ça et pourtant, tu n'as rien.

Dans le miroir, la femme est parfaite, longiligne, mince, bronzée et ferme, tout ce qui fait qu'on la considère comme une belle femme. Pas de poils disgracieux, pas de graisse, pas de capitons de cellulite. Une poitrine haute et ronde, un ventre lisse et plat.

Entretenir constamment ce corps est une tâche vraiment épuisante.

La peau toujours jeune, le visage pas encore marqué par les lignes du temps ou les coups durs. Les cheveux longs et épais. Élégante, bien apprêtée certains diraient. Souvent, ça suffit pour faire tourner les têtes, pour s'assurer des compliments. Tu sens les yeux qui te scrutent, de haut en bas ou le contraire, selon qu'ils sont portés sur le cul ou plutôt sur les seins. Puis c'est l'approbation, un grognement interne que tu peux presque entendre. Tu leur conviens.

Et pourtant, ça ne suffit pas. On te donne un huit ou un neuf, une vraie beauté, mais quand tu ouvres la bouche, leur visage s'assombrit. Tu perds des points.

Tu es trop intense.

Tu es trop en manque d'affection.

Tu es trop ambitieuse.

Tu es trop tout.

Et maintenant ça.

Maintenant ça.

Je me suis recroquevillée sur le sol de la salle de bains et je suis restée là.

C'est Jill qui m'a trouvée. Elle était venue pour une autre signature ; elle avait un double des clefs. On a appelé le médecin, il y avait des signes d'infection, la patiente semblait en piteux état, mais pas irrécupérable. Ils ont drainé le pus jaune et injecté des antidépresseurs dans mes veines. Le psychologue m'a posé des questions débiles et a pris des notes qu'il a classées dans un dossier.

Jill m'a appelée : le patron me conseillait de prendre une disponibilité.

Six mois, a-t-elle précisé. Pour vous donner tout le temps dont vous avez besoin.

Évidemment, nous savions toutes les deux ce que cela signifiait.

J'ai parcouru l'appartement du regard. Je savais que je ne pouvais pas rester.

C'est là que j'ai reçu un coup de téléphone de Merry. Merry, coincée sur son île glaciale de la Baltique, exilée par son mari indigne, prise au piège avec un enfant. Il fallait que je voie ça, Merry et Sam en Suède, un spectacle à ne manquer sous aucun prétexte. Je voulais voir sa vie misérable. Je m'en servirais pour apaiser mon propre malheur. J'ai réservé mon vol dès qu'on m'a permis de prendre l'avion.

Ah, les meilleurs plans. Eh bien, on ne peut pas dire que je n'ai pas essayé. À un moment, j'ai cru que nous allions tous avoir ce que nous voulions. À un moment, j'ai cru que nous allions gagner toutes les deux.

Moi, heureuse. Merry, libre. Ça semblait possible. Ça semblait logique.

Et en fin de compte, non. C'était juste un malentendu. Un grand et terrible malentendu.

Je lui ai dit hier soir que je l'ai fait pour elle.

Ce n'est pas vrai.

Je l'ai fait pour moi. Pour toutes les cruautés et les rebuffades, pour toutes les choses qu'on m'a prises, dérobées, tout ce dont on m'a privée. Un prêté pour un rendu, un règlement de comptes.

Elle est avec la police en ce moment. L'inspectrice va prendre des notes, ausculter le visage de Merry quand elle parlera. Pourquoi est-ce que je lui ai tout dit, ou du moins raconté une version des événements ?

Parce que je voulais abattre mes cartes. *Laisse-la choisir quelle version de la vérité elle veut raconter*, ai-je pensé. *J'accepterai les conséquences, quelles qu'elles soient. Je suis prête. J'attends le résultat. Je suis trop fatiguée pour me battre.*

Nous nous sommes étreintes, la nuit dernière. Très fort. Ce matin, elle m'a souri tristement. Elle fait comme si elle comprenait. Comme si tout était réglé entre nous, comme si nos vérités s'équilibraient. Mais qui sait ?

La destinée, cette autre salope sans cœur, la plus impitoyable des maîtresses. Je veux qu'elle fasse de moi ce que bon lui semble. Je veux qu'elle décide une fois pour toutes.

Tu vois, papa, moi aussi je suis joueuse, en fin de compte.

MERRY

L'inspectrice Bergström avait envie de me gifler. Je le voyais à son expression, à sa façon de garder les mains sous la table, loin de moi.

J'ai répété : Je ne crois pas qu'elle ait pu faire ça.

Mais hier encore, vous avez dit…

Je me rends compte que, en fait, je rejetais ma colère sur elle. Ce n'était pas juste. Ce n'était pas elle. C'est mon amie, inspectrice Bergström. Pourquoi aurait-elle voulu faire du mal à mon enfant ?

Vous revenez sur toutes vos déclarations.

J'ai soupiré. J'ai commis une grave erreur. Je n'aurais même pas dû suggérer quelque chose d'aussi horrible. J'en ai pris conscience hier soir.

Alors, finalement, elle n'était plus jalouse. Elle n'essayait pas de vous voler votre mari. Elle n'était pas manipulatrice ni malveillante.

C'est ma meilleure amie.

Elle ne savait pas où vous alliez ?

Non.

Elle est restée à la maison toute la matinée. Elle n'est jamais sortie.

Elle préparait des gâteaux. Elle n'aurait jamais quitté la cuisine avec le four allumé.

Des gâteaux, a-t-elle repris. Et j'imagine qu'elle a été en contact avec Conor pendant la matinée ? Suffisamment pour expliquer le transfert d'ADN sur lui. Sa couverture. La couverture utilisée pour étouffer votre enfant.

C'est exact. Je peux vous l'assurer.

Merry, vous comprenez ce que vous êtes en train de dire ?

Oui.

Vous l'innocentez complètement. Vous nous mettez dans l'impossibilité de la traduire en justice.

Pour quelle raison l'inculperiez-vous ? Elle n'a rien fait.

L'inspectrice Bergström s'est frotté les tempes, exaspérée. Et qui aurait pu le lui reprocher ?

Merry, vous comprenez que l'enquête va certainement de nouveau se concentrer sur vous ?

J'ai secoué la tête. Eh bien, non, ai-je dit. Ce ne sera pas le cas.

Quelqu'un a commis ce crime, Merry. Et vous pouvez être sûre que je n'aurai de cesse de trouver qui.

Inspectrice Bergström, je pense que nous savons toutes les deux que l'enquête doit être rapidement bouclée.

Elle a croisé les bras sur sa poitrine.

J'ai fait quelques recherches de mon côté, ai-je poursuivi. Il est difficile d'inculper quelqu'un dans ce genre d'affaire, n'est-ce pas ? Quand un bébé meurt d'asphyxie. « La seule chose qui puisse différencier la mort subite du nourrisson de l'étouffement, c'est une confession. »

C'est vrai, non ? Il n'y a aucun moyen de savoir.

Je n'en reviens pas. Merry, vous êtes ahurissante.

Vous n'avez pas de confession, inspectrice Bergström. Ce n'était pas moi. Et ce n'était pas Frank.

J'ai été très franche avec vous, ai-je ajouté. Je vous ai donné toutes les informations dont je disposais. Je vous ai raconté tout ce qui s'est passé.

J'ai avalé une gorgée d'eau. J'essayais de me rappeler tout ce que je voulais lui dire.

Je tiens à vous remercier, mon mari et moi tenons vraiment à vous remercier pour tous vos efforts. Tout ce que vous avez fait pour découvrir la vérité sur la mort de notre fils. Mais si vous vous trompiez depuis le début ? S'il s'agissait en fait d'un cas tragique et affreux de mort subite du nourrisson. Inexplicable. La faute à personne.

L'inspectrice Bergström a tapé du poing sur la table. Quelqu'un est responsable, Merry, a-t-elle craché. Et nous le savons toutes les deux.

J'ai secoué la tête. Non, ai-je dit. Je ne crois pas que ce soit la vérité.

La vérité, a-t-elle lâché après un silence. Laissez-moi vous dire ce que je sais à propos de la vérité, Merry. Elle finit toujours par éclater. On finit toujours par la découvrir.

Je me suis levée. J'aimerais rentrer chez moi maintenant.

Bien sûr, a-t-elle dit. Mais avant que j'oublie… Il y a un détail étonnant.

Elle souriait, et ce n'était pas amical ou gentil.

Sam. Vous devriez lui demander où il était le jour de la mort de Conor.

Et ce qu'il faisait.

Elle a ouvert la porte et m'a raccompagnée dehors.

Je suis rentrée chez nous, mon estomac faisait des bonds quand j'ai garé la voiture dans l'allée. J'ai jeté un coup d'œil à la maison de Karl et d'Elsa. Depuis des jours, il y régnait un calme mortel, personne n'entrait ni ne sortait. Je me suis demandé où était Freja. Je me suis demandé si nous partagerions encore un jour des barbecues avec nos adorables voisins suédois.

Dans l'enclos, M. Nilssen s'occupait de ses chevaux. Vous pouvez amener votre fils ici et leur donner à manger, m'avait-il dit, la seule et unique fois où nous nous étions parlé. Il a levé les yeux et m'a saluée d'un air sombre.

Je suis entrée dans la maison. Il y avait un sandwich entamé sur le comptoir de la cuisine. Je l'ai pris et j'ai croqué une bouchée. Puis je suis allée à la salle de bains et je me suis démaquillée. L'eau était glacée. Elle refusait de chauffer.

Frank ramassait ses dernières affaires dans la chambre d'amis. Sa valise ouverte par terre.

Je pars demain. À la première heure.

Bien, ai-je dit.

J'ai sorti son téléphone de ma poche et je l'ai posé sur le lit. Elle y a jeté un coup d'œil puis elle a levé les yeux vers moi.

L'affaire est classée, ai-je annoncé.

Elle a acquiescé. Elle n'a pas eu l'air surprise, ni particulièrement soulagée.

Tu ne lui as rien dit.

Non.

Notre secret, Merry. À nous. Elle m'a fait un petit sourire. Tout le monde est gagnant, a-t-elle conclu.

J'ai dû m'appuyer au chambranle.

Frank.

Quoi ?

Je ne veux plus jamais te revoir.

Les mots sonnaient bizarrement dans ma bouche. Mensongers.

Elle a continué à plier ses chaussettes et les a glissées dans sa valise, comme indifférente aux événements des dernières semaines, à la possibilité d'être traînée en justice, à la certitude d'être exclue de ma vie. Ça m'a noué l'estomac.

Tu m'entends, Frank ? Plus jamais.

Elle m'a souri. Bien sûr, Merry, a-t-elle dit avec désinvolture. Comme tu voudras.

Je suis sortie de la maison pour rejoindre la remise. Sam était réveillé, penché sur un carton, en train d'assembler ce qui ressemblait aux pièces d'un antique petit train. Il a à peine remarqué que j'ouvrais la porte.

Sam, je suis juste venue te dire que ce n'est pas elle. Je voulais que ce soit elle, je voulais pouvoir rejeter la faute sur quelqu'un. Avoir une réponse. Mais ce n'est pas Frank qui l'a fait.

Il m'a regardée. Tu m'as dit qu'il y avait des preuves.

Je sais. Je cherchais des explications. Mais on ne change pas la vérité. La vérité, c'est que ce n'est pas elle.

C'est ce que tu penses ?

Oui.

Et l'inspectrice ?

Je ne sais pas. Dans ce type d'affaire, il est difficile de trouver des réponses. C'était très certainement la mort subite du nourrisson. Un mauvais coup du sort.

Un mauvais coup du sort, a-t-il répété. Oui.

Pourquoi n'était-il pas plus en colère ? Pourquoi me croyait-il sur parole ? Sam, ai-je repris, où étais-tu le jour de sa mort ?

En un instant, ses mains étaient sur moi ; elles m'épinglaient au mur, me maintenaient sur place.

Il sentait le rance, l'aigre et le rassis. Sa barbe me piquait le menton. Il a craché en direction de mon oreille et le glaviot a atterri sur mon épaule.

Tu n'as pas le droit de me poser des questions ! a-t-il crié. Tu comprends ?

Tu me fais mal, ai-je murmuré.

Faire mal. Tu ne sais même pas ce que ça veut dire.

Il s'est détourné et a repris ses occupations.

J'ai couru jusqu'à la salle de bains, pour vomir, me débarrasser de son odeur qui me collait à la peau. Les ecchymoses sur mon cou étaient grosses et bleues, marques de la disgrâce et de l'infamie.

Un mauvais coup du sort, avais-je dit.

Je me suis imaginé Val du Connecticut en train de semer son bouton quotidien sur le tapis.

Peut-être que le mot *destin* aurait été plus précis.

Sam est entré en trombe dans la salle de bains, me surprenant avec un test de grossesse à la main, un test que j'avais déjà prévu de jeter sous un tas d'épluchures de légumes et de mouchoirs usagés. Une grossesse que j'avais déjà décidé d'interrompre. Mais il y avait Sam, rentré plus tôt parce qu'il venait juste d'être viré.

Le destin. Une intervention divine.

Je l'ai fait pour toi, Merry, m'avait dit Frank ; l'amie loyale et fidèle.

Je l'ai fait pour que tu sois libre.

Dans le miroir, mon visage a tressailli. Très légèrement, au niveau de la bouche. Un mot. Un simple petit mot.

Libre.

Tu es libre.

Le sang sous la peau assombrissait les ecchymoses, je continuais de regarder.

Je ne pouvais m'empêcher de sourire.

FRANK

C'est fini, enfin. Ma dernière nuit.

Dehors, le vent secoue la porte comme un invité furieux coincé à l'extérieur. Moi, peut-être, dans une forme élémentaire. L'air est froid à présent, mordant. Il saisit et fait bleuir la peau.

L'hiver sera long. Rude. Il n'y aura pas moyen d'échapper à son étreinte glaciale.

Je fais le tour de la pièce qui a été la mienne pendant tout ce temps, redevenue la chambre d'amis. J'avais pensé ressentir un pincement au cœur, de la tristesse ou du regret, mais en regardant le lit, la commode et la penderie, la lampe en cuivre bon marché et la couverture qui gratte, tout me paraît subitement appartenir à une autre vie. Je vérifie les étagères, sous le lit, ouvre et ferme une dernière fois les portes de la penderie. Je range mes derniers produits de toilette dans ma valise. Je passe la main au fond pour sentir Nounours.

Un petit quelque chose à rapporter. Un souvenir.

De moi, il ne reste plus rien, pas une seule trace des mois que j'ai passés dans cette pièce, entre ces quatre murs blancs. Je pars demain par le premier vol ; le taxi viendra me chercher avant le lever du soleil. Je serais bien partie avant, mais ça aurait pu éveiller des soupçons. Comme si je prenais la fuite, en quelque sorte.

Je me demande si Merry viendra me faire ses adieux à la porte demain matin, pour s'assurer de mon départ. S'assurer qu'elle est bien débarrassée de moi.

En rangeant les affaires de ma mère après sa mort, je suis tombée sur un petit paquet de photos et de lettres dans une vieille boîte à cookies en fer-blanc. Mes parents le jour de leur mariage, découpant un gâteau de supermarché avec un couteau en argent loué pour l'occasion. Ma mère en maillot de bain sur la jetée de Santa Monica. Mon père me tenant bébé dans ses bras, mon visage déformé par un cri. Et puis il y avait une photographie de deux petites filles, âgées de huit ou neuf ans, les mêmes couettes, un grand sourire sur le visage, bras dessus bras dessous, se serrant fort. Au dos, ma mère avait écrit *Mes filles, 1988*.

Vous serez meilleures amies pour la vie, nous disait-elle tout le temps. Ta première amie est la seule dont tu auras jamais besoin à tes côtés. Vous veillerez l'une sur l'autre.

À qui s'adressait-elle alors, à moi ou à Merry ? Je ne m'en souviens pas.

J'ai gardé la photo à mon chevet, enchâssée dans un cadre léger en chêne. Les couleurs passées de la photo blanchie par le soleil donnaient l'impression d'une seule et même petite fille. Même taille, même cheveux, même sourire, avec une dent manquante en haut et en bas.

De temps en temps, on m'interroge sur les fillettes de la photographie. C'est ta sœur ? Ou parfois : C'est ta sœur jumelle ?

Je réponds toujours oui, dans les deux cas.

J'imagine que je me rappellerai ce séjour en Suède comme on se souvient d'un rêve étrange, avec des images floues et des actions qui semblent illogiques à la lumière du jour.

C'est une tragédie, dirai-je si quelqu'un évoque ma vieille amie Merry et son bébé mort. Un moment vraiment difficile pour nous tous.

Je vais partir loin. Loin de tout ce qui me rappelle ces choses perdues. Il faut aller de l'avant, ouvrir un nouveau chapitre, ces pages blanches m'attendent.

Oui. Les choses se sont passées exactement comme elles le devaient. Je n'ai aucun regret.

Je n'arrive pas à imaginer ce qui attend Merry. Ni Sam, d'ailleurs. Ils vont peut-être rester là, prisonniers de leur triste et misérable cabane dans les bois, liés par un absurde contrat conclu devant Dieu. Ils cesseront peut-être tout simplement d'exister, les arbres et les plantes envahissant tout, avalant la maison, recouvrant leurs carcasses pour l'éternité – voire plus longtemps.

Merry, Merry-Chérie. Elle pense que je vais sortir de sa vie et elle de la mienne. Mais on ne peut pas s'amputer d'une partie de soi-même et croire qu'elle va disparaître de notre mémoire. On s'adapte, évidemment. Mais la partie sectionnée ne se volatilise pas ; les terminaisons nerveuses et les synapses ne cessent jamais d'attendre son retour.

Elle reviendra vers moi. Comme toujours. J'en suis certaine. Ce sera peut-être seulement une carte postale, dans un an ou dix. L'image montrera quelque chose que tout le monde s'accorde à trouver beau : un fjord spectaculaire, un lac gelé couvert de neige et entouré de pins multiséculaires, les bleus et les verts d'une splendide aurore boréale. Mais ce pourrait aussi bien être un endroit complètement différent : une plage exotique ou une ville grouillante de vie. Il n'y aura pas de message, pas de trace de son nom. La carte en elle-même suffira. Je saurai ce qu'elle signifie. Je comprendrai tout de suite.

Tu es pardonnée.

Tu me manques.

Elle dira, *Merci, Frank. Tu as toujours été ma meilleure amie.*

MERRY

L'enquête est officiellement classée. Les dossiers sont sous scellés, les preuves rangées dans des cartons. L'inspectrice Bergström nous a convoqués une dernière fois, Sam et moi, dans la fameuse pièce aveugle.

Si vous n'avez rien à ajouter, aucune nouvelle information, nous ne disposons pas d'éléments suffisants pour engager des poursuites.

Et Frank, alors ? a demandé Sam.

Votre femme semble convaincue que ce n'était pas elle. Elle a corroboré tous les propos de son amie, écarté tout ce qui aurait pu être retenu contre elle.

En gros, elle s'en sort impunément, a dit Sam.

L'inspectrice Bergström m'a dévisagée.

Je ne sais pas, monsieur Hurley. J'espère sincèrement que la vérité éclatera un jour. Pour le moment, on ne peut conclure qu'à une mort subite du nourrisson, avec des circonstances suspectes. Il y a trop de questions sans réponses. Pour vous comme pour nous.

Sam et moi, seuls dans la voiture. C'était bizarre. Trop intime. Trop à l'étroit. Nous avons roulé en silence pratiquement tout du long.

Tu devrais revenir dans la maison, lui ai-je dit plus tard, dans la cuisine. Je vais m'en aller. Disparaître. J'essayais de ne pas céder à la panique.

Non, a-t-il tranché en secouant la tête, pas encore.

Il me réserve quelque chose. J'en suis sûre. Je ne partirai pas. Je ne commettrai pas l'injustice de le priver de ce plaisir.

Nous nous sommes rendus à la maison funéraire.

Nous sommes venus chercher notre fils, avons-nous annoncé à la femme de la réception.

Le bureau, lumineux et spacieux, ressemblait à la salle d'attente d'un chiropracteur. Tout était blanc et étincelant. Des fleurs fraîches dans un vase. Encadrée sur le mur, une reproduction de Monet : *La Femme à l'ombrelle*. Nous avions vu l'original à la National Gallery of Art lors d'un voyage à Washington, il y a quelques années, et nous en avions envoyé une reproduction sur carte postale à la mère de Sam.

La secrétaire a eu un sourire contrit. Mes sincères condoléances, a-t-elle dit. Elle devait répéter ça toute la journée.

On vous remet les cendres dans une simple boîte en carton, avec le nom de la personne incinérée soigneusement imprimé sur le côté. À l'intérieur, un autre récipient contient les restes de la dépouille, recueillis après refroidissement dans un sac plastique robuste.

J'ai porté la boîte à deux mains, prudemment, jusqu'à la voiture. Sam a ouvert la portière et je suis montée. J'ai placé le carton sur mes genoux et passé le doigt sur l'étiquette. Conor Hurley.

Nous sommes sortis du parking et avons bifurqué à gauche pour quitter la ville et rentrer chez nous.

C'était tellement incongru de nous trouver parmi ces gens. De circuler dans cette ville comme si nous en faisions partie.

Je pense que l'hiver sera long, ai-je dit, pour dire quelque chose.

Mais aussi parce que ça m'avait frappée. Le temps s'était arrêté avec la mort de Conor, et pourtant il s'étirait devant nous, élastique et apparemment sans fin. Un long hiver, puis un autre, puis encore un autre.

J'ai eu une idée pour Conor, a dit Sam. Pour ses cendres.

Tu te souviens de cette journée à Finnhamn ? m'a-t-il demandé.

Je m'en souviens. Ç'avait été une belle journée.

C'était au printemps dernier. Conor devait avoir cinq ou six mois. La mi-mai, le premier week-end vraiment chaud. Nous avions roulé jusqu'à Stockholm et pris le ferry pour l'île. Le bateau s'appelait *Cinderella* ; c'était drôle de l'imaginer se changer en citrouille.

Nous avions fait une longue balade sur un sentier herbeux qui bordait toute l'île, Conor sur le dos de Sam, le soleil radieux, le ciel d'un bleu comme nous n'en avions pas vu depuis des mois. Dans une baie isolée, spontanément, nous avions décidé de nous baigner en sous-vêtements. Conor s'était endormi et Sam l'avait doucement posé sur une couverture à l'ombre, avec nos habits en tas autour de lui.

Nous tremblions de froid dans l'eau encore glacée après le long hiver. Mais je me souviens de cette sensation, le pur plaisir de se trouver au milieu des éléments après les interminables mois de noir et de froid. C'était comme si nous avions été retenus en captivité. Vraiment.

Le climat là-bas peut vous rendre dingue, nous avait dit quelqu'un en apprenant que nous allions déménager. Il n'y a pas plus de cinq heures de soleil par jour.

Nous avions haussé les épaules. Le climat, c'est pas très important, non ? Mais notre premier hiver avait été éprouvant.

Nous avions acheté une lampe spéciale et de fortes doses de vitamine D à la pharmacie pour éviter le pire.

Vous allez vous habituer, nous avait dit Karl, mais cela nous rappelait une fois de plus que nous n'étions pas d'ici.

En tout cas, ce jour de mai était une des premières journées de beau temps, prémices d'un printemps puis d'un été qui semblaient ouvrir un portail sur un autre monde, la luminosité, un répit soudain et bienvenu dans ce qui nous avait paru une nuit sans fin.

Dans l'eau, Sam m'avait enlacée.

La vie est agréable ici, avait-il déclaré, et pour la première fois j'avais eu l'impression que c'était presque vrai.

Il y a près de cent mille lacs en Suède, avais-je dit. Dans combien penses-tu qu'on va réussir à nager ?

La question sous-entendait un futur, lui et moi vieux, les cheveux gris, en pleine santé. Serrés l'un contre l'autre et nous enfonçant timidement vers les profondeurs glacées.

Je ne sais pas, peut-être que tout ça n'était qu'une autre tentative désespérée.

Dans nos vêtements mouillés, nous avions mangé des *köttbullar* et des pommes de terre au Finnhamns Krog, le restaurant qui surplombe le lac. Nous nous tenions la main entre la salière et le poivrier. Conor souriait ou dormait, épuisé par le grand air et la marche. Nous avions raté le dernier ferry et trouvé un bungalow, rustique et charmant, au milieu des arbres, pour passer la nuit. Nous avions agencé un petit nid d'oreillers pour Conor et l'avions installé au pied de notre lit.

Le lendemain matin, nous avions acheté des petits pains frais dans une coopérative bio et avions attendu au port le ferry qui nous ramènerait à Stockholm. On aurait dit une carte postale, nous trois, une forme floue dans le coin d'une scène bucolique.

Je pense que je peux être heureuse ici, Sam, avais-je dit.

Ç'avait été une bonne journée.

J'ai baissé les yeux sur le carton que je tenais fermement. C'était tout ce qui restait.

L'idée, a dit Sam, serait de retourner à Finnhamn et de disperser les cendres de Conor dans le lac où nous avons nagé ce jour-là. C'était un bel endroit.

J'ai dégluti et il s'est tourné pour me dévisager, le regard menaçant. Un homme qui pensait à se venger. Il n'avait rien dit à propos de Frank. Sur le fait que je l'avais laissée partir.

Les mots sont peut-être inutiles. Tout ce qui compte, au final, ce sont sans doute nos actions.

Bonne idée, ai-je dit.

SAM

Arrivés à Stockholm, nous avons garé la voiture et marché jusqu'au port, où les ferries de l'archipel attendent en ligne dans la baie. La mer sous nos pieds était agitée, grise et opaque, d'une profondeur insondable. Nous sommes restés les derniers à bord, attendant de débarquer à Finnhamn. Le ciel s'était un peu dégagé, il ne pleuvait plus, mais les nuages restaient bas et menaçants.

Nous avons marché le long de l'eau puis suivi le sentier côtier en direction de la baie. Un couple de randonneurs solitaires, bien emmitouflés dans leurs vêtements de pluie, nous a dépassés sur le sentier en nous saluant d'un grand sourire.

Hej, avons-nous répondu, comme si c'était un jour comme les autres.

Le froid était vivifiant, l'île plus marron que verte car de nombreux arbres avaient déjà perdu leurs feuilles ; l'hiver s'installait rapidement. Bientôt, il n'y aurait plus que de la glace et de la neige, une terre stérile et sa myriade de lacs gelés.

Merry marchait devant, petite et fragile, avançant de manière lente et résolue, comme un animal qu'on mène à l'abattoir. Nous ne parlions pas.

Quand nous sommes arrivés à la petite baie, nous nous sommes juchés sur des rochers. Les doigts de Merry autour du carton étaient bleus. Comment on s'y prend ? a-t-elle demandé.

On les disperse simplement ici, dans l'eau.

Elle a acquiescé.

Tu sais, lui ai-je dit, je voyais quelqu'un. Cette année.

Je l'ai entendue prendre une grande respiration.

Elle s'appelle Malin.

Merry ne disait rien.

Elle est psychologue, ai-je poursuivi. Je suis allé la voir pour suivre une thérapie.

Une thérapie, a-t-elle répété.

J'ai essayé, tu vois. J'ai essayé de mieux faire. D'être un homme meilleur. De me débarrasser de mes vieilles habitudes, de mes comportements destructeurs. Toutes ces choses qui entravent le vrai bonheur.

Je parlais comme une brochure. Oh, Malin. Elle croyait tellement en moi. Elle m'a fait jouer des scénarios. De la Gestalt-thérapie. Elle m'a fait parler à des oreillers qui représentaient ma femme et ma mère ; elle m'a fait dire des choses indicibles.

Je te déteste. Tu me fais peur. Je veux toutes vous tuer.

Elle trouvait que je faisais des progrès. Petits mais réguliers. Doucement mais sûrement, avait-elle l'habitude de dire.

J'ai regardé Merry qui fixait l'eau. Je vais le faire, a-t-elle dit.

Elle a soigneusement ouvert le carton, sorti la boîte et puis le sac plastique qui se trouvait à l'intérieur. Un tas de sable gris, le poids du bébé. Elle me l'a passé.

Nous avons prudemment descendu les rochers et avancé jusqu'à l'eau. J'ai ouvert le sac et pris une poignée de cendres entre mes doigts, je sentais les restes grossiers des os calcinés. J'ai levé le bras et tout lancé dans la mer.

J'ai passé le sac à Merry.

Elle a pris une poignée dans le creux de sa main et l'a jetée à l'eau, en se protégeant les yeux car le vent lui renvoyait des cendres au visage.

Tour à tour, nous avons dispersé des poignées de cendres dans la baie, suivant des yeux leur parcours dans le vent puis dans l'eau, aussi légères et délicates que des baisers.

Lorsque le sac a été vide, nous sommes restés à contempler l'abysse qui s'étendait devant nous. Conor s'éloignait, emporté par le courant, particules rejoignant les vagues infinies qui vont et viennent entre la Baltique et l'Atlantique, particules légères et changeantes, plongeant et remontant à la surface ; intemporelles, immatérielles et éternelles. *C'est un lieu idéal où reposer*, ai-je pensé.

Viens, ai-je dit à Merry. Vite.

Il n'y avait pas de justice, mais pour moi, ça ne changeait rien.

J'ai retiré mes chaussures et mon jean, mes chaussettes et mon slip. Elle m'a regardé et elle a compris. Elle a ôté ses vêtements, et ensemble nous nous sommes avancés dans l'eau qui nous glaçait la peau et la marquait de rouge.

J'ai plongé et Merry m'a suivi. La tête sous l'eau, la respiration suspendue, toute vie en pause. J'ai ouvert les yeux. Merry me regardait. Nous sommes remontés à la surface à bout de souffle, les lèvres salées, la poussière grise partout et nulle part à la fois. Je l'ai léchée, goûtée, avalée.

Merry, dégoulinante d'eau et de larmes, gelée et tremblante. Elle me regardait dressé devant elle ; deux moitiés déchirées.

Tu as tout foutu en l'air, Merry.

Elle m'a regardé, apathique, sans expression. Je commençais à trembler, l'eau était trop glacée. Encore un moment. Ce sera suffisant.

Tout ce que j'ai fait pour toi. Tout ce que j'ai bâti. Et toi, tu m'as trahi, tu m'as trahi de la pire des manières.

Ses yeux se remplissaient de larmes, mais elle ne cillait pas. Elle me regardait en sachant ce qu'elle avait à faire.

Le pardon. Ça ne se donne pas à la légère. Sans raison.

Je suis désolée, Sam. Je suis désolée pour tout.

Elle a cherché mes yeux, peut-être pour y trouver des signes de miséricorde. Je ne lui ai rien donné. Elle a acquiescé. Je suis désolée, Sam, a-t-elle répété.

Sa tête s'est enfoncée sous l'eau. Elle s'est éloignée, nageant vers le large, vers le vide glacé ; vers le néant et une mort certaine. Une femme obéissante. Je savais qu'elle le ferait.

L'eau était une lame, cinglante, elle tranchait dans la chair. Mes poumons souffraient de respirer dans un froid pareil. Immobile, je regardais s'éloigner sa silhouette floue sous l'eau.

Vas-y, ai-je pensé, *meurs dans d'atroces souffrances, torturée par des poignards de glace.*

Elle ne mérite rien de moins.

Tu as peur des femmes, m'a dit un jour Malin. Tu redoutes qu'elles te privent de quelque chose. Qu'elles te prennent ta force. Comme ta mère l'a fait quand tu étais enfant et jeune homme.

Je ne lui avais même pas raconté la moitié de ce qui s'était passé.

J'ai essayé. J'ai fait tout mon possible. Et à quoi ça a servi ? Qu'est-ce que j'ai eu en retour ? Ça. Ça et rien d'autre.

J'ai frissonné. Il fallait que je sorte de l'eau. Je me suis essuyé les yeux. J'ai cherché Merry, mais elle avait disparu dans les profondeurs. Au revoir, Merry.

J'étais seul, et elle était partie. Conor n'était plus là. Frank non plus. Ils étaient tous partis.

J'ai regardé la mer, étendue vide, masse indifférente. Le froid mordait ma peau ; hors de l'eau, le vent soufflait fort, le grésil était prêt à tomber.

J'ai poussé un hurlement de rage.

Aucun son n'est sorti.

Seul. J'ai de nouveau essayé de crier.

J'ignore comment je suis parvenu à bouger, mais j'ai poussé mes membres glacés plus avant dans l'eau, le cœur battant, la tête en feu. J'ai nagé, aussi vite que je le pouvais, traçant un sillon dans le froid avec le poids de ma colère, nageant de plus en plus fort, la tête immergée, les yeux ouverts, cherchant, cherchant frénétiquement Merry dans les profondeurs. Une ombre, une ombre quasi imperceptible, puis une auréole de cheveux noirs.

Je me suis approché et elle était là, lourde comme du plomb dans mes bras, le poids d'une centaine d'hommes, le poids de ma femme. Je ne sentais plus le froid ; un signe grave, la meilleure façon de mourir. Je l'ai prise sous mon bras et j'ai tiré, donné des coups de pied, poussé. J'ai forcé contre le courant et j'ai crié dans le néant. Je voyais les rochers, l'endroit où la terre et la mer se rejoignaient, nos vêtements éparpillés comme nous les avions laissés ; les restes d'un naufrage.

Merry, dans mes bras, nous entraînait vers le fond (*Viens, viens, chante la sirène, je connais un endroit magnifique*), et c'était tellement tentant, tellement facile de se laisser aller ; se soumettre une dernière fois aux dieux. *Oui, oui, nous sommes à genoux.*

L'eau te demande d'abandonner, tes membres ont envie de céder. Flotte, coule, laisse l'eau t'emporter. Que tout s'arrête.

J'ai crié, *Non*, et nous avons recommencé à nager tant bien que mal. L'eau à hauteur de ma taille, je me suis mis debout et j'ai marché, l'homme primitif sortant de la mer. *Regarde, des jambes et des poumons, tu es humain maintenant, te voilà né à nouveau.* L'air froid mordait la chair mouillée.

Je l'ai traînée péniblement jusqu'aux rochers où nous nous sommes effondrés, Merry à mes côtés, le corps apparemment vidé de son sang. Froide comme la mort, plus froide encore ; être sur la terre ferme ne suffirait pas à la ramener à la vie. Comme possédé, je l'ai fait rouler sur moi, peau contre peau, en quête de chaleur, de vie.

Inspirer, expirer. Je l'ai enveloppée de mes bras, la recouvrant complètement. Ses yeux étaient ouverts, elle ne s'était pas noyée, elle était juste raide de froid, une femme de glace.

Frotte, ai-je dit, et j'ai plaqué mes mains, mon souffle, ma peau contre elle, j'ai fait revenir la vie en elle. Doucement, elle a posé ses mains glacées sur moi, elle a respiré dans mon cou, encore et encore, souffle chaud et chaleureux, gagnant en vigueur. Ses os s'enfonçaient dans ma peau, avec, au-dessous, les rochers, froids, rugueux et impitoyables. Avec mes mains, je lui réchauffais le dos, les cuisses, je serrais son corps frêle, ce corps qui avait toujours été si chétif, fragile comme de la barbe à papa, et je soufflais sur son petit visage bleu, passais la bouche sur ses joues, sur ses lèvres rigides, sentais les battements de son cœur me ramener à la vie.

Merry, ai-je dit, Merry, tout va bien. Je te tiens.

La vérité. Nue et froide. Plus rien à cacher.

Non, il y a toujours quelque chose à cacher.

Nous sommes restés agrippés l'un à l'autre sur les rochers jusqu'à ce que nous sentions notre sang se réchauffer, deux créatures étranges et misérables échouées sur le rivage.

Merry. Ma femme.

La mère de mon enfant.

MERRY

Nous sommes restés longtemps dans les bras l'un de l'autre. Sans rien dire, à profiter seulement de la chaleur du souffle de l'autre sur notre peau bleue.

Puis nous nous sommes séchés et nous sommes retournés vers le ferry. C'était trop long d'attendre le suivant ; nous avions trop froid, nous étions glacés jusqu'à la moelle.

Viens, m'a dit Sam en tremblant.

Nous avons loué un bungalow, comme la fois précédente. Nous avons sorti les couvertures supplémentaires du placard et nous sommes glissés nus au lit, la seule façon de récupérer la chaleur.

J'ai fermé les yeux. Bougé les orteils pour faire circuler le sang. J'ai senti la robustesse familière du corps de Sam contre mon dos, son odeur et le rythme de sa respiration. Faible, et un peu précipité.

Il aurait pu m'abandonner. Il aurait peut-être dû.

Qu'avais-je ressenti dans l'eau, à part le froid ? Pas de regret. Pas de tristesse.

L'absence.

Sam me regardait avec dégoût et souffrait terriblement de tout ce qu'il avait perdu.

Sous l'eau, je me suis laissé emporter par le courant (notre mort ressemble sans doute à la façon dont nous avons mené notre vie). Dérivant, toujours et encore, sans ancre ni boussole. Simplement attirée par l'appel de l'inconnu.

Tu es libre. Tu es libre.

Le cadeau de Frank à son amie. Je comprenais ce qui l'avait motivée. Pourquoi elle s'était crue charitable.

Mais un cadeau peut s'avérer une malédiction. La liberté, la liberté. Que faire avec une chose aussi précieuse ?

Pauvre Frank. Détruite. Bannie une fois de plus, alors qu'elle ne voulait que mon cœur. Ça aurait pu être mon cadeau. Tout ce qu'elle avait toujours voulu.

Mais je n'ai jamais pu le lui donner.

Dans les profondeurs de la mer, j'ai vu le visage de Conor. Il ne pleurait pas, il ne souriait pas, il n'avait aucune expression. Il attendait de voir ce que j'allais faire.

Mon fils, mon enfant. J'aurais voulu ressentir plus de chagrin. Plus de tristesse. Je voulais ressentir quelque chose de plus fort. J'ai regardé le visage de cet enfant si injustement traité. Le mensonge dans le mensonge dans le mensonge. Je flottais à la dérive, en apesanteur et entièrement gelée. Je suis désolée, je suis désolée ; toute ma vie, j'ai été désolée. *C'est la fin*, ai-je pensé, *et alors ?* Je me suis rendue. Je ne ferai pas de vagues. Je ne résisterai pas au destin. Je ne l'avais jamais fait. Je ne le ferai probablement jamais.

C'est à ce moment-là que j'ai senti les bras de Sam. Venu me chercher. Fendant les flots et le silence. Me remontant à la surface. Réclamant son dû.

J'étais en vie.

Pardonnée peut-être.

Ou ressuscitée.

Repartie pour un tour.

Voilà où nous en sommes. Sam et Merry, Merry et Sam. C'est sans doute ce que le destin a voulu. J'ai étiré les bras et les jambes, senti le sang réchauffé sous ma peau.

J'existe. Je vis.

Dans le lit qui sentait la naphtaline et le savon au citron, Sam s'est tourné vers moi. Il a souri, avec un visage différent de celui d'avant. Quelque chose de nouveau dans son regard. Il m'a serrée contre lui et, dans mon oreille, il a doucement murmuré :

Faisons un bébé.

REMERCIEMENTS

Je suis profondément reconnaissante envers les incomparables Amy Berkower et Genevieve Gagne-Hawes de Writers House, dont la perspicacité, le soutien et la patience sont tout ce qu'un écrivain peut espérer. Je tiens également à remercier Alice Martin pour ses retouches clairvoyantes sur les versions précédentes du manuscrit et pour son aide précieuse, ainsi que Maja Nikolic et toute l'équipe pour leur efficacité dans la gestion des droits étrangers.

Je voudrais exprimer mon immense gratitude à Reagan Arthur, Emily Giglierano et à l'équipe merveilleuse de Little, Brown and Company aux États-Unis, ainsi qu'à Kate Mills et à l'équipe de HQ au Royaume-Uni pour leur enthousiasme permanent, leur savoir-faire et la façon dont ils se sont occupés du livre et de son auteur.

Je dois beaucoup à ma mère, Avril Sacks, et à ma sœur, Lara Wiese, pour m'avoir toujours accordé leur amour inconditionnel, leur aide et leurs conseils, mais aussi pour avoir été les deux premières personnes à me raconter des histoires ainsi que mes deux premières lectrices. Pour leur amitié et leur soutien, je tiens à remercier Lisa King, Carla Kreuser et Frankie Morgan.

Et, enfin, je voudrais témoigner toute ma gratitude à Maroje, pour son amour indéfectible, son soutien et ses encouragements, et pour avoir commencé tout ça en louant un chalet dans la forêt suédoise.

MIXTE
Papier issu de
sources responsables
FSC® C003309

10/18, une marque d'Univers Poche,
est un éditeur qui s'engage pour
la préservation de l'environnement
et qui utilise du papier fabriqué à partir
de bois provenant de forêts gérées
de manière responsable.

10/18 – 92 avenue de France, 75013 PARIS

Imprimé en France par CPI

N° d'impression : 3037531
X07617/01